子どもを連れて、逃げました。

西牟田靖

晶文社

装丁
鈴木千佳子

まえがき

妻は私に別れを告げ、まだ3歳の娘の手を引いて去っていった。

私を父親にしてくれた妻と娘にはもちろん愛情はあった。ずっと一緒にいるのだと思っていた。けれど、実際、そうはならなかった。

電車で2時間弱のところにある妻の実家にちょくちょく遊びに行っていた娘は、そのとき何が起こっていたのか理解できず、朗らかな表情をうかべ、手を引かれ、そのまま家を去っていった。

その背景に横たわっているのは、よくある日々の積み重ねといえるのかもしれない。

当時の私は、本業の執筆業での収入が思わしくなく、共働きの妻にかなりの割合で生活費を負担させていた。頑張ればいつか実を結ぶと思いこみ、懸命に本を書いていた。その中でも娘のおむつを替えたり、保育園の送り迎えをしたり、妻の弁当を作ったり。自分なりに奮闘したつもりだったが、それでも経済的な負担は妻の心身を蝕んだ。

私は典型的な夜型人間。「今、仕事中だから」など、何かと理由をつけて、寝かし付けを妻に任せきりにしていた。そのことも彼女を追い詰めた。

日に日に、夫婦の関係は崩れていった。

だがそうした蓄積が家族の崩壊を少しずつ手繰り寄せていることに、そのときはまったく気づいていなかった。きっと、これから経済的にも上向くに違いないし、そうなったらしっかり話して関係を修復しよう。それまでは仕事を頑張ろう――そう考え、求められた話し合いにきちんと応じず、一方では家の中に蔵書をため込んで、書くことや取材することに没頭するばかりで、自分から関係修復の努力をしなかった。

今でこそ、自分の甘さや至らなかった点について反省している。

しかし妻が子どもを連れて行った当時は違った。足元の地面が真っ二つに割れるかのような衝撃に気持ちがついていかず、これまでの生涯に体験したことのないほどの落ち込みを味わい、何も考えることができなかった。

別れた直後、私は自分と同じような境遇にある人が集う集会やセミナーに積極的に参加した。同じ立場にある人たちと体験を共有することで、憔悴《しょうすい》しきった状態から抜け出したかったからだ。

私同様、妻と子どもに去られ、打ちひしがれている人たちの話に耳を傾けた。それらの大半は私のような男性だったが、中には一人になった女性もいた。彼らの話を通し、彼らと連帯感を抱き、少し気が楽になり、徐々に精神的に立ち直っていった。

彼らと会うことでわかったことがある。

それは家族と別れて一人になってしまった親というのは、決して珍しい存在ではないということだ。そのことを知った私は一つの社会問題として、作品を描いてみることにした。実の子に会えなくなった親たち数十人に話をうかがい、掲載許可を得たものだけを載せたのが、2017年に出版した『わが子に会えない』（PHP研究所）という本だ。

この本で私は子どもを連れて出て行かれる親たちがいかに辛い境遇に置かれ、心身ともにダメージを食らってしまうのかを細かく記した。

自分が悪いんでしょ、自業自得だと他人から見られることの理不尽、別れた夫婦の気持ちよりもとにかく別れさせて儲けようという法曹《ほうそう》関係者の悪辣《あくらつ》さといったものを紹介した章もある。精神を病んで一方的に夫に対し暴力を振るう妻がいたり、逆に暴力を振るわれた妻がいたり、それぞれに重たい現実があった。別れた後子どもに会わせてもらっている人もいれば、逆に完全に生き別れになっている人もいた。

私は自分と同様の体験をした人たちの話を聞き、同情し、そして一人きりになる過酷さを改めて知った。しかし同時に、彼らのそうした過酷な体験を耳にすればするほど、相手の人たち、つまり、「子どもを連れて、逃げ」た女性たちの〝動機〟を知りたくなった。

愛し合って結婚するほどの仲だった夫たちに、子どもを〝奪い取る〟という酷い仕打ちを与えることが出来たのはなぜなのか。夫たちだけの話を聞いていると、妻が悪いと考えてしまうが、そもそもどちらかが悪いと考えること自体が間違いなのか。男女間に越えがたい認識の差があり、その食い違いが悲劇の一因となっている、ということはないのだろうか。

また、彼女たちの生活はどうなのだろうか。夫が大変な以上に、妻たちの生活も大変だったりするのだろうか。であれば、離婚はしたが、子どもを会わせたりして、子育てを中心に何とか協力し合って、生きて行くことはできないのか。

ここで私の育ってきた家族のことを記してみたい。

私には80歳前後の両親、それから50代の姉と兄がいる。姉と兄は父と母の連れ子同士なので血がつながっていない。姉と私、兄と私は血がつながってはいる。どういうことか、すぐには理解できないかもしれない。

生まれたとき同居していた兄のことを、顔つきが違うと思いながらもまさか腹違いとは思っていなかった。兄は父の連れ子だった。

一方、姉はというと、私が小学校にあがるぐらいに、母によって引き合わされ、私が小学校低学年のうちに、家族として合流することになったのだった。

ようやく5人揃って一家安泰かというとそうはいかなかった。年の離れた姉となかなか馴染めなかったというのも要因としてはあった。しかし、それよりも家族の団結を妨げていたのが、父の態度だった。父は仕事面ではやり手だったが、家庭人としては失格だった。

父はまったく子育てをせず常に威圧的で、まれには母に暴力を振るった。実際に私が殴られた記憶はない。それでも息苦しさを感じさせる家のなかで、家族が彼に従わざるを得なかったことは明白だった。

そうした父の態度が嫌だった私は、大学に入ってまもなく一人暮らしを始めた。それ以来、30年にわたって両親と暮らしたことがない。

離婚した後、私はときどき考える。

もし私の母が父に三行半《みくだりはん》を突きつけて、私を連れて出て行ったとしたら、その後の人生はどうなったのだろうかと。母はなぜそうしなかったのかと。

「子どもを連れて、逃げ」た女性たちに私が話を聞きたかったのは、彼女たちの気持ちを知ることで離婚問題を立体的に知ることが出来るのではないかと思ったからだ。しかし目的はそれだけではなかった。

父に対して嫌悪感を持つ一方で、離れて暮らす娘を愛し一緒に住むことを望むという、私自身が抱えている、矛盾した気持ち。それがいったいどこから来るのか、見つめなおしてみたかったのだ。

いつ別居してもおかしくなかったDV家庭で異母兄、異父姉とともに育った子どもとしての私、妻と別れて子どもと離ればなれで暮らす父親としての私。そして客観的な立場から物を見るライターとしての私。

シングルマザーの方たちの言葉を、私は第三者の立場から受け止めて、綴っていくことにする。元子どもであり、元夫であり、父でもある私は、シングルマザーの方たちの言葉にどのように共鳴したり、反発したりするのだろうか。そしてそれは私にとっての救済となるのだろうか。

※登場いただいた方々の年齢・年数は取材当時（2017年4月〜2018年8月）のものを使用。またお名前はすべて仮名としている。

子どもを連れて、逃げました。

目次

第1章 子どもを連れて家を出た

第2章 会いたくない、会わせたくない

第3章　家庭内別居という地獄……からの解放

成立／離婚した夫との間に二人目の子を妊娠／息子さんとの関係が変化／今も月1回は会っているが、養育費はもらっていない

「義母がくれたのは、3万1000円のガスレンジだけ」
イエ意識の強い東北で、四面楚歌の結婚生活　山本裕子さん（40代）

付き合い始めて3カ月ほどで結婚、そして東北に／義母がくれたのは、3万1000円のガスレンジだけ／よそ者が産んだ子どもも、よそ者／目と鼻の先に引っ越してきた両親からも責められるように／甥の借金の連帯保証人になろうとした夫と家庭内別居に／夫の居場所はゴミ屋敷状態／夫が家にお金を入れてくれなくなり、毎日がギリギリだった／離婚裁判が一向に進まないように、妨害を繰り返した夫／元夫は子どもたちに「早く死んだらいいい」と言われている

第4章 会わせたかった。だけど縁が切れてしまった

同級生の夫とは誕生日が1日違いで「これは運命だね！」／気がつくと、母と子のような関係に／躁状態とうつ状態をくり返す夫との生活／彼はSNSに「俺は妻と子を捨てた」と書いていた

大学のサークルで知り合った、おとなしい男性と結婚／第一子は夫のサポートを得ながら育てられた／生まれてきた長女には障害があった／障害がある娘の教育について、夫と私は考えがまったく違った／夫との関係が悪化、娘と二人で家を出て、東京に移住／突然、家の鍵を替えられて／元夫が今後再婚しても、親子関係は継続してほしい

第5章 離婚して、シングルになっても私は自由に生きる

より偉い」って思い込んでた／女たちは、みんな俺のお金をあてにする／妊娠中に浮気現場に遭遇、彼は警察を呼び……／「男も育児をするべき」という気持ちだけはあった／まずは別居して修復していこうと思っていた／「おまえに追い出された」と書かれた恨みのメール／親子の縁は、実質的には切れてしまった

第6章 再婚すれば関係も変わる……

相思相愛だったはずの夫との仲を義母に引き裂かれ、二人の息子を連れ去られた

有井なみさん（30代前半）

最初は相思相愛のラブラブカップルだった／義母によるお金の無心、夫の浮気発覚と家出／夫、義母、義兄夫婦によって子どもが連れ去られた／夫らを未成年者略取誘拐罪で刑事告訴／子どもたちは義母から「ママに会ったら殺される」と言われていた／子どもたちは元夫に積極的に会わせたい／「パパとまた結婚してほしい」と言う子どもたち

第7章　「夫」との別れ、昔と今

昭和40年代初めに夫と恋愛結婚／突然仕事を辞めた夫と食堂を始める／夫の嫉妬や疑念がひどくなり、家を出る／小学生の娘を置いて家を出た／3年かかって離婚、面会は子どもの意思を尊重／離婚なんかすべきじゃなかった

「子どもの父親はキャバクラの客」出産を知らせず、未婚で育てるシングルマザー

渡辺しずかさん（24歳）

239

キャバクラ嬢をしながら子育てなんか難しい／彼には出産したこと自体、伝えてません／母親の病死後、専門学校を中退してキャバクラで働くように／子どもがいても許してくれる人なら結婚したい／虐待やネグレクトしてる親に限って、警戒感が強い／事件にならないレベルの虐待がまん延している

第8章

夫婦の別れと父子の別れは別

司法試験の勉強中に出産。別居婚の夫が
育休2カ月半取ったが……
山崎庸子さん（36歳）
261

大学時代の同級生との別居結婚／夫の育児休暇と両家の仲たがい／受験勉強と疎遠になる二人の関係／息子の3歳の誕生日を祝うことなく協議離婚／弁護士の初仕事は自分の調停事件／養育費は22歳まで、ストレスのない面会交流

会社を辞めて旅に出た夫と離婚。でも「娘から父親を
奪う権利はない」と葛藤するが……
星野由貴さん（50歳）
276

辺境を歩いて回る夫についていけず／冷たくて無関心だった夫が仕事を辞めて一人で欧州に／勢いで別れたが、別れる必要はなかった／エリートを装っていた相手は食費も家賃も払わないヒモ男だった／穏やかだが冷淡で無関心な夫は家事にも育児にも関わらなかった／パパたち二人と子どもたち三人の関係

現代の家族をどう考えるか――専門家にうかがう

第1章

子どもを連れて家を出た

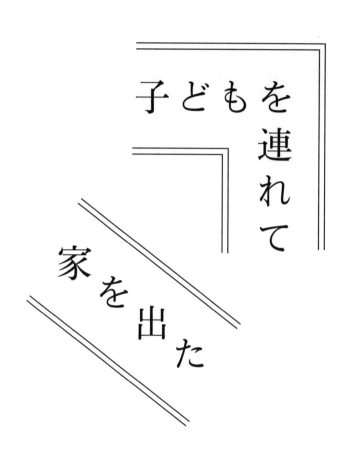

夫が家庭内で威圧的に振る舞い、怒鳴ったり命令したり。そしてときには手が出たりする――。昭和の時代は、そうやって家庭内で暴力を振るう男性に対し、女性や子どもは一般的に耐えるしかなかった。

私が生まれ育った家庭でもそうだった。父親は常に威圧的で母親も私も常にビクビクしていた。なのにその時代、それでいて離婚率は低かったし、母親が子どもを連れて家を出ることは今よりずっと少なかった。

2001年にDV防止法（配偶者からの暴力の防止及び被害者の保護等に関する法律）が公布・施行されたことで局面が変わった。暴力に耐え続けるのではなく、家から避難し生活を立て直すことがやりやすくなった。この法律ができたことは、暴力に苦しむ女性にとって、朗報と言えた。

この章で紹介する二人もそうして日常的に怒鳴《どな》られ、ときには暴力を振るわれ、自身の尊厳や自己肯定感を徹底的に損なわれてきた女性たちである。

一人目は倉橋まりさんのケース。彼女は、学生時代に知り合った男性と就職後に結婚。仕事は続け、出産後も職場に復帰して、子育てしながら働き続けていた。結婚生活の初期から、DVの兆候があったが最初は我慢。たびたび殴られるようになったため、夫の浮気発覚を機に離婚を決意。夫の留守中に子どもを連れて家を飛び出すのだった。

二人目は7歳年下の夫と再婚した大杉千秋さんのケースである。テレビ局に勤務する彼女は、仕事を通じて急接近した彼と結婚。しかし、彼の両親に挨拶した直後から、暴言や暴力が始まり、日常生活ではハイクオリティな家事や食事の準備を強いられ、自尊心をズタズタにされていく。しかも夫は前夫との子どものことも嫌っていた。あるとき、夫は株に手を出し、多額のお金を千秋さんから借りることになる。

彼女たちはどのようにして夫の暴力支配というくびきから抜け出ることができたのだろうか。結婚すると相手を自分のものだと勘違いし、途端に豹変《ひょうへん》する夫たち。怒鳴られたり、ときには手を出されたりすることで、妻たちは心をなくし、夫に言われるがままとなる。

彼女たちを追い詰めた暴力とは。そして、どうやって彼女たちは家を出ることを決断できたのか。また、逃げた後の彼女たちの生活、子どもたちの態度はどのようなものだったのだろうか。

初めて殴られたときDVだと気づいた。夫から逃げるためにシェルターへ

倉橋まりさん（40代）

「夫のやってることがDVだと気がついたのは、初めて殴られたときでした。『女性を殴るなんてひどい』と思いましたが、その思いを夫に伝えることはできませんでした。怖かったんです。

それからしばらくは殴られなかったんですが、半年くらい後に、また殴られました。そのとき私は勇気を出して、『殴るのだけはやめてほしい。今度殴ったら別れる』と夫に言いました。

それできっぱりやめてくれるのかと思ったら、その通りにはなりませんでした。さらに半年くらい後、また殴られてしまったんです。我慢せず別れればよかったのに、私は別れることはせず、ただ夫に心を閉ざしただけでした。そうして私は、殴る、蹴る、髪を引っぱる、大声で怒鳴る――といった暴力を、半年くらいごとに振るわれ続けたんです」

倉橋さんは自身のつらい体験の一端を口にした。

私が受けていたのはＤＶだった

――旦那さんと知り合われたのはどのようなきっかけですか？

夫と知り合ったのは、私が大学に通っていた頃です。彼は別の大学に通っている人で、優秀な人でした。見た目も格好よかったので、向こうから食事に誘われたときはうれしかった。そのままお付き合いすることになりまして、結局、彼とゴールインいたしました。それぞれ大学を卒業し、就職した後のことです。結婚後、私は家庭に入らず、仕事を続けました。出産後も、職場に復帰して子育てしながら、働き続けたんです。

振り返ってみると、そういえば結婚生活の初期から、前触れといいますか、ＤＶの兆候がありました。たとえば、次のようなことをされたんです。「おまえのせいで大変なことになる」と脅されたり、お金（生活費）を少ししか渡されなかったり。長時間説教されたり、「おまえは最低だ」と言われたり……。それでも最初は、結婚ってそんなものかと思って我慢していたんです。

先に申しましたように、初めて手を上げられたとき、夫にやられていることがＤＶだと理解しました。しかし殴られても、じっと我慢しました。抵抗すればさらに殴られる、ということが予想できたからです。

なぜ離婚したのか

――暴力を振るわれ続けたことで、離婚しようという気持ちが高まっていったのですか。

いいえ、そうはならなかったです。夫にけなされ続け、自尊心を打ち砕かれてしまっていたからです。「離婚しても、私のような出来の悪い妻では結婚してくれる人はいない。こんな私なのに夫は結婚してくれたのだから、ありがたい」と思っていた。要は洗脳されていたんです。何より夫は稼いでいましたし、そのときは浮気もしていなかった。だから私、「子どものためにもと思って、たまに殴られることくらいは我慢すればいい」と自分に言い聞かせていたんです。

夫は夫で、私が殴られても別れようとしないことから、「こいつは殴っても大丈夫」だと思ったんでしょうね。「なんで殴るの?」と聞いたところ、「おまえしか殴ったことはない。おまえが悪いから殴るんだ」といったことを悪びれずに言われたことがあります。

では、なぜ離婚したかって? 夫の浮気が発覚したからです。夫は独身と偽って婚活サイトに登録していまして、真面目に婚活している若い女性たちを食い物にしていたんです。人というのは言葉では平気で嘘をつくのですね。夫を人として軽蔑《けいべつ》しました。限界でした。

我慢してでも夫婦関係を維持しよう――。そうした気持ちが彼女の中から消えてしまったのだった。このあと彼女は家を出るという方法で気持ちを表すことになる。

黙って引っ越しをするも、夫がストーカーに

――離婚を決意してからはどうなりましたか。

警察、弁護士（市の無料法律相談で知り合い、そのまま委託）、市役所、行政のＤＶ相談、児童相談所、女性相談センター、小学校、中学校、実家の両親、ＮＰＯ、民生委員など、別れる直前、あちこち相談に行きました。すべての方が親身に話を聞いてくださったことが何よりうれしかったし、その全員が私の味方になってくれたような心強さがありました。

具体的なアドバイスを出してくださったのは弁護士さんです。「証拠集めをするように」と言われました。その言葉に従い、写真ですとか領収書ですとか通帳ですとかを、夫が見ていない隙《すき》に集めていったんです。

――着実に準備を進められてから家を出た。

夫が旅行に行っている間に、黙って引っ越しました。「とにかく家を出ないことには、ＤＶ

夫とは離婚の話し合いはできない」とアドバイスされたので。「弁護士と話してください」と書き置きをして。引っ越し先は教えませんでした。

出ていくとき、「もう無理なので、パパとは別れようと思う、あなたたちは、どちらについていきたいの？」と二人の子どもに尋ねました。すると「ママ」と二人とも即答しまして、それで二人とも連れて行くことにしたんです。そのとき、上の子は中学生で、下の子は小学生でした。

引っ越し先は、子どもが転校する必要のない、もといた家のすぐ近くでした。転校の説得をする時間がなかったため、子どもにも家を出ることはギリギリまで内緒にしていました。相談した人からは、「近所だと、子どもがお父さんに待ち伏せされるからダメだ」と助言されていましたが、私は、「まあ大丈夫だろう」と、甘く考えていたんです。

案の定、その後が大変でした。夫がストーカーになったからです。

――それはまた……大変でしたね。

実家に連絡されたり、子どもたちを学校帰りに毎日待ち伏せされたりしてしまいました。弁護士から夫に「近づかないように」と警告してもらったんですが、まったく聞く耳を持ってくれませんでした。その挙げ句、夫は子どもを脅して私の住所を聞き出し、「明日ママに会いに行く」と子どもに言ったんです。そう言われて怖かったんでしょう。家に帰ってきて、私に報告してくれたとき、子どもは顔面蒼白《そうはく》でした。

それを聞いて私、すぐに警察に相談したんです。生活安全課に。すると、親身になって耳を傾けてくれた上に、「今すぐ逃げたほうがいい」とアドバイスされました。さらにはシェルターへと連れて行ってくれました。

人間的とはいえなかったシェルターの生活

――そのシェルターとは、いったいどんなところだったんですか？

行政が一時保護を委託している民間シェルターで、外観は、鉄筋コンクリートのきれいな建物でした。三食つき、室内に風呂やトイレ、テレビが備わっていました。殴られたり、追いかけられたりする心配は当分ありません。かといって、シェルターでの生活が楽かというと、むしろその逆でした。なんといっても、人間的な生活ができないことがつらいんです。

あてがわれた部屋は、壁紙にしろ、寝具のシーツにしろ、ボロボロでした。まともな机すらありませんし、スマホは使えません。居場所が漏洩《ろうえい》するのを防止するため、警察を出発するときに電源を切られ、シェルターに着いたときに没収されたからです。おまけにパソコンやWi－Fiルーターも没収されていました。そんな状態ですから、文書を作成したり、調べ物をしたりすることができず、テレビを見るか、寝るぐらいしか、することがありませんでした。

無料なので文句は言えないですけれど、食事もよくなかった。あまりおいしくなかったし、食器が粗末なんです。精神を病んでいる人や小さな子もいるので仕方ないのかもしれませんが、おままごとのような粗末なプラスチックのものを使わされました。

そんな生活でも、大人である私は我慢できます。かわいそうなのは私についてきた子どもたちです。友達に挨拶すらできないまま、突然、お別れすることになったわけです。シェルターには勉強を教えてくれる先生代わりのお兄さんがやってきましたが、それまで通っていた学校には、もはや通えないのです。それに、食べ物も、私が作った体に良いご飯を食べさせたくて仕方ありませんでしたが、それもできませんでした。

シェルターを出てアパートへ

――どのくらいシェルターにいらしたのですか？　なかなか耐えるのもしんどいですよね。

私はシェルターのスタッフに「引っ越し先を探したいから、パソコンとWi－Fiルーターを返してください」とお願いしました。その結果、1週間ほどでシェルターを出させてもらえることになったのです。そして、そのまま引っ越し先に考えていた土地へ移動し、安いホテルに子どもたちと滞在し、そこで家が見つかるまで過ごしました。

私たちのように1週間で退所するというのは、特例の措置のようでした。通常、裁判所から保護命令（DV加害者が被害者へ近づくことを禁止する命令）が出るまでシェルターで過ごすので、2週間くらいは出られないそうですから。私はシェルターでの生活がこたえたのか、ホテルに着いてすぐ、熱を出して寝込みました。気合で翌日には元気になっていましたけど、体重をはかるとずいぶんと減っていました。

シェルターのある○市の市役所に連絡し、経緯を説明して、いろいろと相談に乗っていただいたりもしました。こんなときに頼りになるのは、やっぱり役所ですよね。仕事の面接なども並行してやっていたんですが、ノマドワーカーは大変ですね。履歴書一つ送るのも大仕事です。スーツもメイク道具もなかったですし。そんなこんなで、いろいろありましたが、なんとかアパートを契約することができました。預金が300万円ある証明書を銀行に発行してもらえれば、無職でも契約できるというD社（建設会社を兼ねる賃貸大手）で決めたのです。前に住んでいたアパートは両親に鍵を開けてもらい、引っ越しの見積もりと立ち会いも両親に頼みました。予想外に高い引っ越し料金でしたが、仕方がありませんでした。

長びく係争

――そのころ、別離を突きつけられた旦那さんは、どういった行動に出ていたのですか？

私と子どもが家を出るとすぐ、夫は財産隠しを始めました。カードの盗難届を出して、私が持っているカード類を使えないようにしたんです。そうやって私や子どもたちを兵糧攻めにする一方、自分は贅沢をして遊んでいたようです。とにかく家に戻ってきてほしかったということなんでしょう。

そんな夫に対し、私は離婚調停〔※1〕と婚姻費用の分担請求調停（別居中の生活費を分担するための調停）を申し立てたのです。復縁する気は、まったくありませんでしたから。早く関係を清算したかった。すると夫は夫で、面会交流調停を申し立ててきました。夫はずっと「子どもに会わせろ」の一点張り。それしか自分に主張できることがなかったせいもあると思います。

調停は1カ月に1回くらいでしょうか。居所が相手にばれてしまうと困るので、会わせるのは無理だと思っていましたし、子どもも夫と会うことを嫌がっていました。しかし裁判所は長い期間会わせていないという、調停の記録しか参考にしないですからね。子どもが嫌がっているというこちらの意見は完全にスルーで、意味がありませんでした。調停にしろ、後の審判にしろ、会わせなければいけない雰囲気でした。

――それで会わせることにしたのでしょうか。

調停を重ねるうちに、私のほうも少しは折れることも必要かなと思うようになりました。調停を始めて3回目くらいのときでしたか。「調査官立ち会いの下でなら会わせます」と言ったんです。家に帰ってそのことを子どもに伝えたら、大ブーイングでしたけどね。それでも、「もう決まってしまったから」と子どもたちを無理やり次の調停に連れていき、別れてから初めて、子どもを夫に会わせました。

調査官は面会の様子を見て和やかだと思ったようですが、子どもたちの心は別のところにありました。内心、夫に気を遣っていて、「触られるのも嫌だったけど断れず、つらかった」と後から言われました。調査官は、そんな子どもたちの本心を見抜けていませんでした。これが、後の審判に影響することになり、大きな失敗でした。

夫のほうは一貫して「毎月、面会交流をさせろ」と主張していました。それに対し私は「年3回（春休み、夏休み、冬休み）なら、なんとかできると思う」と答えました。しかしこれも失敗でした。実際には、夏休みと冬休みは子どもが忙しくて難しい。遠いので宿泊も必要なんですが、その時期は宿も取りにくい。でも、このときの調停の記録が審判にも影響してしまい、後に年3回の面会ということで審判が出てしまいました。

夫がいない生活は、自由でとても楽しい

――面会交流が決定したことで好転したことはありますか？　旦那さんからの支払いが行われるようになったとか。

夫からの婚姻費用は、一向に支払われる様子がありませんでした。しかしそれでも、私は2度目の面会交流に応じました。この面会交流では、弁護士が見つけてくれたＤＶに詳しい交流

支援業者に立ち会ってもらい、子どもたちを守っていただきました。

私が面会に応じたのは、『北風と太陽』（イソップ寓話）の太陽と同じ動機です。夫を喜ばせることで、夫も譲歩してくるんじゃないかと思ったんです。事実、会わせることで、態度は軟化しましたね。「子どもに会えてうれしいので、婚姻費用を振り込みます」と言って、結局は振り込んでくれましたから。

問題は子どもの気持ちです。子どもに会えなくてつらい気持ちは想像できるので、母親が父親を嫌っているというだけの理由で夫に子どもを会わせないというのは、私もひどいと思います。だから私も、子どもたちを説得しようとしているんですが、子どもたちが父親を嫌がっているんですよね……。そんなわけで、3度目の面会は実現していないんです。

調停の申し立てをしてから2年近く。今月、ようやく離婚が成立しました。安月給ですが、お金には困っていません。婚姻費用と慰謝料も入りましたし、貯《たくわ》えもありますから。

それにしても、夫がいない生活は、自由でとても楽しいものですね！

今後、夫とは金輪際、関わりたくないです。見つかったら、何をされるかわかりませんからね。連絡は弁護士を通じてのみです。そんなわけですので、面会交流は、やらないで済むならしたくないです。そのほうが、私も子どもたちも平穏な日々を送れますから。

※1【調停】調停委員会を間に挟み、当事者同士の話し合いによって解決を図る手続き。

離婚後に出会った7歳下の再婚相手は、暴言・暴力ばかりの〝モラハラ男〟

大杉千秋さん（41歳）

「毎日怒鳴られると、自尊心がすべてなくなってしまうんです。どうやったら彼に怒られずに済むか。そればかり考えて生きていました」

そう話すのは大杉千秋さん。41歳、テレビ局勤務の女性だ。お話をうかがったとき、彼女は2度目の離婚をしようとしていた。

両親に紹介された直後に、彼の態度が急変した

1度目の離婚の後、大杉さんは二人の男の子とともに、関東某県にある実家で暮らしていた。躁《そう》うつ病（双極性障害）の夫と別れた後のことだ。

――最初の離婚の後から、話をしていただけますか？

何年かは精神的にすぐれない状態でした。だけどだんだん元気になってきて、仕事でもプライベートでも精力的に動けるようになりました。

離婚して数年たった頃に行った震災復興のチャリティーアート展で、目を惹《ひ》く作品を見つけて購入しました。その作者が、後に結婚する彼だったんです。7歳年下の男性で、私が「とても素敵ですね。家に飾りたいです」と言うと、うれしそうにしていたので、名刺交換しました。

——彼とは、どうやって交際に至ったんですか？

その年の後半、震災復興番組の制作で、CGの外注先として、たまたま彼と一緒に仕事をすることになりました。岩手県でのロケにも同行してもらい、そのロケで彼と急接近したんです。割とすぐに彼のほうから「結婚を前提に付き合おう」と言ってきました。

——その後の交際は順調だったのですか？

それから1カ月の間、彼は車でいろんなところに連れて行ってくれたんです。自分が純粋に楽しむことなんて、もう何年もしていなかったときに突然訪れた楽しい時間だったので、「神様からのプレゼントなんじゃないか？」と奇跡的なものを感じていました。その時期、彼はとても優しかったので、私も彼のことが好きになっていたんです。そして、付き合い始めて1カ月後、二人で九州へ行って、彼の両親に結婚の挨拶をしました。ただ、入籍はまだです。籍を入れたのは、妊娠が判明した後の、その年の年末でした。

——ともかく、ずいぶん急な展開ですね。

それだけではありません。九州への挨拶旅行の帰り、彼の態度が急変したのです。飛行機の中で、突然シカトが始まりました。「えっ？」って感じです。いま考えると、親に紹介した時点で、もう自分のものになったと思ったのかもしれません。

以後、彼の態度は明らかにおかしくなっていきました。一緒に買い物していると突然いなくなったり、会った瞬間からシカトしたり、急にしゃがみ込んで長時間動かなかったり、前触れもなくシクシク泣き始めたりしたんです。その都度、何か私に問題があるのかなと思って、戸惑うばかりで、徐々に「(前夫同様) また精神疾患を抱えた人なのかな、困ったな……」と思うようになりました。

――同居の経緯を教えてください。

都内のマンションを賃貸契約したのを機に、私と彼が住む新居から徒歩5分の距離に、私が貯金をはたいてマンションを購入し、関東近県から私の両親と二人の息子たちに引っ越してきてもらいました。彼が私の実家に同居することはどうしても無理だったので、私の両親と彼の双方の事情を考えたら、その方法がベストでした。

心身への暴力と、彼の持つコンプレックス

――彼との生活は、どうだったんですか？

シカトされたり、急にシクシクと泣かれたり、さらには些細《ささい》な原因で怒鳴られることが増えてきたので、「もう無理。別れたい」と彼に言いました。すると突然、彼が「わーっ！」と叫んで、私を突き飛ばしたんです。いま考えると、そのとき逃げればよかったって思うんですよ。だけど彼と円満に別れたくて、ずるずると共同生活を続けてしまいました。

——暴力は、その後もあったんですか？

首を絞められたり、蹴られたり、髪の毛をつかまれたまま、隣の部屋まで引きずられたり、投げられて足を強打して歩けなくなったり。そういった身体的な暴力は、3年の結婚生活のうち6～7回ありました。

そのほか、私が夜中にひどい腹痛を起こし、「救急車を呼んで」と頼んでいるのに、「うるさい！　黙ってろ！」と怒鳴られました。体温が34度まで低下し、翌朝、病院に駆け込んだら、お医者さんに「なぜ救急車で来なかったんですか？」と言われました。

——言葉の暴力はどうでしたか？

暴言や威嚇《いかく》、罵倒《ばとう》は毎日ありました。「おまえは頭が悪い」「おまえは何もできない」「おまえの価値観はくだらない」といった言葉は毎日言われましたし、千秋と呼ぶ代わりに「おまえ」「ブス」「デブ」「ババア」などと呼ばれていました。

——ひどいですね。ところで彼の生い立ちを教えていただけますか？

九州のサラリーマン家庭に生まれた彼は「この子は賢い」「天才」と、ちやほやされて育ったそうです。東大・京大・九大が当たり前の進学校から中堅の大学に進学し、卒業後はフリーランスで、写真を撮ったり、映像を作ったりすることを仕事にしていました。高校時代の友人は、医師や弁護士や官僚などになっていたので、Facebookから垣間見える友人たちの裕福な暮らしぶりに、彼は嫉妬していたようです。

――コンプレックスですか？

はい。実際、彼は私に「俺も勉強すれば東大ぐらい入れた」とか、よく言っていました。かなりのコンプレックスがあったようです。彼はFacebookに向かって生きていて、自分の投稿に「いいね！」があまりつかないと、不機嫌になって、私に八つ当たりしました。私と出かけていても、Facebookに何か書き込みがあると、すべてそっちのけで返信に全力を傾けるんです。同級生などに、成功していると思われたかったのでしょう。Facebook上で演出された彼の暮らしは、まるでセレブ。現実世界よりも、Facebookで演出した自分の暮らしこそが大切なようでした。

――贅沢ぶりをFacebookで見せびらかすんですね。

そうなんです。彼は、欲しいと思った物は我慢ができませんでした。贅沢で高価な物ばかり好み、たとえば2万円とかするシャンパンを平気で買ってくる。それを飲むグラスだってめちゃくちゃ高い。着るものも、十数万円もするジャケットや数万円のシャツを買ったりする。そして買った物を撮影して、SNSにアップしていくんです。

——撮影方法にも、こだわっていそうですね。

はい。Facebookに載せる写真を撮るのに自宅で大きなストロボをたいて、レフ板まで当てるんです。旅行のときなんて、三脚や重たいレンズ（3種類）を常に持たされました。レンズを出すのに手間取っていると「おまえがノロノロしてっから、光が変わったろうが！」って怒鳴られたり、「レフ（板）の当て方が違う！」と怒鳴られたりと、完全にアシスタント状態でした。

「居候」と呼ばれる日々

——家では、どうでしたか？

毎日の家での食事には、レストランのクオリティを求められました。前日の残り物を交ぜて出すのは御法度。同じ料理を月に2回出すと、「こないだ出たばっかりだろうが！」と怒られました。盛り付けにも厳しかったです。「工夫が感じられないんだ」と言われシクシク泣きだされたときには、困惑しましたし、ぞっとしました。とにかく、食事を出して文句を言われない日はなくて、つらかったです。でも、私はどんなに仕事が忙しくても、疲れていることを理由に食事を作らなかった日はないですね。彼が怖かったので。

——そのほかの家事については、どうだったんですか？

洗濯、皿洗い、掃除と、すべて私任せ。なのに、いろいろ口を挟まれました。洗濯の仕方が気に食わないと叩かれたり、食器に臭いがついてないか、食べるときに確かめられたり。服にしても食器にしても、家に置いてあるものは高価な物が多いんです。なので、取り扱いには注意を強いられました。チリ一つ落ちていただけでも「汚《きた》ねえな!」って怒られるので、掃除は常にしていたんです。お掃除ロボ状態ですが、私が掃除している姿を見ると、汚い物を見るような目で「貧乏臭《くせ》えな!」となじられるから、いつも彼が寝た後に、寝る時間を削って掃除していました。怒られるのが怖くて、夢中になって掃除していたら、朝になったこともあります。

――その頃の生活費の分担は、どうしていましたか?

アバウトですが、折半でした。夫が家賃、私が食費や雑費という分担で。夫は自分だけが家賃を払っているからと、私のことを「居候」と呼んでいました。夫と私の支出額は、ほぼ同額だったのに。ちなみに彼の年収は、私と付き合う前は150万円くらいだったようです。私と結婚していた3年間は収入がなぜかあって、1000万円あった年もありました。だけど、入ってきたらすべて使っちゃうので、貯金はゼロでした。

――彼は、二人の子どもたちとは、どのように接していたんですか?

1~2カ月に1回とかしか会わないのに、会うと必ず子どもの写真を撮っては、Facebookにアップするんです。それでイクメンと呼ばれたいんです。そして子どもたちと会って別れた後は、「おまえの育て方が悪いから、あんなやつになったんだ」って毎回2時間ぐらい説教されました。

――二人の子と彼との関係はどうなんですか？

彼は子どもたちを嫌っていて、子どもたちにも口うるさかった。特に次男を嫌っていて、次男と初めて会った後には、「あいつは俺の目を見ない。俺のことを馬鹿にしている」と言ってました。そのとき次男はまだ、おむつが取れたばかりの、赤ちゃんっぽさの残る子どもだったのに。長男は私と夫の関係を見抜いていて、「ママは向こうの家にいるときは泣いている気がする」と、母に言ったらしいんですよ。確かにその頃、私の心の中は常に大泣きでした。

返ってこなかった１３００万円

――末っ子は、いつ生まれたんですか？

３年前です。私は彼に、常に別れを提案し、彼はそれを却下し続けていました。そんな中で生まれたんです。子どもに対しても離れて見ているだけで触ろうとしないので、「なんで？」って聞いたら、「俺はどうせこの子と別れるんだろ」って、投げやりに言うんです。だったら、本当に別れてくれたらよかったのに……。末っ子が泣くと、そのたびに怒られるから、なるべく泣かせないように、夜中も細心の注意を払っていました。

――じゃあ、かわいがっていなかったんですか？

かわいがってるというイメージだけは、醸《かも》し出していましたよ。末っ子の写真を、Facebookに載っけていましたから。育児は、まったくしませんでしたね。例外は、自宅でパーティーをやったときですね。20人ほど来て、人数分の料理を私一人でずっと作り続けてたので、末っ子の世話にまで手が回らなかった。だから、しょうがないなって感じでおむつを取り替えてくれて。友人たちへ向けたパフォーマンスに見えました。「イクメンだねぇ〜」と友達に言われて、うれしそうでした。普段は頼んでも舌打ちしていたのにですよ。

――そのほか、何かひどい出来事はありますか？

実は私、夫に１３００万円貸してます。結婚して1年ぐらいがたった頃、大きい仕事をトントンとやり、彼に３００万円貯金ができたんです。その貯金を使って、さらに証券会社にお金を借りて、何倍もの相場を張ったのが、きっかけでした。いわゆる信用取引です。「信用だけはやめて」と言ったら「絶対に損はしない。おまえは黙ってろ！」と怒鳴られました。

夫は、どんどん損失を膨らませていきました。証券会社に返すお金もなくなり、私が貯めていた長男の受験資金なども含めて夫にかすめ取られ、ずるずると１３００万円貸していました。しかも、その後、株価が回復するに違いないという大底値で、なぜか彼は手を引いてしまったんです。

同じマンションの別フロアにある実家に逃げた

――家を出るきっかけとなった出来事は何ですか？

夫と末っ子と私の3人で住んでいたマンションが老朽化で取り壊されるということで、立ち退くことになりました。それで私は彼に、「今度こそ、これを機会に別れるつもりよ」と伝えました。しかし、彼はその言葉を本気にせず、「まあいいから、いい物件を探してよ」と言うだけでした。

なかなか彼の出している条件（広さ・家賃）に合う物件が見つからなかったのですが、そのうち不動産業者が薦めてきたのが、親と長男・次男が暮らしているマンションの別の部屋だったのです。そして立ち退き期限ぎりぎりに、夫と末っ子とともに、実家とは別フロアに引っ越しました。荷作りや荷ほどきは、すべて私任せでした。2週間、私が一人で片付け続け、地道にきれいにしていきましたが、私が出て行くと決めたとき、まだまだ荷物が積み上がっていて、私や末っ子の荷物を持ち出せていない状態でした。それもあって、彼は私がまさか出て行くとは思わなかったんでしょう。

――何があったんですか？

引っ越しが済んで半月後に、家を出たんです。その日は保育園のイベントに行く途中で、

「おまえは頭が悪い！」と、いつものように怒鳴られました。それで私、悲しくなってしまって「こんな気持ちで、保育園の楽しい会に参加はできないな」って思ったんです。「私は行きません。あなた、行きたいんだったらどうぞ」と彼に言って、末っ子を彼に預けました。

彼が2～3時間その会に参加している間に、私は新居に戻って、別フロアの実家に荷物を移動させました。彼は、私の物を嫌がっていたので、私は自分の荷物は極力少なくしていたんです。なので、荷物を出すのは簡単でした。

私が荷物を運び出した後も、彼は「どうせ帰ってくる」くらいに思っていたのでしょう。私が末っ子を連れていくのを普通に見ていました。それに、末っ子だけ置いていかれたとしても困るでしょうし。Facebookの投稿で彼の不在を確認して、残した荷物を何回かに分けて出したんです。私が出ていった後、部屋は、みるみるうちにゴミ屋敷になっていきました。私がいないと、お酒の空き缶と、デパ地下とかで買った高いお総菜の残りが入ったままのプラ容器や、脱ぎ捨てた服や下着が、床にどんどんと積み上がっていたんです。

養育費は払われないが、子どもたちに寄り添って生きていく

――別れてから、子どもを一度も会わせていないのですか？

いいえ。私が出て行ってから2カ月間ぐらいは、週末に会わせてました。会いたいか彼に聞

いて「会いたい」と言えば、私名義の車を貸して「行ってらっしゃい」って、そんな感じ。
最後、彼が末っ子に会ったのは昨年末でした。その日は出かける予定だったんですけど、子どもが熱を出してしまって行けなくなったんです。すると、珍しく彼の方から会いに来ました。末っ子は、玄関先で彼からビスケットを受け取ると、すーっと離れてしまったんです。私は彼が怒るのが怖くて、「パパにありがとうは？」って促したら、息子が「ありがと」と彼の顔も見ずに言って、お兄ちゃんにビスケットを見せに走り去ってしまいました。それが、彼が末っ子に会った最後でした。その後、彼から、「末っ子に会いたい」という申し出は一度もありませんでした。

――その後、離婚に向けて調停を申し立てたんですか？

そうです。私からは離婚調停を。それに伴い、彼は面会交流と親権の調停を、それぞれ申し立てています。彼は年末以来、末っ子に一度も会いに来ないどころか、連絡すらしてこなかったのに、なぜ今さら面会を申し立ててきたのか、不思議に思いました。調停で彼は暴力や暴言を一切否定したり、株に関しては「夫婦で協力してやっていたから、借りたお金を全額返す必要はない」と主張したり。嘘ばかり言っています。

――養育費は、もらっているんですか？

「経済的につらい状況だから、払いたいけど払えない」といって、支払いを拒否している状態です。だけど別れる前に、「おまえには1円も払いたくない」と言ってましたからね、それが本音でしょう。養育費は私のためじゃなくて、子どもの成長のためにあるのにね。

――千秋さんは、今後、子どもを彼に会わせる気がありますか？

会わせたくないです。彼の顔を思い出すと、私をにらみつけている顔しか思い浮かばず、気分が悪くなります。今も自宅が近いので、会ってしまうのではないかと、毎日おびえながら暮らしています。そんな理由から、調停中も顔を合わせないように、調停委員さんに計らっていただいてるんです。

彼が末っ子を連れているときに、何度もけがを負わせています。Facebookに気を取られていたのが原因だったり、末っ子を持ち上げて高い所から落としてしまったりしたんです。感情を抑えられない暴力的な性格や、突然泣きだすなどの数々の奇行を思うに、会わせたら、子どもがまた危険にさらされるのではないかという心配が拭《ぬぐ》えません。だから、調停委員さんや調査官の方には「面会はさせたくない」と伝えています。

どうしても会わせなければならないのなら、第三者機関を間に入れて、第三者の立ち会いの下での面会交流を望みます。その際の費用はすべて彼持ちで、というのが条件です。一方、夫のほうは「別居から2カ月間、二人で会っていたのに、それはおかしい」と主張しています。確かにその間、直接会わせていました。だけど、渦中にいるときって、それが異常な状態だっていうことに気がつかないですからね。

――末っ子と上の二人との関係はどうなんですか？

すごくいいですね。15歳、8歳、4歳。だんご3兄弟みたいに、いつも身を寄せ合っています。長男と次男は、末っ子が大好きで、「○○を取られてたまるか。僕らが○○のお父さんだ」って一人前なことを言っています。ここ数年で長男と次男も成長し、いろんなことがわかるようになりました。夫のことをハッキリと敵視していますね。調停に行くときも「ママがんばってね」と応援してくれます。よくわかっていない末っ子も一緒になって、「ママがんばれー！」と言ってくれますよ。

――2度の離婚を振り返って、いま思うことは何でしょうか？

ひと言で言うと、面白い経験。過ぎてしまえば、どんな大変な経験も、忘れてしまいがちかな。だけど良かったことだけは、割と覚えています。2番目の夫とは良い思い出が少ないので、そのうち、ほとんど忘れてしまいそうですね。離婚を通じて確信したのは、自分に一番近い人を幸せにできないと、自分も幸せにはなれないということです。

――子どもたちには、どんなふうに育ってほしいですか？

〝立派な大人〟よりも〝誰かの幸せをつくり出せる人〟になってほしいですね。今後は子どもたちが好きなことを見つけて邁進《まいしん》できる環境を（精神的にも経済的にも）整えてあげようと思って、日々頑張っています。将来、私の親としての役目が終わるときまで、子どもたちそれぞれの思いに寄り添い、一緒に悩んだり、喜んだりして、生きていきたいです。

お二人の体験を知って思ったこと。それはよく暴力から逃れる決心がついたなということだった。毎日、暴言を吐かれた上に、暴力を振るわれることで、平常心や自尊心を失っていたのだ。倉橋さんは夫の浮気、大杉さんは保育園のイベントという気づきのきっかけがあったことなどから決心がついたわけだが、普通ならなかなか踏み切れるものではない。自己肯定感をズタズタにされ思考停止状態になっていたり、経済的な自立が困難だったりといった問題から、ずるずると関係を続ける者が多いのではないか。

＊

そもそもなぜDVは起こるのだろうか。DV加害者・被害者のカウンセリングやシェルター運営をしている味沢道明氏は言う。

「相手を傷つけようというより、自分を守ろうという気持ちからであったり、相手を支配したいという気持ちがあったりするからです。社会では問題がなくても家庭内でDVを引き起こしてしまうのは、家族というプライベートな領域が〝支配する側とされる側〟というパワーコントロールを内包した関係性だから。夫婦や親子という近しい関係だからこそ、外では働いていた理性が働かずワッと感情が爆発してしまったりするわけです」

乳幼児のころの生育も大きいようだ。

「喜怒哀楽など、急速かつ一時的な感情の動きを情動というのですが、それは主に乳幼児のころ、無意識下の部分に作られ、成長しても残っていきます。虐待されて育つと世界は怖いものだと認識し感情にふたをする〝否定的〟な神経プログラムが形成されていきます。そうした人が成長すると、自己を守るために平気でウソをついたり、言葉で説明する前に感情が爆発したりしがちです」

倉橋さんの夫は会社内での評価を気にする真面目な男なのかもしれない。また、大杉さんの夫は実際、自身のコンプレックスを語っている。

もう一つ気になるのは、なぜ二人とも、結婚が決まってから、妻を自分の下僕のように扱ったり、暴力を振るったりと豹変してしまったのかということだ。これに関しては、男性特有の所有意識とか肉体の拡張意識といったものが原因になっていたのではないか。その点、黒川伊保子氏の『夫のトリセツ』(講談社)に記載されている以下の記述が理由としてしっくり来る。

「男性脳は、身体拡張感覚が強い。車や道具を、自分の身体の一部のように扱う感覚が鮮明なのだ」

「身体拡張感覚の強い男性脳は、妻をも、そのように感じてしまうのである。自分の身体の一部のように。だから、褒めないし、お礼を言わないのだ」

同書にはこうも書いてある。

「特に、反応が良くて、思い通りになる妻は、秀逸な道具と一緒なので、危ないのである。夫の脳が、妻を『秀逸な道具』だと思い込んでいるので、それを果たさないときに腹が立つからだ」

インタビューを通じて思ったのは、お二人とも、とても気が利く頭の良い、素晴らしい女性だということ。コンプレックスの塊である大杉さんの夫は彼女に頼りきりだったのかもしれない。また、素晴らしい道具と見なしていたからこそ、腹を立てたのかもしれない。倉橋さんも夫に重宝されていたからこそ、お手伝いさんのように使われ、暴言を吐かれ、ときには手を出されたのではないか――。

どうもそんな気がしてならない。そう考えると私の母親もまるで同じだった。会社をやっていたとき、父は家の商売の経理をすべて任せきりにしていた。それでいて、母のことをまるで褒めず、けなしてばかりいた。

地獄のような環境から逃げ出すことができたことはよかったと思う。逃げるしか選択肢がなかったことは仕方がない。それでも、引っかかるものがある。それは、夫から逃げて、子どもと別れさせたから、ということではない。日本では、耐えるか逃げるか、それぐらいしか手段がないということがどうも引っかかるのだ。

日本のＤＶ防止法では警察や支援措置などを利用した後に保護命令の申し立てをする。それを受けて接近禁止や連絡の禁止がなされたりする。これは刑事罰ではなくあくまで民事。通報したとしても加害者を逮捕勾留《こうりゅう》することは普通できない。欧米のように刑事罰で対応するならば、二人は住んでいるところから出て行く必要などなかったはずだ。それに夫が反省する機会もあったのではないかと思うのだ。倉橋さんに関してはシェルターに逃げ込んで窮屈な生活のなかでの子育てを強いられるという大変な経験をしなくても済んだはずだ。

加害者である夫が家庭から追い出されるべきだったのではないだろうか。

お二人の話を聞いた私には、そう思えてならない。

第2章

会いたくない、会わせたくない

結婚して、子どもが生まれると妻と関係が変わった。それまで二人は対等の関係だったのに、子どもが生まれた途端、家庭はすべて子ども優先となった。急激な秩序の変化に私がついていけず、おろおろしていると、妻は「なんで手伝ってくれないの」と不満を漏らしはじめた。そうしたことが続くことで、妻は心の安定を崩すようになった。今考えれば、それが3年半後の離婚へ続く前触れであった。

思えば妻は妊娠・出産をへることで人格が変わってしまったように思う。思考も体質もすべて子ども中心、子どもの命を守るために臨戦態勢になった。そうやって子育てを頑張る分、私への態度が突然、厳しくなっていった。私にとっては理不尽と思えるほどに。

男である私からすると、なぜそこまで子どもを育てることだけに必死になるのか。夫に対して怒るのか、当時、それが不可解に思えた。一方で妻はそうした態度がもどかしくて仕方なかったに違いない。

この章で紹介するのは、別れた後に経済的な苦境に追い込まれ、別れた夫と子どもとの仲が疎遠になってしまったケースである。

出産後の心身の変化、子育てというハードワークが何年も続くことでの疲労困憊《こんぱい》、夫の非協力的な態度……。そうしたことが原因となり、気持ちがすれ違い、破局に至る。夫たちは別れた後も経済的な配慮がなく、母子はそのまま貧困へ追いやられていく。その結果、夫に対してますます恨みを募らせ、子どもに会わせなくなっていく。

一人目の中村珠美さんは20歳年上の上司との子どもを妊娠し、結婚、子育てに入るも、昭和な価値観を持ち、非協力的な夫との間で、すれ違い別れたケースである。書類上は夫が経営する編集プロダクションの役員で年収600万円とされていたため、別れた後に、保育園の保育料は最高額となったり、児童扶養手当がもらえなかったりして、貧困に陥ってしまう。そのことから、元夫への恨みを募らせ、「絶対会わせるものか」と意地になっていく。

もう一人の松田亜美さんは、年下のヨガ教室アシスタントと妊娠結婚したケースだ。非正規雇用の夫は、出産に備えて、がむしゃらに働いた結果、疲労でうつになってしまう。元々は子育てに強い意欲を持っていた夫だったが、いざ生まれてみると、無気力状態で、家事にも育児にも参加してくれなかった。協議離婚に至るも、夫自身、稼ぎが少ないこともあって、養育費は途絶えている。生活保護を受けながら、手のかかる息子を育てている松田さんは、元夫に子どもを会わせる気がなくなっているという。

彼女たちはなぜ夫に対して怒っていたのか。その怒りは私の妻と同じ性質のものなのか。会わせたくないとまで思った怒りの原因は何なのか？

堕胎後、無計画に妊娠。結婚した夫とかみあわず3年で離婚

中村珠美さん（40歳）

「いろいろあって3・11の後、こっちに来ました。昨年、8年ぶりにようやく、（元夫との）やりとりを再開したばかりです」

中村珠美さんは中学1年生の息子とともに現在、大阪に住んでいる。彼女が当時小学校入学を間近に控えた息子を連れて、知り合いのいない大阪に移住したのは、福島第一原子力発電所事故の後、東日本に放射性物質が拡散したのを受けてのことだ。当時の中村さんはシングルマザーとなって3年がたっていたころだ。移住後の生活はどうなのか？　そもそも、なぜ別れたのか？　いろいろと話をうかがってみた。

新卒で就職した会社のボスとの間の子を堕胎、
その後冒険心から結婚

――結婚に至るまでは、どのように過ごされていたんですか?

都内の大学に通っている間に編集プロダクションでアルバイトを始め、卒業後、そのままそこに就職しました。いざ働きだすと、ものすごく過酷でした。いかに寝ないでタフにいられるか――みたいな感じ。大衆的な男性誌のコラムを書いたり、アシスタント的な仕事をしたり。とにかく下っ端で、こき使われてました。そこには7年在籍して辞めました。というのも、妊娠したからです。相手に「子どもはいらない」と言われたんですが、私、それ以前に堕《お》ろしたことがあって、そのことにずっと罪悪感を持っていたんです。

――堕胎《だたい》されたときのお相手は?

その編プロの代表です。年齢が20歳ぐらい上の、絵に描いたような仕事人間でワーカホリック。部下にはすごく厳しかった。彼がいるとみんな緊張して、シーンとしてるんです。自分の原稿を破られたり、ほかのスタッフが「無能」と罵倒されたりして、身がすくむ思いをするということは何度もありました。だから、付き合ってるときから、あまり喧嘩するっていうのがなくて、関係が全然対等ではなかったんです。

――なぜ、年上のボスとお付き合いをすることになったのですか?

入社時、私以外ボスも含めて4人の男性社員がおり、女性は私一人だけでした。ほかの男性社員と付き合う可能性があっても、「こいつだけはない」と思っていたのですけどね。入社して2カ月くらいで、黙って会社を辞めようと思っていたのを、台湾取材に連れていってくれるというので踏みとどまり、取材が案外楽しかったので、もう少し仕事を続けてみようと思い直したのでした。

その後、またすぐタイに連れていってくれるということになり、取材だと思ってフィルムをたくさん持っていったのですが、実は単なる旅行で、そこでなんだかそういう関係になってしまい……というわけです。相手が上司だから断れなかったというわけではなく、私が冒険好きなゆえ、「こういうおやじと付き合ったら、人生の勉強になるだろう」という軽い気持ちでした。

——その後、妊娠・出産されたんですよね。お相手は、そのボスですか？

そうです。今度は妊娠がわかったのを機に、しぶしぶ結婚しました。生まれた子は男の子でした。

——元旦那さんは、女性関係が派手だったりしたんですか？

スナックの女の子と浮気していたことがありました。「ほかに子どもはいない」と言っているけど、どうでしょうね。ワーカホリックでお金もけっこう持っていて、お金を持っていないと不安というのかな、持っていることにステータスを見いだしている、そんな人です。

——なぜ仲が悪くなったと思いますか？

子どもができてもワーカホリックという彼のスタイルが変わらなかったからです。ずっと仕事をしていて、家には寝に帰ってくるだけ。私があまりにも当てにしなかったから、というのもありますが、育児にしたって協力的ではない。たまに公園に遊びに行ったりとか、あとはお風呂に入れてくれたりしたぐらい。それも週に1回、あるかないかですよ。

一方、私は一八〇度、生活を変えざるを得なかった。家に一人でこもって育児に追われる毎日。睡眠不足だし、授乳やおむつ替えもしなきゃいけない。子どもが生後7～8カ月のころ、「夜泣きがひどくて、私が全然眠れないの」と彼に話したことがあるんです。そしたら彼、なんて言ったと思います？　「大丈夫大丈夫、（俺は）そんなの全然聞こえなかったから大丈夫だよ。眠れたから」って言ったんです。

彼は仕事、私は育児と、ずっと平行線でした。関係がものすごく険悪になるようなことはなかったんですけど、かみあわない夫との日々の生活に疲れ果て、相手への情がなくなっていきました。それで、「離婚したい」と切り出したら、「お金ないのにどうするの？　できないでしょ、子育て」って言われ、何も言い返せなかったんです。

――仕事には復帰されたんですか？

子どもが1歳のとき、フリーライターとして仕事を再開しました。本当はもっと早く子どもを保育園に入れたかったんですが、3月生まれなので、そうはいきませんでした。都内だと、翌年の4月まで待たなければ入れなかったんです。保活（わが子を保育園に入れるために親が行う活動）を事前に勉強している人は、計算して5月とかに産んで、早いうちから働けるんですけどね。まったく無計画な妊娠だったので。

準備もせず、条件も考えずにした離婚

――元旦那さんと別れたのはいつですか？

子どもが3歳のときです。「家を出る」と彼に予告して、息子と二人、すぐ近くに引っ越しました。4月末ごろです。別居親がよく言う〝連れ去り〟とは違います。追い出されるような感じ。「俺の家にいつまでいるんだ？」って言われましたから。北関東の実家に移住しなかったのは、そこだと東京から遠くなり、取材や打ち合わせが難しくなるからです。近所だと、保育園を替わらなくていいですし。

――離婚を決断した理由は何ですか？

子どもが3歳にもなると、だいぶ手がかからなくなるし、体が強くなって病気で休むことが少なくなる。だったら保育園に預ける時間をもっと延長して、自分一人で働いて育てていっていう一人二役でも大丈夫かなと思ったんです。それとあともう一つは、とにかく彼との生活が苦しかったからです。子育てを私一人が全面的に請け負うことで、それ以外の仕事や自分のやりたいことなどは何もできない。なのに、なんのバックアップもない。その理由を、すべて彼のせいだと、当時思い込んでいたんです。だから「別れたら、子どもをこんな奴に会わせたくない」って思っていました。

――別れるに当たっての条件は、何か決めていたんですか？

何もやってなくて、後から離婚後の紛争を起こしたんですよ。養育費を求める調停。お金たくさん持ってるんだから、養育費はたくさん払うべきだと思っていたのに、月いくらとか具体的な条件を考えることすらしなかった。準備もせず、条件も考えなかった。とにかく私は浅はかでした。

――元旦那さんは条件を出してきたんですか？

「小学校に上がるまでは養育費月５万円。面会は、そのときそのときの双方の都合を聞いて行う。慰謝料はなし」みたいな感じで、細かい条件を提示してきましたね。

――その条件に対して、どんな反応をしたんですか？

彼が提示した条件を「はい、それでいいです」と私がすべて呑んだので、調停は１日で終わりました。それ以上、彼と揉めたくないし、関わりたくなかったんです。日本一、弁護士を輩出している大学の法学部を出ていますから、闘っても勝てるはずがないんですよ。

彼女と元旦那さんとの関係は、最後の最後まで対等ではなかったのだ。

必死で働く日々から3・11、そして関西へ

――離婚の際に取り決められたことは、実行されたんですか？

お金を持っているはずなのに、一度も養育費が払われていません。自動振込の書類を銀行に提出すればいいだけなんですけどね。「手続きに行く時間がない」と言い訳していました。そして、それだけではなく、さらにその後、踏んだり蹴ったりが続きました。離婚前まで、退社したことになっておらず、それどころか私は彼の会社の役員というポストに置かれ、一銭ももらっていないのに、名目上は年収が600万円あることになっていたんです。

そのため、離婚したその年の保育料は一番高めだし、ひとり親家庭に支給される手当（児童扶養手当）ももらえない。住民税も高い。本当は一銭ももらえてないのにですよ。子どもに会えない喪失感を彼も抱えていたとは思います。だけど、そんな状態がさらに彼への恨みのようになって、私もかたくなに会わせないという気持ちになっていました。

――離婚後は、どのような生活を送っていたんですか？

別れてから3年間、元の家に近い都心エリアに住んでいました。働いて育てることで精いっぱいで、ものすごくしんどかった。だけど私が働かないと、生活が維持できない。それこそ、回し車の中のハムスターのような生活で、必死でした。

マンションの家賃を払いつつ、子育てをしながら働いていたんですが、経済的にはカツカツでした。貯金は少しあったものの、夫との3人暮らしのときに比べると、だいぶ切り詰めないと、暮らしていけないんです。だから、息子に欲しいものがあっても、ほとんど何も買ってあげられませんでした。安いものでも、買うかどうか、その都度かなり悩みました。

生活環境ががらりと変わったことで、息子も大変だったと思います。離婚した直後、息子はイライラし、暴れて泣くことが多かったです。そのたびに私も自分を責め、泣いていました。そんな生活ですから、彼に何か請求するとか、そうした手間がかけられません。近所ですので、彼にばったり会うんじゃないかとおびえていましたし。そんなわけで、彼に息子を会わせたほうがいいかとか考えることもしたくなかったし、その気がまったくなかった。やっぱり気持ち的な余裕がないと、難しいです。

――それでも東京に住み続けようとしたんですか？

当時住んでいた地域の子どもたちは6割ほどが中学受験をするんですが、私が田舎育ちだからということもあって中学受験というものの想像がつかないし、そもそもそんな余裕はありませんでした。ここで子育ては無理だな、と思うようになって、だったら、実家の近くで、東京に出るのが便利なところに引っ越そうということで、段取りを組んでいたんです。

――引っ越しは実行されたんですか？

いいえ。それどころじゃなくなりました。3・11が起こって、私がパニックになってしまったんです。「早く西へ逃げろ」とか、そういう発言にモロに煽られて、私はたちまち、「北関東なんて、放射能に汚染されてて危ない！」って思い込むようになりました。
保育園のママ友に、飲み屋のママがいて、彼女の出身地が大阪だったんですよ。彼女はそのころ、実家で子育てをして、仕事は都内の飲み屋という大阪半分東京半分の生活をする予定で、実家への引っ越しを進めてたんです。パニクっていた私は、そのママ友に「息子をあなたの子と同じ小学校に行かれるように、私も引っ越すから」って言って、実際に引っ越してきたというわけなんです。

できなかった息子へのケア

――大阪に来てからの生活はどうですか？　そうやって移住してきたママたちの間での連帯はありますか？

原発事故のせいで私はここにいると思って、最初は反原発デモとかに行ってたんです。だけどやっぱり置かれた状況が一人ひとり違うし、ちゃんと帰れる家があるのに避難してきた人たち、しかも東京から。そういう負い目みたいなものを勝手に感じていましたし、デモに行くと、またいろんなことを言う人がいるじゃないですか。放射能をものすごく気にするお母さんにとっては、東北・関東は汚染地帯なので、その場所で農作物を作る、それが流通する、流通した場所まで汚染される……という理屈がありました。
私の実家は茨城県で、農家出身の父は家族が食べる分だけの野菜を畑で作っていたので、そのことを話したら、「そういう人がいると、その食べ物が流通して、日本中が汚染されるんだよね！」と言われ、まるでうちの父が悪人のように言われていると感じました。その人たちにはその人たちの生活があるということには思い至ることもなく、「子どもを守る」という名目で、多くの人を傷つけるような言動を繰り返している。そのことが、私にとってすごく疑問でした。これは、そのとき自分がとても弱っていたから、なおさらだったと思います。それでぐっさりと傷ついて、そういうところには行かなくなりました。なので、反原発関連のママ友はもう誰もいないです。

――息子さんとの生活はどうですか？

大阪に来て６年たって、息子は中学１年生になりました。本当に、あっという間でした。３・11後の移住という急な動き、関西というまったく縁のない土地への順応と仕事探しと生活を整えるのに必死で、息子への離婚後のケアは全然できてませんでした。
経済状態は相変わらずで、思春期に差しかかってきた息子の鬱憤《うっぷん》がそこに表れることもありました。彼が欲しいものを「いや、うちは買えないから」と言うと、「おまえが離婚したせいだろ！」とか言って、壁を蹴ったり、それを止めようとして私が攻撃されたりもして……。離婚だけのせいじゃないとは思うんですが、言葉にできない苛立《いらだ》ちみたいなものが、すごく出てきているんです。

8年ぶりに、元夫に連絡をしてみて

――元旦那さんには連絡されていないんですか？

息子による暴力や学費の心配など、いろいろ困ることが出てきたので、わらにもすがる思いで、8年ぶりに、元夫に連絡をしてみました。「助けてください」という文面のメールを出したんです。メールの文面でですけど、これまで息子に会わせてあげられなかった自分の非を詫びることもできました。自分から一歩踏み出せて、よかったと思っています。

――元旦那さんからの返事はあったんですか？

私からのメールが、たぶんうれしかったんでしょう。「困ったことがあったら相談に乗るよ」という返事が来ました。今やってる仕事の本を送ってきてくれて、息子に「こんな本作ってんだって」って言ったら、「おお、すげえ」って。まあ彼の中で父親がどんな人なのか、想像してるんでしょうね。息子宛に送られてきたメールは、そのままプリントアウトして、「読んでみたら」って言って渡しましたが、「思春期たるものこういうもの。誰もが壁にぶつかるもの」とか、説教臭い部分もあるので、読んでるかどうか……。

――まだ再会はしてない？

実現していません。彼は彼で、会わせもしなかったくせに、こんな状態になってから相談しやがってと思っているかもしれませんし、これだけ時間がたってしまうと、彼の方も、そんなに会いたいという気持ちがないかもしれないですしね。どう思っているのか、またこれから関係がどうなるのかわかりません。だけど、これまでのツケもあって、すごく面倒くさい父子、そして母子関係になってしまうかもしれませんね。

9歳下の男性と交際半年で妊娠。義父母と同居するも夫がうつに……

松田亜美さん（38歳）

「妊娠して結婚して出産して、ちょっとしたら離婚しちゃったみたいな感じです。いま振り返ると、凝縮された3年間でした。知り合いの占い師に『天中殺だ』って言われてたんですが、当たってましたね」

中央線の某駅近くにある日当たりのいい1DKで、松田亜美さんは当時を振り返った。彼女は、まもなく3歳になる、活発な男の子を育てている。4年前、独身OLだった彼女は、「このまま結婚せずに、年を取っていくのかな」と思っていたというから、人生が劇的に動いた3年間だったことがわかる。いったい何があったのか？

ヨガ教室のアシスタントと恋に落ちる

——出会いのきっかけは何ですか？

5年前、ヨガ教室に通い出したんです。教えるのは女の先生で、彼はそのアシスタント。教室に通っている生徒は当時、全員女性で、そのクラスにいた男性は一人だけでした。その男性が後の夫です。年は私よりも9歳下で、中性的な雰囲気の人でした。

——女の園に男が一人。そんなところに男性がいて、違和感はなかったんですか？

ヨガの練習をしているとき、先生やアシスタントが「脚上げて」とか「ひねって」とか言いながら生徒の体を触って、ポーズを矯正することがあるんです。アシスタントの彼も生徒の体を触るんですけど、中性的な人だってこともあって、誰も違和感を持たなかった。彼は体の仕組みにすごく詳しいし、ヨガのポーズならなんでもできちゃう人なので、触られるのを嫌がるどころか、みんな感謝していました。生徒の信望は厚かったです。

——松田さんが彼を好きになったきっかけは何ですか？

ヨガに専念したくて会社を辞めたんです。オーガニック製品を扱っているその会社は、商品も素敵だし、働いていて楽しかった。だけど体力勝負だったり、休みが取りづらかったりして、行くのがつらくなっていって、衝動的に辞めたんです。でも、辞めた途端に、お金のことが心配になってきた。そこで彼に相談したら、「今、貯金があるのに、ないって思い込んでる。ネガティブなことにばかり気持ちが向いてるよ」って言われて、はっとしました。それがきっかけで尊敬の気持ちが、恋心へと転化したんです。それで、私から「お付き合いしてもらえませんか」って告白したんです。ふられましたけどね。

――なぜふられたんですか？　中性的とのことでしたが……。

いいえ、ゲイではないです。女性と付き合った経験がほとんどなかったらしくて、男女交際に興味が持てなかったとか。つまり根本的なところで、人に心を開けてなかったんです。彼が小さい頃、母親が2回離婚した関係で、親戚中をたらい回しにされた時期があったと聞きました。一方、彼がヨガを始めたのも、母親の影響だと話していましたね。良くも悪くも、彼は母親の影響を強く受けて生きてきたんです。

――彼自身は稼げていたんですか？

ヨガの先生というのは、ほんとにピンキリ。そのうち彼は、収入的にはキリのほう。先生のアシスタントをしたり、自分で教えたりするんですが、収入はフリーター以下。だけど、体の仕組みについてはすごく詳しい。ちょっと体を触っただけでも、ここの筋肉が張ってるとか、たちまち当ててしまうんです。ただ、そうした技術の高さが、収入につながっていかなかった。

——ところで、ふられた後はどうなったんですか？

教室で彼と話し込んでいるうちに、波長が合うようになりまして、気がつけば交際を始めていました。４年前の10月頃のことです。いったん付き合い出すと彼は積極的になり、彼の方から強く結婚を望むようになりました。経済的なことで不安はありましたが、私も結婚について彼の考えに基本的には賛成。そして、付き合いだして半年ほどで妊娠しました。

夫を叱る義父母に耐えられなくなった同居生活

——結婚についての家族の反応は？

うちの両親に、妊娠したことを話したんです。結婚したいということも含めて。すると私の父は「ハーッ」ってため息をついてから、「なんでわざわざ苦労しなきゃいけないんだ！」って言いました。彼の経済力のなさを知っていたので、当然かもしれませんが。

一方、彼の父親は彼の経済力や労働意欲のなさを知っているので、私に対して恐縮しているというか、将来のことを心配していました。「責任は取ります」と、きっぱりお話しされたのを覚えています。

——〝責任〟とは何ですか？　「堕胎の費用は出す」とか、そんな話でしょうか？

違います。彼に生活力がないので、実家に一緒に住むということです。二人でアパートを借りるとお金がかかりますからね。川崎にある彼の実家に同居することになりました。そこは3DKのマンション。もともと彼が自室として使っていた、6畳の部屋をあてがわれました。もちろん彼も同じ部屋。棚があって、布団を敷いたらもういっぱいという狭さでした。

――その後は、ずっと同居したんですか？

基本はそうです。だけど、うまくいかなかった。お母さんは、私が掃除機をかけた後、わざわざ、また掃除機をかけたりしてるんです。悪気はないかもしれないけど、いい気はしないですよね。

しかも、ご両親は彼をダメな息子と見なしているようで、きつい言い方で叱るんです。それがすごく嫌でした。好きで一緒になった人が、目の前で叱られるんですから。そうしたことの積み重ねから、そのうち義父母と一緒に住むのが耐えられなくなってきたんです。それで、川崎の彼の家と都内の自分の実家との間を、行ったり来たりするようになりました。翌年の8月中旬には、当時勤めていたバイト先を辞めて、出産の準備に入りました。

――当時、彼はどんな毎日を送っていたんですか？

かなりがむしゃらに働いていました。朝5時に起きて、6時から都内でヨガを指導して、それで午後、川崎に戻ってきて、夕方から午後11時まで、地元のジムで働いてました。その一方で、子どもの体の動きに関するDVDを借りてきて、「こうやって寝返りを打つんだ」と勉強するなど、育てる気満々の様子でした。

ところが、そんなペースで働いていたせいか、彼は体調を崩しちゃった。アルバイト扱いなので、いくら働いても自立できないという徒労感にさいなまれたみたいです。そうしたことから、徒労感と疲労とでパンクし、うつになっちゃったんです。私が臨月を迎える頃です。

うつになった夫とは出産直後に別居へ

彼に覇気はなく、発言はマイナス思考。病院には行っていたが、薬は飲んでいなかった。自分の殻に閉じこもり、ゲームばかりするように。そんなとき、松田さんは出産を迎える。

10月末の出産でした。彼は立ち会ってくれました。双方の両親に、助産院の場所を連絡したんですけど、陣痛が急に強くなり、5時間ぐらいで生まれてしまって、間に合わなかった。産んだとき、彼には「ありがとう」って、お礼を言われました。

――生まれた後、3人はどこで暮らしたんですか？　彼のうつは回復しましたか？

産後、私は実家で過ごしました。肥立ちのキツイ時期に、彼の両親と過ごすのは精神的に無理だったんです。その代わり、彼に私の実家に来てもらいました。彼自身は「大丈夫」って言っていたんですが、全然ダメでした。私の両親との関係が気まずかったようで、気が休まらなかったみたい。だから、彼のうつは一向に治る兆しを見せませんでした。

――出産直後から別居していたんですね。

翌年の6月ぐらいまで、8カ月ほど私は実家にいました。彼は相変わらずうつでした。どちらかの実家に3人で住もうとしたんですが、双方とも相手の親とか家がダメでしたね。

――3人が親子水入らずの状態で暮らすことはなかったんですか？

私が実家を出た後、3人で暮らしました。彼の両親に引っ越し費用を何十万円か借りて、都下に引っ越したんです。

――それは、うまくいきましたか？

むしろ逆です。言い合いになって、怒りで打ち震えるようになって、双方が物を投げたりしました。当時、彼はまだうつ状態で無職。もともと無気力なんですが、家事や育児を何もしてくれない。自分だけ先にご飯を食べ終わると、スマホのゲームをしだすんです。そして夜中になると、借りてきたＤＶＤを彼は一人で観ていました。そんな感じなので、どんどん仲が悪くなっていって、一緒に住み始めて半年ぐらいで結局、別居したんです。

具合の悪い息子を残して実家に帰った夫と別れる決意

――最終的に、別れようと思ったきっかけは何ですか？

一昨年の12月にすごく仲が悪くなって、寝るのも別々の状態となりました。その頃から子どもが夜中に吐くようになってしまって、いま思えば自家中毒だったんでしょう。一方、彼は寝たら絶対に起きない人なので、「(家事も子どもの世話も)なんで私ばっかりやらなきゃならないのよ」っていう気持ちが強まっていきまして、彼の失敗一つ一つに対し、怒りを募らせていったんです。

それで、年明けから、お互いにすごい剣幕でののしり合いました。そんなことが毎日続いた果てに、彼が実家に帰ってしまったんです。その間も、ずっと子どもの具合が悪かった。私は一人で毎日、具合の悪い子どもを看て、吐いて汚れた服を洗濯して……という繰り返しの生活を送ったんです。

それで1回、母親にヘルプに来てもらいました。そのとき「今後どうするか、はっきり決めたら?」と言われたんです。それで私、はたと気づきました。彼が戻ってきたとしても、やり直せるかどうかわからない――って。そして、市役所に電話で離婚して引っ越したい旨を伝え、支援を受けられるか相談に乗ってもらいました。可能とのことだったので、後日、訪問して、その場で離婚の決意を固めたという感じです。

――離婚することを、彼にはどうやって切り出したんですか?

彼が戻ってきたときに言いました。ちょうど私が実家に帰ろうと予定していたタイミングです。去年の1月中旬のことでした。以前の夫婦ゲンカで、離婚という話が出ていたので、離婚届はすでに記入と捺印が終わっていました。それを最終的には、彼が市役所に持っていったんです。

――そのとき、養育費や親権、面会といった話はしましたか？

親権は私。養育費は「経済力がないので払えません」と彼は言っていた。「私が受け取るんじゃなくて、子どもに受け取る権利があるんだ」とは何度も言ったんですけどね。すると、彼は私に「子どもに一生会わせたくないって言うんなら、一生会わなくてもいい」とまで言いました。振り返ると、そんな言葉が出てくるぐらいにお互い仲が悪かったんだなって思います。

――その後は、お子さんと二人で暮らしたんですか？

そうです。実家のそばのアパートに、息子と二人で引っ越してきました。まだ1歳半頃でした。私は働きたいんですが、息子は怒ったり泣いたりが、すごく激しいんです。

ほどなく父が交通事故で寝たきりになり、母親を頼ることもできなくなってしまいました。かといって保育園は激戦区なので、なかなか入れない。そんなわけで、多動気味の息子の面倒を一日中ずっと見てるだけの毎日です。

一方、彼は、仕事でペアを組む15歳くらい年上の女性と付き合うようになったそうです。収入も安定し始めたんだとか。

やはり支払われない養育費、それでも息子を会わせる

――離婚後の面会は、どうしていますか？

会わせたほうがいいのかなという気持ちと、私ばっかり大変な思いをしているんだから会わせたくないという気持ちとの間を揺れ動いていました。でも、やっぱり子どもにとっては実の父親なので、たまには会わせたほうがいいかなって思ったんです。

昨年10月の誕生日には、彼から「息子に会いたい」と連絡があったので、会わせました。別れて以来、養育費を一銭も払ってないのに、虫がよすぎますけどね。

3人で食事に行って、その費用は全部払ってくれました。今年の5月ぐらいに、一度子どもを預かってもらったことがあるんですが、そのときはおもちゃを買ってくれて、お金も少しもらいました。そのぐらいです。金額は3万円でした。

――今後は、どのような形で会わせますか？

今年も息子の誕生日が近づいてきているので、また連絡があるんじゃないですか？　あと、面会ではないんですが、息子の世話で私がいっぱいいっぱいになるときがあるので、そんなときは「預かってほしい」って、こちらから連絡します。実際には「(預かる代わりに)今後はお金で」と言われて、一度断られましたけどね。ひどいでしょ。

その後また、私から彼に連絡をしたんです。するとまた子どものおもちゃを持って数日後に来てくれて、ちょっと話をしたりして、数時間うちにいましたね。やっぱり子どもが覚えてるので、実の父親が一番です。とはいっても、彼とやり直そうっていう気持ちはまったくないです。彼に新たな相手がいるということもありますから、私が望んでも無理なんですけどね。

――父親のことを、これからどうやって子どもに伝えようと考えていますか？

彼が帰った後、息子に「お父さんは？」って聞かれたんです。「お父さんはいつもいないよ。ときどき会うだけでしょ」って答えました。息子はふーん、という感じで、それ以上特に何もなかった。今後も、そのときと同じように答えるつもりです。

――これから子育てのプランはあったりしますか？

養育費は、可能なら欲しいです。仕事の調子が乗ってきて、払える状態みたいですからね。息子が大きくなってきて、手がかからなくなったから、そろそろ働き始めないと、とも思ってます。

息子を成長させるには、やはり男性との関わりがあったほうがいいでしょう。だから、息子と遊んでくれる男の人がいてくれたらなって思います。それは新しいパートナーでもいいし、恋愛抜きの関係で、子どもと一緒に遊んでくれるだけの人でもいい。今、私に交際している相手はいないですけどね。

＊

職場の上司だったワンマン社長の夫は中村さんを構わなすぎた。孤独な子育ての中、彼女は怒り、ストレスを溜めて疲弊して別離。そこに経済的な仕打ちが追い打ちをかけた。ヨガ教室のアシスタントだった9歳年下の男性と結婚した松田さんは、夫は夫で頑張ろうとしていたが、出産後の変化に対応できず破局を迎えてしまっている。お二人の大変な境遇について、お話をうかがい、その大変だった境遇に強く同情した。

男性と女性とでは脳そのものは変わらない。ただし、組織が99パーセント同じでも、脳の使われ方が違うという。

男性は概してシステム思考である。過去の記憶には無頓着で、物事の全体を見渡して考え、プロセスよりも結果重視の傾向が強いそうだ。それに対して、女性はプロセス思考。必要なことなら数十年前のことも瞬時に思い出し判断することが得意だし、過去についてこだわりが強い。また結果よりも、プロセスや共感を重視する傾向があるそうだ。

ワンマン社長の中村さんの夫の行動は、男女の脳の特性で説明がつく。中村さんに対して、仕事優先の夫にはまるで共感がなかったのだ。しかし一方、9歳年下の松田さんの夫は当てはまらない。ヨガ教室でたくさんの女性の支持を得たことからすると共感能力はかなり高いはずだからだ。

共感と結果という、男女の志向の違いより、むしろ妊娠・出産という女性にしかできない行為と、その過程で生じる女性の脳や身体の変化が大きかったのではないか。

妊娠〜出産〜新生児の子育ての時期。ホルモンの関係で女性の体調は激変する。

ローアン・ブリゼンディーン『女性脳の特性と行動』（パンローリング）によると、妊娠し出産する過程でオキシトシンなどのホルモンが大量に分泌され脳が変化、急激な神経学的変化が起こるそうなのだ。

「産後数日間に新生児の頭や肌やうんちや吐いたおっぱいなどの愛しい匂いに包まれて、脳に化学的な刷りこみが行われる（略）。何時間か何日かたつと、もう何がなんでもこの子を守ろうという気になる。母親の攻撃性が発動する。この小さな存在を守り育てようという決意と意欲が脳の回路を完全に支配する。（略）脳が変化し、それとともに現実も変化する。たぶん女性の一生のなかで最大の変化だろう」

また、黒川伊保子『妻のトリセツ』（講談社）には次の通り記してある。

「周産期・授乳期の妻は、激しいホルモン量の変化に翻弄され、栄養不足で、寝不足で、自分で自分をコントロールすることもままならない『満身創痍《まんしんそうい》』の状態である」

「母性本能は（略）特に周産期（妊娠、出産）と授乳期に強く現れ、子育て中はほぼ継続していく。（略）『怒り』は『期待』の裏返し」

「女性脳は、自らの身を守らないと子どもが無事に育てられないため、危険回避のためのネガティブトリガーのほうが発動しやすい傾向にある。身の周りにいる、自分より力が強い者には、特にそうなる。一方で、全身で頼ってくる小さき者にはポジティブトリガーが発動されやすい。『夫にはひどく厳しく、子どもやペットにはべた甘い』が母性の正体であって、男たちがロマンティックに憧れる『果てしない優しさ』が母性なんかじゃないのである」

妊娠・出産にまつわる女性の精神的・肉体的変化。それについて、どちらの夫もまずい対応をしてしまった。それこそが破局の主因なのではないか。（うつ病だった松田さんの夫に当時、「奥さんを支えろ」と助言しても、動ける状態ではなかったのかもしれないが……）

私自身、新婚時代の甘い関係のとき、子どもができた後の妻の精神的・肉体的な激変というものに、二人でしっかり向かい合い、変化に備えてシミュレーションをしておけば、良かったと思う。それは私のケースだけではなく、この章のお二人もそうだし、すべての新婚夫婦が学ぶべきことだ。

第3章

家庭内別居という地獄……からの解放

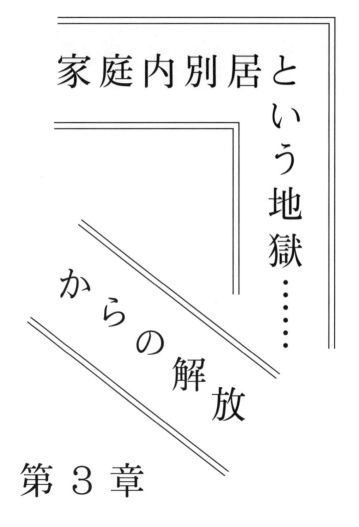

家にまったくお金を入れなかったり、恫喝《どうかつ》されたり。怒鳴《どな》られたり、暴力を受けたり。浮気をされたり。我慢ならない理由があって子どもを連れて家を出て行く。そういったケースを見てきた。

この章のケースが違うのは夫婦の関係が破綻しているにもかかわらず、一つ屋根の下、夫婦関係を続けたということ。つまり、家庭内別居の後に離婚に至ったケースである。

家庭内別居とは、別れたいと思う相手と同じ家に住みつつも、事実上、夫婦として成立していない、そんな生活をいう。

家計は完全に別で顔も見ないものから、顔を合わせれば挨拶程度はするし食事は作り置きしておくというゆるいものまで、さまざまな形の家庭内別居があるが、それはあくまで夫婦仲が悪いことが前提である。夫婦仲が悪いがゆえに、必要事項をメールで伝える、食事や洗濯は別、夫が帰宅すると、自室に戻る。これらがすべて当てはまるようなら、家庭内別居状態といえる。が、生活のリズムが違うのでほとんど一緒に食事をとらないとか、見たいテレビ番組が違うので別の部屋で見ている……といったものだけなら該当しない。

家庭内別居のメリットは次の通り。家計が一緒なので安上がり、世間体を悪くしない、子どもが両親と暮らせる……など。

デメリットは、仲の悪い相手と同居していることで精神衛生的に良くない、離婚話が進まない、家計が分離できないことだ（以上、家族のためのＡＤＲセンター「離婚テラス」のウェブサイトを参照)。

家庭内別居の割合は昭和の時代に比べると、減っているのかもしれない。というのも最低の1963年には1000人当たり0・73（7万組）だったのが、ピークである2002年には2・3（29万組）と離婚率が3倍以上にまで増えているのだ（厚生労働省：人口動態統計より)。相手と合わなかったから離婚したケースも、一昔前は家庭内別居という方法で長年やりすごしていたのではないか。

紹介する一人目は、大阪の下町に住む池脇あやのさん。とび職の男性と再婚し、男の子を出産するも、夫が長男を虐待したり、家の中で暴れたり。経済的にも困窮し、持病が悪化してしまった池脇さんは、自己破産して離婚した。その後、元の夫と一度だけ体の関係となって妊娠。もう一度だけ賭けてみようと思い、同居し出産するもやはりうまくいかなかった。彼女が家庭内別居をしていたのは、自己破産して離婚する前のこと。

もう一人は東北在住の看護師、山本裕子さんの話。都内の病院で勤務していた彼女。入院患者だった男性と交際・結婚し彼の実家のある東北へ。イエ意識が強固な夫やその家族の仕打ちに苦しんでいく。長男、長女を出産し、一軒家を購入するが、家事も育児もせず、妻をこき使う夫は変わらなかった。

自らの両親は結婚を反対していたため、夫を連れての挨拶にも行かずじまいだったが、老後の面倒を見てもらおうと、彼らは九州から山本さんの家の目と鼻の先に引っ越してきた。しかし、その実の両親との関係も改善せず。

その後、甥っ子に新車を買ってあげようとする夫を思い留まらせようとしたのを機に家庭内別居。2階建ての家のひと部屋に裕子さんと娘と息子が暮らすようになり、夫との会話も皆無となる。婚姻費用の分担請求調停と離婚裁判を3年にわたって同居しながら続けたのだった。

二人のケースは暴力や暴言を吐かれたりネチネチと精神的に追い詰められたりといった点ですでに関係は破綻しているし、いつ離婚してもおかしくないものだ。結果として最終的には住居を別にしてリアルな別居離婚へと進むのだが、それまでに何年も時間がかかっている。

いったいなぜなのだろうか。別居を阻んだものは何だったのか。決定したきっかけは何だったのか。同居を解消した後の生活はどうなのか。

夫に「殺す」と言われて1年後、息子を守るため自己破産して離婚

池脇あやのさん（40代）

「不安神経症にパニック障害、うつにぜんそく、加えてバセドー病。いろいろ併発してて、朝昼晩と毎日すごい量の薬飲んでる。でも飲まへんと生活できひん。元気なときはトラックの運転手やってたんやけどな」

池脇あやのさんは3度目の離婚の後、住み始めた2DK風呂付きの木造平屋のダイニングでそう話した。

昭和の匂いが濃厚に残る大阪府K市。高度成長期に建てられた木造モルタル2階建ての住宅が迷路のように密集している。生活保護率が全国平均の約3倍の、庶民的で、そして人情深い。そんなK市で生まれ育ち、結婚し、子を産み、育ててきた池脇さん。生活保護を受けながら、彼女はどうやって二人の子どもを育ててきたのか。

帰ってこなかった夫と、虐待的な夫と

――結婚する前の生活を教えてください。

中学校を卒業した後、ビデオの組み立てラインの仕事をやってた。その工場では自分が一番若いから、みんなに気を遣わなあかんし、どんどん忙しい部署に回されるしで、精神的にしんどくなってしまった。しまいにはベルトコンベアが揺れて見えだした。さらには神経がいかれ

て電車にも乗れんようになった。自律神経失調症っていうのになったんや。うち、O（伝説のシンガーソングライター）のファンやねんけど、音楽の機材運ぶトラックってあるやろ。「そのうち、あれを運転してみたい」って思ってな、トラックの運転手になったんや。20歳ぐらいのころやな。体の調子悪いから親には心配されたけど、結果オーライ。運転の仕事をする分には人付き合いはせんでええから、精神的な負担が少なくて、自分に向いてたんやわ。

最初は2トン車に乗って、コンビニの制服とかのリネンを運んでた。その後は先輩からいただいたデコトラで、鮮魚を市場へ運ぶようになった。電飾ギラギラの紫色のあんどんがついてる4トン車で、ビュンビュン走り回ってたんや。トラック野郎みたいやろ？　いやあ、あのころ、ほんま楽しかったわ。

――結婚したのはいつですか？

23歳のとき。相手は2歳年下の同僚の運転手で、Aという人。AもOのファンやし、結婚中はずっと仲が良かった。でもな、子どもが出来へんかったんやわ。妊娠せえへんかったんやわ。うちが30歳のころ、Aは「ちょっと実家に行ってくるわ」って言って、淀川の反対側にある実家に行って、そのままこっちに帰ってけえへんかった。今考えたら、たぶん女ができたんやと思うわ。

――お子さんができたのは、次の結婚ですか？

そう。離婚して1年ぐらいしてから、居酒屋でよく顔を見かけてたBと再婚した。二つ年下のとび職。うち、子ども産むのあきらめてたんやけど、Bと同棲し始めて2〜3カ月で妊娠したんやわ。

Bの父親がとび専門の会社の社長で社員寮とか持ってて、経済的に問題なさそうやった。ところがその会社、借金だらけやってん。額にすると300万円ぐらい。そんなこと妊娠してからわかってもなあ。遅すぎやで。

借金の理由？　仕事を安く請け負って、その分が回収できんかったのか、Bがパチンコやスロットにハマりすぎたのか、理由ははっきりわからん。そやけど結局は借金への心配よりも、妊娠したことのほうがうれしかったしな、なんとかなるやろうって思って腹をくくって、結婚してん。と同時にローンで3階建ての家買うて、その後に息子を産んだんやわ。

——出産後の暮らしはどうでしたか？

息子を保育園へ送り迎えしながら、生命保険の外交員として働いてた。夕方、仕事を終えると買い物をして、夕食の支度をして。そんなんで毎日ヘトヘトや。それでもBがねぎらってくれたらやる気が出るんやけど、実際は逆やった。

たとえば、うちが仕事で帰宅が遅れて夕食の準備ができなかったとするやん。そんなんでBが帰ってきたときなんか、気持ちが顔に出るねん。途端にムスッとして、「なんでご飯できてへんのや！」って威圧感のある声で、毎回言われたで。

――Bさんは、家事や子育てには協力的ではなかった？

全然。おむつ替えとかミルク、お風呂に寝かし付けとか、子育てはほとんどうちがやってた。関わらへんというBの方針は徹底してて。うちが40度の熱出したときも完全にノータッチ。「明日の午前中、病院行く間だけでも、この子見てて」って必死に言うたんやけど「仕事あるから無理」って。木で鼻をくくったような感じで片付けられた。そういうの、ほかにもあって、夜泣きしたときなんか、「やかましいんじゃボケ。明日朝から仕事やねんから黙らせろ」って吐き捨てて、布団にもぐり込むんやで。

――「黙らせろ」とか、すごいこと言いますね。

そやろ。毎日、そんなふうに言われたら、ホンマ心も体もおかしくなるで。そのうち、体が条件反射を起こすようになった。夕方、Bが帰ってきただけで、気分がドヨンと落ちたり、過呼吸とか、脈がいきなり140くらいまで速くなって目まいがしたり。あとは、冷や汗がばっと出たりもしたな。加えてバセドー病っていう目が飛び出たりする病気にもなったしな。

――そんな中で育てられたお子さんは、大丈夫だったんですか？

Bの叱り方が変やったわ。Bは〝おいた〟をした3歳の息子を正座させて、やったらあかん理由も言わんで「なんでしたんや。なんでしたんや。なんでしたんや」って、ずっと言い続けたり、息子を持ち上げて「わかってんのか！」みたいな感じで揺さぶったり。それ見て、この人ちょっと違うかもって思った。

――三面記事になりそうな、虐待につながりかねない話ですね。経済的には、どうだったんですか？

ずっと、きつかった。息子が保育園の年長さんになるくらいのときか。どうにも生活が回らないようになってしもうた。それこそ一番ひどいときは、米以外の食費を月1万円で回さなあかんぐらいお金がなくて。なんとか食べていくのがやっとこさで、自分の病院も行かれへんかった。

池脇さんへの心理的な圧迫、長男への間違った〝しつけ〟、そして困窮。それでも彼女はやりくりのため通院を我慢。その結果、バセドー病が悪化してしまった。

家庭内暴力から家庭内別居

池脇さんは次第に離婚を考え始めるようになる。命に関わるような出来事が立て続けに起こり、「この人、違うかも」という思いが、「この人とは、もう無理」という確信に変わっていったのだ。

――警察や救急のお世話になったりしなかったんですか？

夜中に息子が自分で勝手に冷蔵庫を開け、約100錠もの薬を飲んでしもうた。息子用のアレルギーやアトピーの薬。夜中、うちがウトウトしてたら息子に起こされて。そしたら息子、「お母さんゲポしてん、○くんゲポしてん」って言うんや。うちはそれで慌てて、「大変や！病院連れていかな」って思って、必死にBを叩き起こしたんです。でもBは眠そうな顔で「水飲ましとけ」って、ひと言言うだけ。「この子がどないかなったら、どないすんの⁉」ってうちが抗議したら、「それぐらいで死なへんやろ。ワシ仕事あるんや。寝るで」とか言うんやで。うち、さすがにカチンときてな、「そしたらうちが連れて行くわ」って言うて、うちが一人で夜間救急に連れて行きました。

――別れようと決意したのは？

電化製品を投げつけられたときやね。

――……どういうことですか？

うち、心の病の影響もあって、全然寝られへんねん。3階の寝室から2階のリビングに下りてきて、Oのライブ映像とか韓流ドラマのDVDを観ながら寝るようになったんや。そのことにBが不満を持ってたみたいで、あるとき階段下りてきて暴れたんやわ。不満が爆発したんやろうな。

――暴れたって、どんなふうにですか？

ちょうど、韓流ドラマのDVDを観ながらウトウトしてるときやった。Bが2階のリビングに下りてきたんや。「こんなビデオずっと観てるから、寝られへんのとちゃうんか⁉」って怒鳴りながら、テレビとＤＶＤプレイヤーのコード引っこ抜いて、バンバンどついたり、蹴ったりした後、部屋の端っこのカウンターキッチンの陰にいた息子に向かって、テレビやらＤＶＤプレイヤーやらを投げつけたんです。隠れてたから、息子には何もけがはなかったけど、これにはさすがにうちもぶち切れて言ったった。「物に当たるんやったら、うち殴れ！」って。するとＢは「おまえらに手出すときは、殺すときや！」って言いよったんやで。

機器が長男に当たっていたら、大けがをしていたかもしれない。しかも、〝殺害予告〟までされたのだ。この一件で、池脇さんの気持ちは完全に離れてしまった。とはいえ、すぐに離婚することはできなかった。

「出て行くお金はないし、あてもない。実家は実家で父親が怖い人やから、帰ったらうちがしんどい。それで実家にも戻れず、家庭内別居してたんやわ」

彼女がいったいどのくらい家庭内別居していたのか分からない。ただ一つ言えるのはどこに行っても八方塞がりで、行くところがなくじっと暴力を耐えるしかなかったということだ。

自己破産と離婚成立

――その後、どうやって関係を清算したのですか?

結婚して以来住んでた3階建ての自宅の売却に、めどがついたから。住宅ローンが滞ってきてたんやけど、それで競売にかけられて、なんとか買い手がついたんや。不動産屋が買ってくれてんけど、お願いして、引っ越し資金だけは残るようにしてもらった。

――それで、晴れて離婚が成立したんですか?

うち、Bの父親の会社の連帯保証人になっててな、会社の負債を折半する形で、自己破産してしまったんやわ。病気がたくさんあって働けへんし、それでも息子は守らなあかんやろ? それで地元の市議とか市役所の福祉課に相談しに行ったりして、障害者手帳をもらって。最後は、生活保護を受けることになった。

――Bさんは離婚することに対して、どんな態度を示していたんですか?

最後の最後まで、関係清算に難色を示してました。「なんでおれが一人でおらなあかんねん」って文句言って。でも、うちはうちで「もう精神的にも身体的にも一緒は無理やから。とりあえず離れさして」って言って、家と引っ越しの日取りを決めて引っ越しました。協議離婚です。特に取り決めとかはしてません。

離婚したのは、長男が保育園の年長のときだった。「殺す」と言われてから1年がたっていた。

離婚した夫との間に二人目の子を妊娠

離婚して夫との関係が終わり、池脇さんがまったく新しい人生を歩むのかというと、そうはならなかった。その後、思いもよらない因果な成り行きをみせることになる。

――離婚後は、どんな生活をしていましたか？

離婚してすぐ、初期の子宮頸《けい》がんがわかってん。そのうちがんに変わる細胞があるってことで、レーザーで焼いたりして治療した。そのとき思ったのは、うちがおらんようになったら、この子どうするねんやろうってこと。

――息子さんとは、どんなことを話してたんですか？　父親であるBさんと面会はしていた？

「父さんのところに行きたい」って言うねん。だから、月に1回ぐらいのペースで会わせてた。養育費はもらってへん。自己破産させられるぐらいやからな、Bはそれどころやないって感じやったやろ。誕生日とかクリスマスのときは何か贈ってもらってたけど、それだけやな。それでたまにBに会うと、ちょっと改心してる感じ。新しく相手見つけるにしても、うちの心の病気のこととか、息子のアトピーとか、最初から説明せなあかんやろ？　でも、Bはその必要がない。だから楽やな、って思ったりするようになった。

息子さんとの関係が変化

――面会をするうちに、池脇さんやBさん、息子さんの関係が変化してきた？

そうやねん。3年ぐらい月イチで面会してたら、Bの息子への接し方が変わってきた。優しくなったというか。そんなふうに見えた。うちはうちで、息子のことをいつまで面倒見られるか不安やったしな。そんなんで、「やっぱり、このまま一人っていうのはなあ」って思ったりしてるときに、たまたまそういう関係になってしまって。肉体関係にな。変な話、その1回で妊娠してしまいました。40過ぎて。

――それは……。なんというか、運命的というか。

Bに「どないしよう」って相談したら、「産んでくれ」って即答。うちかて一人では不安やから、「じゃあ、もう1回やり直してみる？」って言いました。Bは離婚したがってなかったんで、当然、賛成。そんなんで、Bと再婚することにしたんです。これはもう、一種の賭けやな。今度こそ、Bと一緒にやり直せるかどうかの。うちは生活保護を切って、もう1回、籍を入れたんです。とにかく、それでやり直した。

――Bさんは、改心してくれましたか？

いやいや。変な癖がついてた。うちと別れた後、一人の寂しさを埋めるためにインターネットゲームにはまってたてん。いわゆる『モンハン』（モンスターハンター）っていうやつ。それにドハマリしてて。ご飯食べる・寝る以外、家のど真ん中で、ずっとモンハンやってたんねん。息子が話しかけても、「やかましい。今忙しいんじゃ」って言って、ずっとやってました。仕事ちゃうから、忙しいもクソもあるかって感じなんやけどね。

――ゲーム中毒ですか。かなわないですね。

そのうち、Bは1週間以上、とびの仕事がないのもざらとか、めっちゃ暇になって。生まれてきた娘のミルク代やおむつ代に困るようになったんやわ。かといって、うちは体の調子とか子育てとかで働かれへんからな。「ほかにバイトしてくれへんか」って、お願いしたんや。そしたら「おれは職長やから、電話かかってきたときに、すぐに仕事に出れるようにしとかな話にならん。だから、おれはほかのバイトはでけへん」って返事されたんやわ。

――言い訳めいてますね。

ミルク代も払えるか払えへんかギリギリの状態になったとき、息子がトイレの壁に書いた、文字を見つけたんです。すごい小さい字で「とうさんしね」って。それ見てうちは「この人と一緒におったらあかん、もう無理」って思って、決断を迫ることにしました。

――〝決断〟というのは、離婚かバイト？

そうです。「このままやと生活できひん。バイトしてくれる？　また別れるか？　どっち選ぶん？」って迫りました。Bが「わかった。じゃあバイトするわ」って言ってくれるかなと思って言うてん。でも言われたんは、「出て行く」っていう言葉やったわ。それから1カ月ぐらいで出て行きよった。そのとき息子は小学生、娘は1歳前やった。離婚してなかったら、もっと我慢せんとあかんかった。だから別れるっていう選択しかなかったんやわ。

今も月1回は会っているが、養育費はもらっていない

――その後のBさんとの関係は？

養育費は今もくれてへんし、2度目、二人連れて別れるとき、そもそも期待してへん。それでもBとは、今も月1回は会ってる。子どもらに会いたいってことで。うちに対しては、「子どもらに気持ちが残ってるし、復縁したい」って言ってくれるんやけど、うちはそんな気一切ない。だって、2回目の離婚のときに、家を出て行く方を選んだやろっていう話やん。3回目は、さすがにないで。

――お子さんたちに対して思ってることは、何かありますか？

普段、父親なしで育ててるから、そのことは二人に悪かったなって思ってる。ある程度の年

齢になったら、自分で考えて、会いたいかどうか選べるやん。だから、会うかどうかは任せる。会いたくなかったら、会わなくてええんちゃうかな。

今はなんとか福祉のお世話になりながら暮らしてるけど、ゆくゆくは、また仕事したい。仕事する姿を子どもらに見せたい。いつまでも福祉に頼るっていうのも、気が引けるしな。

――これまでのことを振り返って、今の生活をどう思いますか？　池脇さんにとって、お子さんたちはどんな存在ですか？

二人の子どもがいてなかったら、病気でもっと自分が崩れてたかもな。この子らが成人するまでは、なんとか元気でおらなあかんやろ。子どもらがおるから、頑張らなあかんって思うしな。結局は、子どもらがおるからこそ、今が一番、幸せやわ。

「義母がくれたのは、3万1000円のガスレンジだけ」イエ意識の強い東北で、四面楚歌の結婚生活

山本裕子さん（40代）

「今考えると彼は、研究所で試験管を持ってたときの方が人間くさかった。少なくと

も今のような冷酷さはなかった――」

そう話すのは、看護師の山本裕子さん。彼女には23歳の息子と20歳の娘がいる。そんな彼女は、夫と同居しながら離婚裁判［※1］を戦ったという体験の持ち主。3年にわたる家庭内別居、離婚後のシングルマザー生活について話をうかがった。

付き合い始めて3カ月ほどで結婚、そして東北に

――旦那さんと知り合ったきっかけを教えてください。

東京の医療系の短大を卒業して、都内の大学病院に勤務していたとき、そこに、夫となる男性が入院してきました。彼は7つ年上の理系で、当時、民間企業の研究所で働いていました。

――入院した理由は？

視力が、かなり失われていたんです。それで数カ月入院していました。私が担当だったんですが、良い意味で粘り強い、悪く言えばねちっこい性格。枯れ木みたいに細くて背の高い人でした。

入院中に、「(視力が悪くなった)原因を知りたいから、医学書を貸してほしい」と頼まれて、ナースステーションにある本を貸したら、必死にずっと読んでいました。落ち込んだそぶりは

一切なくて、調べることに没頭してるんです。「この人は真面目な人だな。問題から逃げない人なんだな」と思って好意を抱きました。

――お付き合いを始めたきっかけは？

目が回復して退院した彼が、病院に挨拶に来たんです。「その節はありがとうございました」って。立ち話をしてるうちに、「じゃあ1回外で会いましょうか」ってなったんです。それで毎週とか会ってたのかな。

――会っているうちに接近していったということですか？

3カ月もしないうちに結婚の話が出ました。そのときは「東京で」という話だったのに、いつの間にか「Uターン就職する」って言い始めた。「親戚付き合いはしなくていい。オマエを守るから」って言うんです。

――ずいぶん急な展開ですね。

東北の小さな町で育って、理系の大学を出た研究者ですから、それまでは順風満帆。ところが目をやられて挫折して、故郷に帰りたくなったみたいです。

結婚について私が九州の実家に電話したら、両親に強硬に反対されました。私は一人娘で、うちの両親は気が強いので、電話でケンカになっちゃって、最後は「勝手にするったい！（勝手にしなさい！）」と電話口で怒鳴られました。二人して挨拶に行けばよかったんですが、ずいぶん怒ってるし、展開が急だったってこともあって、行かずじまいとなってしまいました。

彼の新しい職場は、大手保険会社の地元支社。勝手に話が進んでて「あれ?」って思ったけど、私は昭和の女だから、男の仕事には口を挟みたくない。それに私、看護師だから、どこでも仕事ができると思ってたし。着いていくことにしました。

義母がくれたのは、3万1000円のガスレンジだけ

――どこに住み始めたんですか?

彼の実家から車で30分ほど離れた、隣町のアパート。まずは看護の仕事を探そうとしました。だけど、こちらの訛《なま》りが予想以上に強いので、ひとまず断念。そんなとき、妊娠がわかりました。それで就職はいったん諦めて、無理くり籍を入れたんです。彼の両親から私の両親への挨拶もなし。長男の結婚なのに、結婚式はしてくれないし、新婚旅行も行かずじまい。なんにもない。義母がくれたのは、3万1000円のガスレンジだけ。

――親戚付き合いは、しなくてよかったんですか?

いいえ。話はまったく違ってました。親戚付き合いの連続です。籍を入れてから1カ月後には、夫の妹の結婚式がありました。300人ほどが出席する盛大な式。私は留袖を着せられて、親戚の一人として手伝いをさせられました。だけど、その場で誰も私のことを知りません。だから会う人会う人、「○男(夫)の妻です」と挨拶して回りました。ご祝儀は10万円。夫が勝手

に包んでいました。私ら、義妹から何ももらってないのにね。

――ずいぶん義理の妹さんと扱いに差があったのですね。

しかも義妹は、たった４カ月で離婚して、実家に帰ってきたんです。あれだけ盛大な結婚式をやったのに。その後、義妹は実家の近くで一人暮らしを始めました。だけど実家には入り浸ってましたね。ご飯は自分で作らずに、親に作らせて持ってきてもらってたようです。両親や夫、そのほかの親戚たちに「働かなくていいよ」って言われて、みんなに守られた、甘えた生活を送ってるわけ。私は大いに不満でしたが、気がついたら彼女も妊娠してた。しかも私よりも先に、結婚した年のうちに産んじゃってました。

――一方で、山本さんのお子さんはどうなったんですか？

年明けには臨月。だけど、生まれる前が大変だった。何が大変かって？　冬の雪かきですよ。普通は父親がやるんだけど、夫は一切やらないんです。

――では、雪かきは誰が？

私がやるしかなかった。前年の春に妊娠がわかったとき、慣れない雪かきを、まさか臨月でやることになるとは思ってもみなかった。

――流産したら大変ですよ。

いいえ。夫はそんなこと、まったく気にしない人なんです。２月にいよいよ出産ってときだって、立ち会うはずがない。産んだのは病院です。会陰切開して産みました。夫や夫の親戚のお見舞いは、結局なかった。

よそ者が産んだ子どもも、よそ者

――病院から帰った後は、どのような生活でしたか?

息子を出産後、1週間ぐらいで病院からアパートに戻ったんですが、家の中はコーヒーとかの空き缶があちこちに転がってる状態。彼が一向に動こうとしないので、赤子を抱いたまま掃除し始めたんです。すると夫は、「あー焼き鳥食べたい。焼き鳥買ってきて」って言うんです。

それで私、結局買いに行かされましたよ。車の免許を持ってなかったし、雪もなかったから自転車。痛くてサドルに座れなかったから、立ちこぎ。なんでこんな人と結婚しちゃったんだろって後悔しましたよ。だけど、子どももできちゃったからね……。

――産後まもなくなのにひどいですね。で、その後、家を建てたんですよね。

家を建てて責任感が増せば、自然と変わってくれるんじゃないかと思って、22年前(1996年頃)に建てました。夫が「生まれ故郷の町に、どうしても帰りたい」と言ったのが発端で、息子が1歳になったときでした。土地の購入には私が独身のときに貯めた1000万円弱を使いました。上物《うわもの》(建物)は2500万円。彼の名義でローンを組んで建てました。

――それで、旦那さんは変わりましたか?

いいえ、一向に変わりませんでした。子育て一つ取ってもそうです。彼は「おむつ替えしてる」と胸を張ってましたが、とてもとても。おむつを「はい」といって手渡ししてくれるだけ。インフルエンザで私が約40度の熱を出していたときなんて「裕子さん、（赤ちゃんが）うんちしてるみたい」と言っておろおろするだけですよ。

――実家が近かったとうかがいました。義父母が面倒を見てくれるということは？

それもなかった。面倒を見てくれたり、かわいがってくれたりすることは、ほとんどなかったです。その一方、４カ月で離婚して戻ってきた義妹の子は、親戚みんなからかわいがられてました。

――旦那さんは長男ですよね。跡継ぎとして大事にされるのでは？

こちらでは、そういう感覚はまったくないのです。私の子どもたちなんて、親戚からクリスマスプレゼントをもらったことすらない。一方、義妹の息子（義理の甥）は、毎日小遣い１０００円をもらってた。よそ者が産んだ子どもも、よそ者だっていうわけです。

――義理の妹さんは、別れた夫から養育費をもらわなかったんですか？

そうなんです。別れた夫から養育費とかもらったらいいはずなのに、見栄を張って、それはしないわけ。その分、私たちの方に降りかかってきた。「結婚式に行く自分たちの洋服を買ってくれ」とか言って、何かあるたびに、義母や義妹から10万円を要求されました。そのたびに私が「不公平だからダメ。無理」と夫に言って断ると、夫は「うちのやつがダメっていうから」って申し訳なさそうに電話で報告してるんです。

――自分の家族よりも、実家が大事なんですね。

娘が生まれるときもそう。よりによって、予定日に親戚の結婚式の受付を引き受けてたんです。それを聞いて私、「私に何かあったらどうするの！」って問い詰めたんです。すると彼、「じゃ息子（当時3歳）を連れて行けばいいだろ！　オマエは勝手に産んだらいいじゃないか！」って。

――家族として大事にされていなかったんですね。とすると、家にお金を入れないとか、そんな仕打ちもありましたか？

それはなかったです。生活費として、毎月25～26万円は入れてくれていました。

目と鼻の先に引っ越してきた両親からも責められるように

――その後は、専業主婦だったんですか？

息子が生まれた後は、養鶏場でバイトしていました。方言が理解できなかったので、看護師は難しかった。だけど娘が生まれてしばらくたった頃には、方言が理解できるようになっていました。それで、娘が学校に入るタイミングで看護師に復帰しました。子どもが二人になって、家計のやりくりに不安を感じるようになってたし。夫に「復帰したら、家のことを少し手伝ってもらうけどいい？」って聞いたら、なんて言ったと思います？
「いいんじゃないの。オマエの仕事が増えるだけだから」って言うんですよ。

——九州にいたご両親との関係は、どうなりましたか？

それが、結婚して6〜7年後（２０００年頃）、九州で経営していた店を畳んで、こっちに引っ越してきたんです。私の家と目と鼻の先の、道路向かいの家。私、一人っ子なんで、老後の面倒を見てもらいたかったみたい。それで今度は、両親からも責められるようになりました。「オマエがうまくいっとるごと信じとったたいね。ほんなこつこのザマは何ね？（オマエがうまくいっていると信じていたのに。本当にこのざまは何だ？）」って。

——山本さんのご両親と旦那さんの関係はどうでしたか？

両親はこっちの家族観が理解できなくて、夫や彼の実家に対して怒ってました。とはいっても、直接、彼らに言えるわけでもない。だから、私に文句ばかり言うんです。「オマエの夫はおかしか」って。すぐそばに住んでるのに、ギクシャクして、両方の家族の間に会話はまったくなかった。

——四面楚歌ですね。

ほんとそう。しかも、義父母や義妹からはお金の無心をされてばかり。どこにも頼ることができなくて、私、精神安定剤を飲んで、「別れたい」って独り言を言いながら、毎日泣いてました。

甥の借金の連帯保証人になろうとした夫と家庭内別居に

——家庭内別居を3年続けながら、離婚裁判を戦ったそうですね。その発端は何だったんですか？

義妹の息子（夫の甥）が漁協に就職した後、3年前の5月、夫が変なことを言いだしたんです。「保証人になるから、ハンコと印鑑証明持ってこい」って。何のことかと思ったら、「甥が140万円でローンを組んで車を買うらしい。だったら僕が連帯保証人になってあげたい」って。しかもその申込書、〝○○ファイナンス〟って書いてある。これは明らかにサラ金です。

——親である義妹が買ってあげたらいいのに……。

彼女は息子を産んだ後、親戚のコネでいろいろ仕事をしていました。だけど続かなくて、家賃を滞納したり、借金取りから逃げるために居留守を使ったりしてたんです。車を買ってあげるお金なんか、彼女にあるはずがない。だから兄である夫が甥の親代わりってことで、車を買ってあげようとしたみたいです。身内愛が強いから。でも、私からしたら、とんでもない話。百歩譲って買ってあげるにしても、中古で十分だし、サラ金を使う必然性もない。下手したら、利息が膨らんで家を取られかねない。だから私、夫に言ったんです。

「連帯保証人になるってことの重さをわかってるの？　それとも今後もし甥が『家を買ってよ』って言ったら、家の保証人にだってなるつもりなの？　車よりも10倍20倍の額になるよ」

「なるに決まってるだろ！　僕は親代わりなんだから」

「私は、そこまではできない。自分の子どもが一番だから。あなたがそう言うのなら、もう一緒にはいられない」

「そうですかそうですか。だったら離婚すればいいんですね。僕は弁護士いっぱい知っているんだから」

「保証人になるの断って！」

そんなとき、当時高3の娘が帰ってきたんですよ。帰宅早々、異様な修羅場です。緊迫感に娘は耐えられなくなって、かわいそうに泣きだしてしまいました。そんな娘を気にかけるどころか、夫は背を向けて電話をかけ始めました。

「ごめんね。保証人になれないんだ」

すごく申し訳なさそうに、電話で言ってるんです。そのときからです。家庭内別居が始まったのは。

夫の居場所はゴミ屋敷状態

――その後の同居生活は、どうなったんですか？

連帯保証人になると夫が言いだしてケンカになった後、半年以上波風を立てないよう我慢して過ごしてました。というのも、娘の大学受験が終わるのが、その年の12月だったからです。ただ、そういう事情を夫は知りませんでしたし、知っていても結果は変わらなかったでしょう。5月以降、いきなり家庭内別居状態となりました。

――それぞれ、どこに住んでいたんですか？

夫は1階のリビングダイニング（15畳）と2階の4部屋のうち3部屋。私たち3人は、1階の6畳間に固まって住みました。娘は私とずっと一緒に6畳間にいて、受験勉強もコタツでずっとやってました。

――旦那さんとの会話は？

まったくありません。何か不満があって、私が直接言ったら「弁護士を通してください」って言われておしまい。同じ家にはいるんだけど、何から何まで別でした。洗濯機の洗剤とか、そのうちティッシュペーパーまで別にするようになりました。トイレはさすがに共用。だから私が結局、掃除してました。

――一緒の家にいて、攻撃したりされたりはしなかったんですか？

トイレのドアにヘアクリームが塗りたくられてたり、髪の毛を切ったものを風呂場にまかれたりと、夫からの嫌がらせが続きました。だけど一番こたえたのは、リビングダイニングにある大型液晶テレビ（52インチ）の音を最大限で、しかも部屋の照明を完全に落としてのシアターモードで、夫が見ていたってこと。しかもリビングダイニングはモノで埋まってた。ペットボトルや空き缶、各世代のデスクトップパソコン5〜6台。彼の大学時代のテキストすべてとか。6畳間とキッチン以外はゴミ屋敷状態でした。

――食事は、どうされていたんですか？

鶏肉を2キロ買ってきて、チャーハンと唐揚げと鶏チリ、鶏の南蛮煮、鶏シュウマイを作ったり、ミンチを何キロも買ってハンバーグを10個まとめて作ったり。食費は一人一食１００円と切り詰めました。そのとき夫は事実上、お金を入れてくれなくなっていましたから。

――真っ暗な中、料理は旦那さんがいる前を運ぶわけですね。

それでもね、リビングダイニングにいてくれたら、まだよかったですよ。夫がいたのはキッチンとリビングダイニングの間なんです。彼が在宅中はずっとそこにいるんだけど、「通るよ」という言葉のやりとりすら、その頃はなくなってて。彼が陣取ってると、事実上キッチンは使えない状態だった。夫は何を食べてたかって？　お弁当とか買って食べていたみたい。

夫が家にお金を入れてくれなくなり、毎日がギリギリだった

――3年間ずっとそういう生活が続くって、想像がつかないですが……。

それこそ夫に放火されて、夫以外、焼死ということだってありうる状態でした。何をされるかわからないし不安なので、申し上げたように3人で固まって6畳間で寝ていました。私と娘

はシングルベッドで、息子はコタツでね。

――それに加えて、調停や裁判でのやりとりがあったんですね？

同居しながらの離婚裁判とか調停って、本当に大変。裁判所には別の車で行き、裁判なり、調停なりを終えた後、同じ裁判所から出てきて、それぞれ別の車で移動するんです。それで、帰ってきたら、ずっと夫がいるわけ。気持ちが休まらない。

――離婚に至るまでの経緯を、お話しいただけますか？

その年の12月。娘の受験が終わった後、近くにある法律事務所を訪問しました。20万円を支払って、弁護士に解決をお願いしたんです。目的は協議離婚の実現。だけど、夫の方が一枚上手でした。というのも、夫は保険会社のトラブル対応係で、のらりくらりかわすのが上手なんです。裁判所での振る舞い方も心得ている。それで、私がお願いした弁護士も、まんまとやられました。

――どういうことですか？

先ほど「家にはお金を入れてくれなくなった」と話しましたが、弁護士は夫との間で「毎月15万円を振り込む」と取り決めてくれたものの、振り込み先が彼の通帳になっていたんです。夫は家に生活費を入れているふりをして、全部自分で使っていました。だから、私と子ども二人は、私の収入（手取り14万円）だけで暮らすしかなかった。

――よく飢え死にしなかったですね。

家のローンは終わってましたが、本当に毎日がギリギリでした。それで途中、もうダメだと思って、夫に「離婚してください」と土下座したこともあります。すると、夫に鼻で笑われました。そして、椅子に座ったまま足をぶらぶらさせて、「弁護士の先生に聞いてみないとね〜」って、バカにしたように言うんですよ。

——よく心が折れませんでしたね。

いえ、とっくに折れてますよ。ストレスまみれ。精神安定剤をどれだけ飲んでたか。その日、娘が手を握って一緒に寝てくれなかったら、たぶん一睡もできなかったと思う。その頃はほんときつくて、夫が出勤していなくなると、ひたすら皿を割りまくりました。破片が飛び散らないよう、段ボールの中でね。あとは職場の仲間ですね。看護師仲間とバカを言い合ったりすることで、気分転換ができた。

離婚裁判が一向に進まないように、妨害を繰り返した夫

——その後は、どうなりましたか？

半年後となる2年前の6月、人づてに別の弁護士を紹介してもらい、会いに行きました。その弁護士先生、顔を合わせたとき、「どうぞおかけください。話は聞いてます。大変でしたね。私でよかったら、お話ください」と言ってくださった。それを聞いた途端、せきを切ったよう

に涙が出てきました。でも泣いて、すごく気持ちが楽になりました。精神安定剤なんかより、ずっと効きます。まさに〝神対応〟です。

――裁判は、どういうふうに進んでいったんですか？

6月に相談に行って、さっそく7月に離婚調停が始まりましたが、3回やって不調、その後、裁判になりました。親権を争っているわけでもないし、DVでもない。案件として、深刻さはそれほどでもない。だけど、一向に解決しなかった。

――なぜですか？

夫が頑強に解決を阻んだからですよ。夫は親戚の手前、離婚だけは避けたかったみたい。のらりくらりと話をそらしたり、逐一、証拠の提出を要求したり。裁判官が読み間違えたら大声で指摘したりして、裁判が一向に進まないように妨害を繰り返したんです。裁判沙汰になるような、面倒な人身事故の担当を20数年やっているから、裁判所は彼にとっては〝自分の家の庭〟同然のところなんです。老獪《ろうかい》のひとことです。

――結局、まとまったのはいつですか？

同時に進行していた婚姻費用の分担請求調停は、半年後に先にまとまりました。それで毎月11万円が、私の口座に入ってくるようになりました。そこからは生活が楽になって、貯金ができるようになったんです。一方、離婚裁判の方は、ほぼ1年かかりました。結審したのは昨年の9月末のことです。ローンが終わっている2階建ての家は、私と子ども二人のもの。子どもは月5万円の養育費が二人分。ただ上の子は、大学を卒業する今年3月末まで。娘はまだ先なので、そのときまでですね。

——それで、旦那さんはすぐに出ていったんですか?

また、ごねだして振り出しに戻ったら大変です。だから、年末までの努力目標としました。

——彼が家を去っていったのはいつですか?

最後の最後、昨年の大みそかです。私たちは道向かいの両親の家にいて、彼が出ていくのを待ちました。軽トラを借りて、彼一人で作業して引っ越していきました。出ていったのは大みそかの夜9時でした。最後の最後まで、家を使い倒して出ていきましたね。ゴミがぶちまけられてて、家全体が正真正銘のゴミ屋敷になってました。

元夫は子どもたちに「早く死んだらいい」と言われている

——彼が出ていった後の生活はどうでしたか?

年が明けて元日の朝、ウォーターベッドからナメクジが大量に出てきて、ぞっとしました。2階の部屋のうち一つを残して3つを彼が使ってたんですけど、出ていった後、意を決して、3日3晩ほとんど寝ずにゴミというゴミをすべて駆除しました。でも、これまでのつらかった3年間を考えると、大したことはなかったです。

――ゴミは、どのぐらいありましたか？

リサイクルショップの人には、軽トラで3往復してもらいました。お金になったものもあったので、差し引きマイナス3万円ほど。あとは全部ゴミ捨て場へ持っていきました。段ボール箱で30箱ほどと、ゴミ袋数十袋。夫のものだけじゃなくて、いらないものは全部捨ててリセットしたんです。いわば人生の一大断捨離という感じです。

――3日たって部屋が片づいた後、心境の変化はありましたか？

朝起きて、物音を立ててもいい幸せ。ご飯をテーブルの上で食べられる幸せ。本当に何もかもが幸せ。テレビのリモコンを持って、子どもたちと一緒に何を見ようかとチャンネルを選ぶ幸せ。そういう当たり前のことが、幸せに感じられます。私、今人生で一番幸せだと思う(笑)。

――お子さんたちの様子はいかがですか？

娘なんか、あまりの解放感からか、冬なのに家の窓を開けっぱなしにして馬鹿笑いしたり、ヘンテコな踊りをしたりしてますよ。父親に対しては、裏切られたって気持ちが大きかったみたい。だから、3年間の仕打ちについては当然恨んでます。

息子は、もっとドライです。私が「弁護士に頼もうか」って話をしてたとき、「割り切って、生活費入れてもらってたらいいんじゃない？」と冷静に言い放ってましたもの。私が十数年前に「別れたい」って話してたときから、「覚悟してたし、父親のことはそう見てた」って、離婚後に話してくれましたから。

ともかく、今になって言えるのは、3人で結束したからこそ、この3年間を乗り越えられたってことです。だから、子どもたち二人との絆はものすごいですよ。

――今後、子どもを父親に会わせますか?

息子は23歳で、娘は20歳。もう二人とも大人だから、会いたければ会いに行けばいいし、連絡も取ればいい。だけど、子どもたちにしたって、そんな気持ちはさらさらないみたい。「早く死んだらいい」って言ってるぐらいだから。怖いのは、彼が病気になったときです。15年以上、1日3回風邪薬を飲み続けていたぐらい呼吸器がおかしいんです。タバコの吸いすぎが原因。このままだと、持病の肺気腫が悪化する。そのとき子どもたちに「助けて」と言ってくるかもしれない。

――この先、元夫と会うのは嫌ですか?

私は二度と会いたくないし、風のうわさでも、彼がその後どうなったか……とかすら聞きたくもない。ただ、彼は保険会社の人だから、うちの病院に仕事で電話をかけてくるんですよ。本人から。お互い、相手のことはわかっているけど、名前は名乗らない。それで「はい担当者に替わります」と言って電話を渡します。つまり、お互いに名乗りはしないけど、会話はしてるわけ。そんなふうに、大人な対応をさせてもらってるんです。

婚姻費用の分担請求調停後、入ってきた月11万円の貯金を使って、近々、家をリフォームする予定です。どんな家にするか、いろいろ考えるのが楽しいですね。

※1【裁判】裁判所が審理した結果を当事者に下す。公開された口頭弁論の末、判決が下る。調停と裁判の間には審判という手続きがある。これは非公開で口頭弁論がない。

＊

家庭内別居を続けた後に離婚したケースを二つ紹介した。

池脇さんのケースは、夫の暴力や暴言に悩まされるも、住宅ローン返済の問題によって、すぐには決断ができず、解決するまでの間、同居を続けたというもの。別れた後しばらくして再会、妊娠したことから同居、再び別れる……という波瀾万丈な人生を送ることになった。このケースはＤＶの問題や別れた後の貧困、養育費と面会など、さまざまな問題を含んでいるが、ここでは家庭内別居のカテゴリーに入れた。経済面では、今も彼女の生活は苦しい。しかし心理的には、以前よりも楽になったことがうかがえた。

山本裕子さんのケースは、田舎社会の強固な身内意識に苦しめられ離婚を決意するも、池脇さん同様、自宅をどうするかがネックとなった。離婚に応じない夫との間で、婚姻費用の分担請求と離婚の調停を続け、離婚に至ったのであった。

夫が家から出て行った後、山本さんのお宅にお邪魔した。そのときちょうど、子ども二人の巣立ちの時期とも重なっていた。それもあって、自由を満喫している様子がうかがえた。彼女の晴れやかな表情を見て本当に良かったなと心から思ったのだった。

長らくの家庭内別居を経て自由を得た彼女たちの現状を知るにつけ、無理に何十年もずっと同居し続け、そして添い遂げるというのも、それはそれで辛い人生だなと思ったのだった。なぜそれほどの無理をしなくてはならなかったのだろう。

二人のケースにおいて、妻の希望は「家庭内別居を解消して、一刻も早く別れたい」というものだった。それは妻自身の精神衛生上の問題以外に、子どもたちが家庭内不和を見てしまうという問題もあるからだ。

ただ一方でそこまで関係が悪くなければ、ルームシェアの感覚で同居するというライトな家庭内別居という方法もあったのだろう。住むところや家計は分けずに。

私が経験した子ども時代を振り返ってみる。

まえがきでも書いたが、我が家は父親が威圧的な家だった。他の家族が父親の顔色をうかがいながら食事をするようなそんな家庭だったのだ。

もし母親がもう少し意志の強い人で、自分自身の気持ちをはっきり伝える人だったらどうだったのだろうと思う。それこそ子どもを連れて家を出ていたかもしれないし、母親だけが追い出されていたかもしれない。もしくは家の中で父と母がまったく口もきかずに、緊張感のある状態で過ごしていた可能性もある。

父による威圧的な支配はたしかに嫌だった。かといって、家庭内別居状態が続いたり、私たちを連れて別居したりした場合、そのほうが果たして幸せになったのだろうか。想像してみても、どれが良かったのかはわからない。

一つ言えることは、もし家庭内別居をしていたとしても、自分を連れて家を出たとしても、母の決断に従っていただろうということだ。それだけ、母のことを心配し、母に幸せになってもらいたいという気持ちが強かったのだ。

第4章

会わせたかった。だけど縁が切れてしまった

子どものいる夫婦が別居・離婚すると、子どもはどちらかの親に引き取られたり、ときには合意なく連れて行かれたりする。別れても双方が育てるという発想は制度的に考えられていないし、お互いの親からもそのコンセンサスを得ない。それどころか、別れても親子だから関係は維持されるべきということが日本では一般的ではない。

だからこそ別れた後で子どもと一緒に暮らしている側が、別居している親に会わせないようにしたり、関係をなくさせたりすることも簡単だし、そのことで非難を受けることも、(個人的な事情だから踏み込むべきでないとして)まずない。それとトレードオフで養育費はもらえず子育ても一手に担うことを強いられるのではないか。

第4章で紹介するのは、夫の暴力から逃れたり、別離後、生活が苦しくなったりして「会わせたくない」と願うのとは逆で、子どもと暮らす女性が「あの人に子どもを会わせたい」「養育費を払ってもらいたい」と願ってもそれが叶わないケースである。こうしたケースがあることを意外に思う読者もいるだろう。しかし養育費を受け取っている割合は母子世帯が24・3パーセントにとどまっている(厚生労働省:『平成28[2016]年度全国ひとり親世帯等調査』)。養育費の支払いをボイコットすることで自分の子どもの養育を拒否するという親は、私が思っているよりも、ずっと多いのかもしれない。

一人目は第1章でも紹介した大杉千秋さんの最初の結婚についてのケースだ。大学の同級生と劇的な再会を果たし結婚。そのとき彼は心を病んでいて働くことができなくなっていた。長男誕生後にハイになったりうつになったりを繰り返すようになる。症状が悪化した夫を彼女は入院させる。二人目ができたあと関係を保つことはできなくなり、離婚に至る。

もう一人は低緊張（筋緊張低下症）という障害のある娘を持つ東智恵子さんのケース。大学の助手になった夫とともに関西に移住し、半年後、長男を出産。産後半年で仕事を再開し、順風満帆に見えたが、二人目の子はなかなか授からない。6年の不妊治療を経て、長女を出産したものの、その身体などに障害を抱えていた。長女の教育方針を巡って夫婦の仲がギクシャク。ついに彼女は、学校事務の仕事を見つけ娘を連れて上京する。関西へも年に数度戻ってはいたが、いつの間にか鍵を替えられてしまい、家に入れなくなってしまった。

以来、夫と長男、彼女と長女で別れるという断絶が続いている。

心が壊れてしまったために会わせられる状態ではなくなってしまったり、家の鍵を替えられてしまったり。望まない形で切れてしまった夫との縁。本当ならば夫に子どもを会わせたい。だけど……。

「うつ病の夫は長男の誕生も喜ばなかった」
大学の同級生と結婚したが……

大杉千秋さん（41歳）

「子どもは3人います。15歳の長男、8歳の次男、そして4歳の三男です。だんご3兄弟みたいに、いつも身を寄せ合っています」

大杉千秋さん、41歳。テレビ局勤務の女性だ。お子さんたちの話をするうれしそうな表情からは想像しにくい大変な過去が、彼女にはあった。第1章に続いて、大杉さんに最初の結婚についてもうかがった。

同級生の夫とは誕生日が1日違いで「これは運命だね！」

――最初の結婚についてうかがいます。結婚された相手との出会いからお話ししてくれますか？

私は六大学の一つに通っていました。夫となるAとは同級生。普段は、のほほんとして呑気《のんき》な雰囲気なのに、壇上に上がって芸をして、みんなを笑わせる。そんな目立つ学生でした。一方、私はけっこう地味でマイペースで、彼とは対照的なタイプです。私にとって彼は、自分にないものを持っている天才。手が届かない存在――そんな憧れに近い思いがありました。

――話をするきっかけが何かあったんですか？

あるときキャンパスで「○○テレビに受かった千秋さんでしょ」って声をかけられて、それ以来、話すようになりました。

――まだ友達の一人という感じですね。接近するきっかけは？

卒業パーティーで、再び彼に声をかけられました。「千秋ちゃん、誕生日いつ？」「○月×日」「びっくり。1日違いだよ。これは運命だね！　じゃあ、来年誕生日に、どこかで会って乾杯をしようよ！」半信半疑だったんですが、約束しました。

――実際に再会されたんですよね？

大学を卒業した次の年の誕生日、彼は約束の場所に、ワインとホールケーキを持って現れました。社会人になって間もなくの、緊張の多い日々の中に訪れた、とてつもなく楽しい時間でした。彼の発した冗談からの再会でしたので、次に会う約束などしない方が、素敵な感じがしました。縁があったら、また会えるかもね、という……。なので、それきりしばらく会うこともありませんでした。

――それから、どのように結婚に至ったのですか？

当時、彼は激務で知られた建築事務所で働いていました。そこには私の友人もおり、彼女が私に電話をしてきたのです。「A、今どこにいるか知らない？　みんな○○に電話しているんだけど、全然出ない」って言うんです。ところが私が試しにかけたら、彼があっさり電話に出ました。そして、過労でうつになり、家にこもっているということがわかりました。

「あまりそういうのよくないと思うから、出てきなよ」「うん……」。待ち合わせをし、船に乗せました。ただ船に乗っているだけだったんですが、うつ状態にはちょうどよかったようで、静かに喜んでいました。その後も、リハビリのつもりで誘い、本当にたまに会っていました。

――大学時代の雰囲気は残っていたんですか？

その頃の彼に昔の陽気な雰囲気はなく、ほとんど廃人でした。でも、やっぱり面白い部分が残っていたので、楽しかったです。

気がつくと、母と子のような関係に

――どうやって、彼とお付き合いを始めたんですか？

何度か会っていて、数カ月たった頃に、彼に言いました。「私はAのことが好きだけど、もし付き合う気がないんだったら、もう二度と会わないわ。今日が最後ね」って。すると彼は、「え！　じゃ、付き合おう！」と答えたんです。彼からしてみれば、そのときの私は、唯一会える、癒《い》やされる相手だった。なのに、突然「会えない」って言われたら、「うそっ！」ってなりますよね。そんなつもりはなかったけど、今思えば脅しみたいですよね（笑）。

――どんなお付き合いだったんでしょうか？

彼の方がどんどん私を頼るようになってきて、気がつくと、母と子みたいな関係になっていました。私自身の自己肯定感が低いせいもあると思うのですが、「おいしいもの食べさせてあげたい」とか「どこかに連れて行ってあげたい」とか「喜ばせたい」とか、すごく頑張っちゃって。すると、さらに彼から、どんどん頼られていきました。

その頃、彼は会社を辞めて、フリーになっていました。関東の実家に暮らして、うつ病の治療を受けながら、少しだけ仕事を受けているという状態です。収入はわずかしかなかったので、デートといっても、大衆的な食堂でご飯を食べたり、公園でバドミントンをしたりと、素朴な感じでしたが、楽しかった。私自身、ぜいたくが好きじゃないので、それが性に合ってたんでしょうね。

――結婚はいつ？

すごく結婚したかったんです。子どもも、すごく欲しかった。「結婚するんだったら、私は二人姉妹だから、子どもは絶対二人欲しいな」と言っていました。彼は、「じゃあ、かなえるよ。結婚しよう！」って言ってくれました。だけど彼自身、結婚したり、子どもを持ったりすることに積極的だったかというと、わかりません。

クリスマスの日でした。彼の方から「結婚しようか？」「しようしよう♪」ってノリで、1

週間後の元日に籍を入れちゃったんです。両親は双方とも喜んでくれ、同居が始まりました。

――うつ病になった彼との結婚生活は？

うつだとすごく疲れやすいので、重い荷物は全部私が持つようにしたり、どこか行くにも休めるルートを考えたり。マッサージをしたり、料理をしたり、彼を笑わせようと、サプライズを仕込んだりしていました。とにかく彼に、心にも体にも良い生活をさせれば、病気はいつか治ると信じていたのです。

――千秋さん自身は、会社に出勤していたんですよね？

はい。だけど出勤するとき、「寂しいから行かないでほしい」って、よく懇願されました。一人になることを、とても嫌がっていたのです。心配でしたよ。だけど、それでも出勤しないわけにはいきません。後ろ髪を引かれながら、仕事に出かけて、帰宅すると、真っ暗な家の中でずっと待ってるってことがしばしばありました。

――家事はしてくれたんですか？

疲れやすいので、あまりできなかったですが、ただ、買い物とかは気持ちよくやってくれてました。「役に立つことならやりたい」と言ってくれて。

――お子さんは、いつ生まれたんですか？

結婚して1年半後に、長男が誕生しました。そのとき彼はうつ真っ盛りで、生まれても喜びを表すとかはなかったです。むしろ、子どもが生まれたことがプレッシャーになって、うつがひどくなっていた印象です。それで長男が生まれて間もない頃、夫が長男を抱っこして、「自宅の屋上に日光浴させに行く」と言ったことが何度かありました。そのとき、夫が長男を投げてしまわないか、内心真っ青でした。

――屋上まで、ついていったんですか？

「ついていく」とか言うと、傷つけちゃうかもしれない。だから、言えなかった。「お願いだから投げないで」と、祈るような気持ちで待っていました。

躁状態とうつ状態をくり返す夫との生活

――彼は回復していったんですか？

長男が生まれてしばらくすると突然、元気が出てきたので、治ってきたのかなと思ったら、急にヒュッと躁《そう》になったんです。いったん躁状態になると、あらゆることが変わります。顔つき、服装の好みといった見た目のほか、性格や話し方まで一変し、もともとはすごく優しくて穏やかな人なのに、すごく怒りっぽくて自信に満ちあふれているみたいな感じになりました。それから、眠らなくなり、どんどん痩《や》せていったんです。

――うつ病じゃなくて、躁うつ病（双極性障害）だったんですね。

躁状態のときのほうが、一緒にいるのがつらいんです。何が起こるかわからないし、私も何をされるかわからない。殴ったりしてくることはなかったんですが、すぐキレるんです。「俺は、なんでもできる」という万能感にあふれているので、階段を自転車で上れると錯覚して、上って落ちて大けがをしたり、病院で携帯を使って警備員に注意され、逆ギレして怒鳴ったり。「作品の材料だ」と言ってはゴミ捨て場から物を拾ってきて、家中ゴミだらけにしたりしました。

暴言を吐いたり、何かとひどいことをしたりして、他人を怒らせるんです。なので、友達もどんどん離れていき、私は「病気のせいだから勘弁してほしい」と、頭を下げて回りました。

——大変だったんですね。

その後、1~2カ月して、またうつになり、また1~2カ月して躁になり……というサイクルを繰り返していきました。私は仕事があるので、彼を一人にしなくてはならない。それが心配なので、入院してもらい、たまに会いに行き、2~3カ月たって、退院して……ということを何回か繰り返しました。病院に入ってくれるのは、だいたいうつのときだけでしたね。

——もはや、普通に生活することが難しくなったんですね。

3~4年ぐらいたったときに、障害年金（病気やケガによって生活や仕事などが制限されるようになった場合に受給できる年金）というものの存在に気がつき、区役所で「躁うつ病で申請したい」と申し出たところ、受理されました。

——生活費は千秋さん持ちですか？

基本的には折半にしていましたが、たまに夫のお金がなくなると、1万円とか、お小遣いをあげていました。夫は障害年金を隔月で14万円くらいもらっていたので、完全に無収入になることはなかったです。

――子育ての状況は、どうだったんですか？

その頃、長男は実家で育ててもらってて、そこから保育園に通わせていたんです。夫が障害認定をされていたので、保育料も平均的でした。それが、離婚した途端に4万円も上がったんです。母子家庭であることよりも障害年金の受給者であることの方が査定に大きく影響したんですね。

彼はSNSに「俺は妻と子を捨てた」と書いていた

――離婚するきっかけとなった出来事はなんですか？

躁状態が何カ月も続いて、私が精神の限界を迎えたからです。亡くなった彼の父親が生前に残した200万円を、彼の了解を得た上で、私が管理していました。ところが躁状態になったとき、「200万円、盗《と》ったろ。返せ！」って、すごい剣幕で言われたんです。私、怖くなっちゃって。急いでATMで下ろして、全額彼に渡しました。そのお金は、2カ月持たなかったですね。病院で知り合った人にいろいろ物を買ってあげたり、免許も持っていないのに50～60

万円するバイクを買ったり、Tシャツを大量に買って配ったり。その頃の口癖は「俺は救世主だ。みんなを助けられる」でした。

あと、200万円のうちの数十万を使って、小型犬を買ってきました。その犬は家中にウンチをするのですが、それを彼はまったく処理しないんです。たまに帰宅すると、私の布団がウンチまみれ。臭いもひどくて。もう一緒にいられないな……って思うようになりました。

――どうやって離婚に至ったんですか？

〝躁状態になったときに言う言葉〟というのを、ネットで見つけたんです。「俺だけは神様の声が聞こえる」「映画を撮る」とかいろいろありましたが、彼は一通り、すべて言いました。その中の一つが「離婚する」だったんです。それを言われたときの配偶者の正しい対処法は、「病状が安定するまでは適当に流しなさい」というもの。だけど、彼から「離婚する」と言われたとき私、次男を出産した1週間後でしたので、あまりにも疲れていて、「うん」って言ってしまいました。後から、お義姉《ねえ》さんに、離婚をとどまるようお願いされたんですけど。

――それでも離婚に踏み切ったんですか？

その頃、お義姉さんとお義母《かあ》さんと彼が3人で、温泉旅行に行ったんですよ。その途中だったかな。お義姉さんから電話がかかってきたんです。「ごめんなさい。あんなにおかしくなってると思わなかった。よく我慢したね、7年も。もしこれで弟が自殺しても、千秋ちゃんのせいじゃない。もう離婚していいよ」って。それで、次男が生まれてちょうど1カ月で別れました。

——別れるときは、どんな感じでしたか？

「俺の邪魔をするな。おまえがすべて俺から奪っていった。病気になったのは、おまえのせいだ」って、すごい剣幕で言われました。とても怖かったです。そして彼は、家賃の安いところに引っ越していきました。お金もないだろうし、しばらくは私が食事を届けたりしてましたが、怖くて次第に足が遠のいていったんです。

見捨てちゃったような感じで、とても悲しくて……。でも、すごく怖くもあるんですよ。別れてから1～2年の間は、夫同様、背の高い男性が遠くから歩いてきたり、電車内で似た背格好の人をみつけたりすると、目を伏せ、その後、視線を上げられませんでした。

——養育費とか面会のルールは決めたんでしょうか？

いくらがいいか彼に聞いたところ、子ども二人だからってことで「月2万円」って紙に書いてくれました。「毎月必ずその額ではなくて、たとえ1円でもいいから、毎月、子どもたちの口座に振り込んでほしい。払える額を払ってくれればいいから」と、彼には話したんです。毎月、100円のときもあるけど、1万円のときもあって——という感じで払ってくれていたら、子どもたちが後で通帳を見たときに、「常にお父さんは、僕たちのことを忘れないでいてくれたんだ」と思えるじゃないですか。その話をしたところ、彼は「わかった」って言ってくれましたが、支払ってくれたのは、最初の月だけでした。

――彼に、子どもを会わせていますか？

別れるとき私、考えたんです。子どもの将来を考えると、定期的に父親と会っておいた方がいいんじゃないか？　って。それで彼に、「お願いだから、月1回でも会ってくれないか」って言いました。すると「俺は妻と子どもを捨てるんだ」と言うんです。彼はSNSにも「俺は妻と子を捨てた」と書いていましたし。そのとき私、どう返していいかわからなかった。すごく考えて、「元気でいてね」という言葉しか返せませんでした。それが最後のやりとりです。それ以来、一切連絡を取っていないですね。

もともとはすごく穏やかで優しい人なので会わせたいのですが、躁状態のときだと、子どもにとってつらいことになってしまうんじゃないかと心配で、会わせられないです。今、彼がどこに暮らしているのかもわかりませんし。今後も、ずっと会うことはなさそうですが、彼には幸せでいてほしいなと思っています。

生まれてきた娘には障害があった――
家事もする大学助手の夫との生活は
順調に見えたが……

東智恵子さん（51歳）

「ある日突然、家の鍵を替えられて、中に入れなくなりました。それは別居して1年半後のことです。『なぜ入れてくれないの？』と元夫へメールしたら、『おまえは娘を虐待する。家に入れたら、どんな嫌がらせをされるかわからない』という抗議のメールがすぐに届きました」

そう話すのは、東智恵子さんである。そもそも、なぜ別居したのに、家に入ろうとしたのか？　なぜ夫から「虐待する」と言われているのだろうか？　詳しい話を聞く前に、まずは生い立ちからうかがっていった。

大学のサークルで知り合った、おとなしい男性と結婚

――ご出身はどちらですか？　どんな子ども時代だったのですか？

北関東で生まれました。うちの父が高校の数学教師だった関係で、その県内各地を転々としながら育ちました。東京大学か大学の医学部に入ることを父からは期待されていて、それに応えるべく、私は勉強に励みました。しかし、東大は不合格。都内中堅大学の理系学部に入学しました。

――旦那さんとは、どうやって結婚に至ったんですか？

元夫とは、大学のインカレサークルで知り合いました。もう30年以上前のことです。メンバーの中で一番二枚目で、静かに本を読んでいるのが好きな哲学者タイプでした。私の兄が体育会系で過干渉な人なので、それとは真逆のタイプである彼に惹かれていきました。この人と結婚すれば、平和で落ち着いた暮らしができるんじゃないかなって思って、元夫を結婚相手として意識するようになっていったんです。そして、数年間交際したのちに結婚しました。私が教師として就職した頃のことです。

――子どもが生まれるまでは、どのような結婚生活だったんですか？

結婚当時、元夫は大学院生で収入がなかったので、生活費の多くは私が賄《まかな》っていました。2年後、彼が関西の大学に助手として採用されることになったのを機に、私は教師を辞めてついていったんです。もともと教師には向いてなかったし、ちょうど妊娠したこともあって、教壇を降りることにためらいはありませんでした。元夫が就職して半年がたったタイミングで、長男が生まれたんです。

第一子は夫のサポートを得ながら育てられた

――子育ては大変だったのではないですか？

いえ、全然大変ではなかったです。あまり泣かずにニコニコしている、それでいて食欲は旺盛という、絵に描いたような育てやすい子どもだったんです。というか、あまりに手がかからないので、息子が生後半年の頃、仕事を見つけて働くことにしました。

幸い、ソフトウェア開発の会社に採用されたので、働き始めたんです。そこは女性や若い人が多く、マイペースで働ける職場でした。夕方に帰れる労働環境で、私に向いていると思いました。

――働きながらだと、旦那さんに育児をサポートしてもらうことも必要になってきますよね。

日中は、近所の保育園に世話を託し、熱を出したりしたときは、ベビーシッターさんやファミリーサポートにお願いして乗り切りました。夫は、息子をすごくかわいがりましたね。私へのサポートも積極的で、助かりました。たとえば、私が疲れて起きられないときは、代わりにおむつを替えてくれたり、ミルクや離乳食を与えてくれたりしたんです。いま考えれば、元夫自身、働く母親のもとで育てられた経験があるので、男が家事をするということに拒否反応がなかったんでしょうね。

――その後は、どうなったんですか？

二人目が欲しかったんですが、なかなかできませんでした。それで何年も不妊治療を続け、長男が生まれてから6年目に、やっと妊娠したんです。私たちはそれを機に生活環境を変えました。私は離職し、夫、長男とともに、奈良の新居に引っ越しました。

生まれてきた長女には障害があった

――長男のときと同様に、妊娠を機に住環境を変えられたんですね。では、第二子の出産後について、話をお聞かせください。

引っ越してから半年で生まれてきてくれたのかな。女の子でした。長男は生まれたときから元気いっぱいでしたが、長女は、長男とは様子がまるで違ったんです。取り上げてくれた助産師さんが見せてくれた娘の体はふにゃふにゃしていて、手足に力が入っていませんでした。普通、赤ちゃんは、手をぎゅっと握っていますが、いつも伸ばしていたんです。それでも、生まれてきてくれた喜びと、産み終わったことから来る安堵感で、これからどうしようとか、そんなことは、そのとき一切思わなかったですね。それで、後日、医者に告げられたのは、低緊張（筋緊張低下症）という病名でした。

――体の障害があったんですね。とすると、育ち方は健常児とどのように違いましたか？

首の据わりが遅かったり、ハイハイができなかったりしました。動かせる部位はどんどん増えていきましたが、それでも体の動きは普通の子に比べてゆっくりでした。外出すると怖がって、公園に連れていっても遊具で遊ばないし、じっとしていて、声をかけないと私のほうには来ないんです。

娘が障害で苦しまないよう、私は復職した仕事の傍ら、日々娘のリハビリに付き合いました。トランポリンや鉄棒や水泳を続けていくうちに、娘は体力をつけていき、小学校の中学年（3〜4年時）にはマラソン大会で完走できるまでになったんです。

娘の成長は、知能面でも遅れていました。発語は遅くて、4歳ぐらいになっても、「これ」とか「あっちあっち」とかしゃべるのがやっとで、なかなか会話にならなかった。保健師に勧められたこともあって、教育委員会が主催する〝ことばの教室〟に通わせたんです。そこへの送り迎えこそは元夫がやりましたけど、それぐらいですね、元夫がやってくれたのは。

――その頃、旦那さんと息子さんは、どのような様子でしたか？

娘が小学校に入る頃、長男は中学生。学業も優秀で、体も頑丈。病気一つしない子どもでした。夫は助教授、そして教授と、着実に昇格し、それとともに収入も増えていきましたが、その頃から、私との関係は冷めていき、次第に自分の部屋にこもるようになりました。食事は一緒には食べず、私が作ったものを部屋まで運んでいたんです。家事は一切やらず、子どもたち、特に娘の養育は私に任せっきりでした。

障害がある娘の教育について、夫と私は考えがまったく違った

――障害がある娘さんの小学校生活は、どのような感じだったんですか？

入学予定の小学校に障害児のサポートについて聞いたところ、「障害児学級に入る」という選択肢を示されました。これは、別室で先生が個別指導をするというもの。ここに入って6年間勉強したら、娘が将来、集団生活をすることができなくなるんじゃないかと思いました。しかも「途中での変更はできない」と校長先生が言うんです。それはマズいと思い、私は学校に「普通学級に入れてほしい」と、強く要望しました。すると幸い、希望が通り、娘は普通学級に入ることになりました。しかし、現場では異論もあったようで、担任の先生からは、後から「障害児学級に変更すべきです」と、何度も言われましたね。

——先生側が強く言うのは、何か理由があったんですか？

娘が生まれた頃に、神戸で、障害児などが犠牲になった連続児童殺傷事件（通称：酒鬼薔薇事件、1997年）がありました。あの事件以降、健常児と障害児を分けて教育すべきだという考えが、全国各地の小学校で広がっていきました。分けずに教育すると、障害児がいじめられ、被害感情や疎外感を募らせて、ゆがんだ大人になるから——というのが、その理由でした。いじめっ子はいましたけれど、学年主任が対応に慣れていたからか、その後、高学年で転校するまで大きな被害を受けることはありませんでした。

——娘さんは実際、学校になじめていたんでしょうか？

なにしろ娘は性格が真面目ですし、素直なんです。覚えるのは苦手で、しゃべり方はたどたどしかったですけど、成績は、さほど悪くはなかった。小学校のときは風邪などで何度か休んだこともありましたが、中学・高校では皆勤賞でした。

――大勢の中で障害児を育てるという東さんの教育方針は、旦那さんにも共有されていたんですか？

それがね、元夫と私との考えが、全然違ってたんです。私が娘を障害児学級に入れるのを学校に断ってからは、教育方針の違いがもとで、元夫との仲が一気に悪くなってしまいました。それ以来、元夫は私に対して「娘を虐待している」「オマエはサイコパスだ」と、しばしば言うようになったんです。伴侶に向かってそんなことを言うのって、どうかしてますよね？　それで私、元夫は頭が変になったんじゃないかと思って心配しました。

夫との関係が悪化、娘と二人で家を出て、東京に移住

――夫婦間の問題を、第三者に相談したことはないんですか？

元夫が精神科病院や児童相談所に「行こう行こう」としつこく言ったので、しぶしぶ付き合ったことはあります。元夫の相談内容は、「妻による娘への虐待を、なんとかしてほしい」ということでした。私が娘を病院へ連れていったり、牛乳を飲ませたりするのが虐待だという不可解な主張したんですよ。「なんとかしてほしい」と元夫が懇願するのを見て、相談員さんは「娘さんを預かりましょうか？」と、助け船を出してくれました。ところが元夫は、その提案をなぜか断りました。

元夫のそうした反応に、相談員さんは内心、あきれてしまったようです。元夫が席を外したタイミングで「旦那さんは何を考えているのか、よくわかりませんね」と、こっそり私に耳打ちしてきましたから。その後、私は東京に正職員の仕事が見つかったので、娘を連れて家を出ました。娘が小5のときでした。

――それはまた突然ですね。家を出たのはなぜですか？

夫が精神疾患となり、仕事をクビにされたら、子どもたちを養えなくなると思ったからです。だけど家を出るとき、私は離婚を望んではいなかったんですよ。別居して冷却期間をつくれば、夫は普通に戻ると思ったんです。

――息子さんは、連れていかなかったんですね。

息子はそのとき、関東にある某進学校で寮生活をしていました。私と娘が東京に移ってからは、たまに会い、一緒に食事をするようになりました。ところが翌年、息子はいきなり姿を消してしまったんです。元夫が息子に対し、「母親が妹を虐待している」という嘘を吹き込んで洗脳したんでしょう。そういえば、ちょうど、息子は大学に入学する頃でした。

――もしかすると大学に進学するから寮を出た、ということなのではないですか？

それもあるかもしれません。だけど急にいなくなってしまいました。1年ぐらいすると、メールすら来なくなりました。

突然、家の鍵を替えられて

――東京に住むようになってからの生活は、どのようなものだったのでしょうか？

月1回は、奈良の家に帰っていました。私がかなりの資金を出して買ったマイホームですからね。あの家こそが、私や娘の家です。私たちが家を出る前、元夫は部屋にこもりっぱなしでしたが、私たちが東京に移住してからは、態度が変わりました。一時的に帰ってくると、協力して掃除をしたり、食卓を一緒に囲んだりするようになったんです。関係がこれで回復するかなと期待しました。

ところがある日突然、家の鍵を替えられて、入れなくなりました。それは、別居して1年半後のことです。「なぜ入れてくれないの？」と元夫へメールしたら「おまえは娘を虐待する。家に入れたら、どんな嫌がらせをされるかわからない」といった抗議のメールがすぐに届きました。

――旦那さんの主張の意味が、よくわからないですね。それで、家に入れなくなった後は、どうしたんですか？

東京に戻った後、弁護士を立てて、調停の申し立てを行いました。家に入れてほしいということと、婚姻費用の分担請求。6年前のことです。私は奈良の家に住む権利があるのに、締め出されたんですから。でも、その頃は、離婚をする気持ちはまったくありませんでした。

――旦那さんの主張は？

「ひどい浪費をしていた」「ヤクザが行っている病院に娘を連れて行く」「娘に薬物を飲ませるという虐待をやっている」「妻自身、サイコパスで精神科へ通院していた」といった荒唐無稽な嘘が、陳述書に記されていました。その一方、財産分与や親権、離婚といった要求については何一つ記されていないんです。元夫は弁護士を立てていなかったので、元夫自身が書いているはず。なのに文体がいつもと違って、粗雑で長々としたものでした。

その後、裁判所から「妻と娘を家に入れなさい」という決定が下されました。それで、家に入れてもらえましたし、婚姻費用も払ってもらえることになりました。ところが、また鍵を替えられて、入れなくなりました。それで再び調停を申し立てました。

元夫が今後再婚しても、親子関係は継続してほしい

――その後の調停の様子は？

合計3回、やりました。最後の調停では、すでに離婚を考えていたので、財産分与の項目を加えました。元夫の主張は、一貫して変わりません。私による娘への虐待とかサイコパスとかいった虚偽の申し立てを、相も変わらず並べ立てていたんです。彼は、ぶるぶる震えていたそ

うで、それだけ追い込まれていたのかもしれません。ちなみに3回目は9カ月もかかりました。これで調停はすべて終了です。1回目の調停開始から、6年がたっていました。

——終了というのは、どういうことですか？

離婚が成立し、財産分与の問題が解決したんです。家を建てるときに使った私の父の保険金を返してもらい、マイホームは元夫だけのものになりました。もうあそこに行くことはありません。離婚が成立したので、婚姻費用ではなくて、養育費という名目で娘に毎月支払ってもらうことになりました。離婚して、私なりにすっきりしました。夫にしても将来、私を養わなきゃいけないということがなくなって、すっきりしたでしょうね。だけど、長年、調停を続けて、正直疲れました。調停をすると、実生活のかなりの時間が失われます。たとえ勝っても、失うものが多すぎますよ。こういうことをしていると、人生が無駄になってしまいます。

——家に入れなくなった後の、息子さんとの関係は？

3回目の調停の最中に、弁護士さんが見つけ出して、会ってきてくれたんですよ。それでやっと様子がわかりました。息子は大学を卒業して、会社員をしているそうです。なぜ今でも会いたがらないのかが、私にはわかりません。やはり元夫から私の悪口をずっと聞かされていたという事情が影響しているのではないかと思いますけど。

——旦那さんから、「娘に会いたい」という要求はないんですか？

それがまったくないんです。かといって、元夫の娘への愛情がなかったわけでもない。こっちに引っ越したばかりの頃は手紙をよく寄越していましたし、一時的に止まりはしましたが、その後は養育費をちゃんと払ってくれてますし。

――今、旦那さんに思うことは？

恨みはありません。ただ陳述書のオリジナルを書いたのは誰だったのか、なぜ嘘八百を並べたような文章を許容したのかってことに関しては、真相を知りたいですね。

元夫に対して望むこと。それは、今後、再婚したりしても、親子関係は継続してほしいということです。元夫には、音信不通になった私たちと息子の仲を元に戻してほしいし、娘にも関わり続けてほしいです。子どもたちを守れるのは家族だけなんですから。

＊

この章に記したのは、第1章でも紹介した大杉千秋さんの初婚のケース、家事にも積極的だった大学教員の夫と長男と別れ、娘を育てることになった東智恵子さんのケースである。お二人のケースに共通しているのは、子どもたちを相手に会わせようとするも、叶わなかったということだ。

大杉さんは夫が精神的に破綻してもなお、子どもたちとのつながりを求め「1円でもいいから養育費を払って」とお願いした。子どもの幸せを中心に考えたからだ。しかし、最初の月以降支払いが実現することはなかった。夫の病状の進行が早すぎたのだ。フェイドアウトしていく縁について、残念ということ以外、なにも言えない。大杉さんは、もう十分頑張ったのだ。

東さん夫婦は当初、問題がなかった。長男が生まれた当時、夫は家事もするし生活費もしっかり入れていた。別れの原因は長女の教育方針だった。６年の不妊治療の末に誕生した長女には障害があったのだ。二人とも高学歴で理系であるため教育には強いこだわりがあるのかもしれない。普通の学級でいいのか、それとも障害児学級にするのかで、もめにもめ、気がつけば、夫婦の間に大きな亀裂が入ってしまっていた。

さらには裁判が長引いてしまったことが家族の縁を修復不可能にしてしまったのかもしれない。親子の絆を再構築するにあたり、裁判や調停は必ずしも役に立つとは限らない。ときには災いをもたらす。少なくとも東さんのケースに関してはそう言えると思う。


別れても二人で育てるというコンセンサスができていたり、別れる前に公的な支援が入ったり——という欧米同様の解決ができるようになれば、結果は大きく変わるはずだ。会わせたくないから会わせなかったり、会わせたかったけど縁が切れてしまったり、というケースの多くがそもそも発生せず、事前に不幸がかなり防げるのではないか。母親一人で抱え込まず、もっと楽に乗り切れるのではないか。

欧米では離婚に至るまでの手続きが日本に比べるとかなり面倒くさい。というかさまざまな手順を踏む必要がある。裁判所で認めてもらったり、離婚後の気構えを教える親教育プログラムというものの受講が義務づけられていたりする。

2019年公開のネット配信映画『マリッジ・ストーリー』（米・英）は離婚が親子の別れではなくなっているという欧米の実情をうまく描いている。その映画が特徴的なのは双方の親が子どもを分担して育てることを前提として裁判を争っていたことだ。

日本の場合は、離婚届に署名捺印《なついん》さえすれば受理される。

その場合、子育てについて、何も取り決めしないまま、別れることが可能なのだ。別れるときは、たいてい夫婦の葛藤が高まっているときだ。養育費の支払いにしろ、別居している親と子どもの再会にしろ、義務化されていないのだから、よっぽど意識が高くなければ、取り決めなんてしないだろう。

兵庫県明石市のようにこの問題についての取り組みが進んでいる区市町村もなくはないが、まだまだ普及していない。明石市にしても、『こどもと親の交流ノート（養育手帳）』や『親の離婚とこどもの気持ち』を配布したりはしているが、親教育プログラム受講や養育計画書の提出を義務化しているほどにまで踏み込んではいない。

離婚すると、親権にしろ、監護権にしろ、だいたいは女性が持つことになる（親権のみ男性

という ケースもあるがまれで、通常はセットで持つことになる)。子育てを担いつつも、稼ぎも負担しなければならないので、貧困に陥りやすい。ニワトリが先か卵が先か、という言葉ではないが、同居親が養育費をもらうのが先か、それとも別居親が子どもに会うのが先か。

たいていは取り決めがされていないし、別れた直後は特に葛藤しているしで、養育費にしろ、面会交流にしろ、実現はしにくい。別居親が当初、養育費を払っていたとしても、なかなか会わせてもらえないため、意固地に「払うものか」となってしまうと、養育費と面会交流がどちらも途絶えていく。そういったことが珍しくない。

私自身、面会と養育費について公正証書を交わしてから離婚したにもかかわらず、会うまでに1年2カ月かかった。そこでもし、養育費を止めていれば、永遠に娘と会うことができなかったかもしれない。別れた夫婦の仲と親子の縁は別だと言い聞かせて、私は払い続けて良かったと今は思っている。

離婚して、シングルになっても
私は自由に生きる

第5章

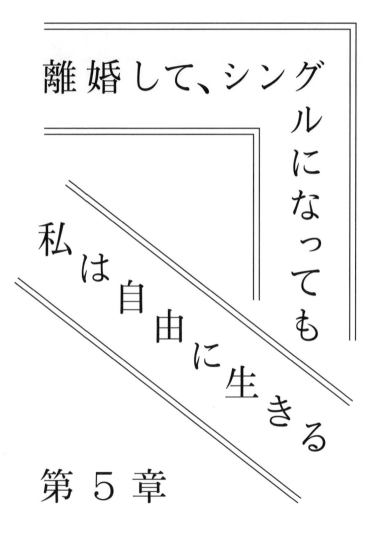

子どもの貧困率は全国平均で7人に一人。その多くが離婚し母親だけで子どもを育てている、いわゆる母子家庭だ。

厚生労働省の『平成28（2016）年度全国ひとり親世帯等調査』によると母子世帯の平均年間収入は348万円（うち自身の収入は243万円）。父母がともに暮らす世帯はもちろん、父子世帯の573万円（うち自身の収入は420万円）に比べるとかなり少ない。母子世帯で養育費を調査時点でもらっていると回答したのは前述のとおり24・3パーセントしかない。この調査では母子世帯の親の悩みの内訳のうち家計を挙げたのは50・4パーセント、子どもについての悩みの内訳のうち教育・進学を挙げたのは58・7パーセントであった。

このように母子家庭の子どもは貧困に陥りやすく、教育がなかなか受けられにくくなるという現状が見て取れるのだ。

同じ調査で母子世帯のうち収入が400万円以上という世帯は9・2パーセント、300〜400万円未満が10・7パーセントとなっている。このように高収入シングルマザーは少数派である。もちろん本人たちの学歴や能力、そして努力によってそれが実現しているのだが、彼女たちは子育てと仕事をどうやって両立させているのだろうか。

紹介する一人目は岡田奈緒さん。イベント・コンパニオンや役者などとして活動していた岡田さんは20代後半のとき、同じ舞台で知り合った10歳ほど年上の舞台俳優と結婚。翌年、娘を出産する。

子育てに専念していたものの、娘が1歳になると、将来的なことを考えて不安が尽きなくなり、夫とすれ違い始める……。夫と別居しようと、都内近郊の団地から都内の実家所有のマンションに引っ越すも、夫がついてきてしまう。都内に引っ越すと夫はさらにのんびりするようになる。将来の生活設計をしっかりしたい奈緒さんに対し、夫はのんびりとしたその日暮らし。その態度に業を煮やした奈緒さんは期限を決めて彼を追い出した。その後、彼女は別れた後も夫には娘との交流を自由にさせている。めいっぱい働いて稼ぎ、オフには娘と共に旅行もしたりして人生を謳歌しているようだ。

二人目は歯科医の小松めぐみさん。子どもが欲しくて白人男性とデキ婚したものの、夫はお坊ちゃん育ちで、世の中の常識がわからないまま大人になったような人だった。プライドは高いが、ケチな夫の姿が徐々に明らかになっていく中、妊娠8カ月の頃に浮気が発覚。前妻がDV妻だったという嘘が発覚すると同時に、自分も警察官の前で〝DV妻〟呼ばわりされてしまう。

出産後、彼は甲斐甲斐《かいがい》しく子育てをした。しかし、子どもの自我が出てきて手に追えなくなると突き放した。会社のトップを追われると彼はめぐみさんや彼女の母のせいにしようとした。「このままだと息子は夫のごきげんとりをするようになる」と思った彼女は別居を提案する。その後、面会を重ねていたが……。しっかりとした教育を受け、歯科医として活躍している彼女は他のシングルマザーと違って生活に困っていないという。

生活が苦しいシングルマザーとは違うお二人のケースはどういうものなのか。別れや子育ての他に普段の生活についても記してみる。

10歳年上の舞台俳優と結婚して出産。別居したのに夫がついてきた

岡田奈緒さん（40代）

「役者、イベント司会、ライター、そして会社経営といろいろとやってる、毎日お祭り人生なんです、私。ゴールデンウィークは稼ぎどき。人が休めるときに働きます。芝居は、妊娠中、産後と、ずっとやってます」

快活に話すのは、岡田奈緒さんである。バイタリティーあふれる彼女の話しぶりに、いくつの顔を持っているのだろう？　どんな子育てをしているのだろう？　そうした興味を抱いた。現在、小学生の女の子を一人で育てている岡田さん、なぜ夫と別れたのか？　元夫に子どもを会わせているのか？

10歳年上の舞台俳優と結婚したものの、もくろみは外れ……

――どんな生い立ちか教えてください。

ビルが林立する、東京のど真ん中で生まれ育ちました。何事にもきちんとしてないと嫌な潔癖性で、とにかく人と話さないという、そんな内向的な子どもでした。16歳のとき、芝居を始めて人との話し方を知りました。大学には行かず、芝居の傍らデジタルデザインの学校に通ったり、バイトしたりしました。バイトは、役者だからってことで、しゃべる仕事。最初はイベント・コンパニオン、そしてナレーター。20代前半は舞台に立ったり、テレビに出たり、精力的に活動していましたが、20代後半で結婚して翌年出産してからは、家族を養うためにイベント業が主になりました。芝居にしろ、イベントにしろ、どちらにせよ、祭りなので、やってる本質は変わらないですけどね。

――旦那さんとのなれそめは？

相手は10歳ほど年上の舞台俳優。知り合ったのは同じ舞台でした。私、せっかちというか貧乏性というか……過労で入院するくらいむちゃくちゃに働いていた20代だったので、のんびりした人と結婚したら、ちょっとは落ち着くかな？　と思ったんです。

――結婚しようと思った理由は、なんですか？

お互いに、子どもが欲しかったから。私もその頃、役者としてそろそろ母親の役を任される時期だった。子どもがいると役に深みが出るし、仕事のためにも「作ってみるか」という、人として、あまりよろしくない発想です。「できちゃった⁉　じゃあ結婚しなきゃ」と言ったのは彼のほうです。彼の実家のある埼玉県の某所に引っ越して、同居を始めました。

——旦那さんは実際どんな人なんですか？

結婚してわかったのは、夫は癒やし系ではなくて、悟っちゃってる系の人だということ。とにかく動かない。2時間たっても同じ場所にいる。すごく質素でもあって、毎日細々とご飯が食べられたらそれでいい、毎日生きているだけで楽しい。そんなタイプだったんです。

〝悟り系〟だということを知って、共働きなのは当然だと考えていた私のもくろみが崩れていきました。働き手が2倍になれば一人暮らしで役者をしていた頃よりお金に余裕ができて、少し気楽に、主婦役者ができると思っていたんです。また、同じ役者ということで一緒に仕事したり、夫婦で何か一緒に作ったりすることに憧れていましたが、夫には自分から何かをするという気力が、残念ながらなかった。

この後、岡田さんの出産を経て、二人の関係は変わっていく。

子どものことしか見えず、育児ノイローゼだった

――お子さんが生まれるまでは順調でしたか？

生まれる3カ月ぐらい前に、切迫早産で入院しました。「運動しなさい」って産婦人科の先生に言われて、運動しすぎたんです。それで強制入院。生まれるまで、ベッドにはりつけ状態でした。その間、夫は地方公演に行ってて、いなかった。

――出産のとき、旦那さんは立ち会いましたか？

もちろん立ち会いました。めっちゃビデオ撮ってましたね。本当なら子どもが出てくるところを撮ってほしかったんですけど、病院に「だめ」って言われて。そういうのを、ネットに流して売る人がいるんですって。それでしょうがないから、夫は私の顔を撮ってた。青筋立ってる私の顔を撮りながら、「どういう感じ？　どういう感じ？」「うーん、スイカは出ないな」みたいな会話をするだけで、残った映像としては全然つまらない。それで産む瞬間になると、さすがに的確なコメントを考えるのもきつくて。思考が吹っ飛びました。夫は夫で、「子ども生まれた、やったー」って感じで喜んでたみたいです。

――新生児の頃は、どのような生活でしたか？

産んですぐの4カ月は東京の実家にいて、ひたすら子どもの世話をしていました。その間は

恐怖ですよ。新生児の命の責任って重いです。2時間ほっといたら死ぬわけですから。産後の肥立ちも悪く、私自身も病気の連続で死にそうでした。だから私、生後6カ月になるぐらいまでは、子どもを育てることしか考えてなかったし、子どものことしか見えてなかった。育児ノイローゼだったんですね。

一方、夫はですね、出産に立ち会った後、地方公演に出てまして、その時期、家にいなかった。だから夫は、私が一番大変で一番やばいところは見てなかったんです。とはいえ新生児の頃は、私が育児に対してとても神経質になっていたので、夫がいてくれても、何も任せられなかったし、何を言われても、何をされても怒っただけでしょうからね、夫が地方巡業で出ていたのは、むしろ幸いでしたね。

将来のことを考え、夫と別居し東京に。しかし……

――旦那さんの育児は、どんな感じでしたか？

基本、育児は、かなり積極的にやってくれていました。ただ、夫は基本おおらかなので、泣いていてもあやしたりせず、「うわぁ泣いてる！　鼻水出てる！　あっははは」って観察して喜んでるだけ。二人目の子どもなら一緒に笑えたと思いますよ。心理的な余裕があったはずですから。でもそのときは、うつだったので、とてもそんな余裕はなくて。あやさずに笑ってる夫を見て私、イラッとするだけでした。

怒りをエスカレートさせる私を、夫は嫌がっていました。歩けるようになると、公園でボール遊びの相手をしてくれて、それはそれで助かったんですけど、0歳児のときは、とにかくハラハラしていました。

——産後うつで、一日中育児って大変ですよね。何か気晴らしはしたんですか？

近郊のショッピングモールへ娘と二人で出かけたり、夫や、それプラス友人などと一緒に、気軽な感じで出かけたりしていました。夫があまり働いてなかったので、いつでもどこでも、夫と娘と3人一緒でした。だから、子どもの友達を呼んで泊まってもらったり、ママさんサークルに入ったり、幼児体操とか子どものプールとか、暇だし、その1年間は働かなかったので、いろいろやりまくって、ありとあらゆるところに顔を出しまくりました。娘と二人きりだと行き詰まっちゃいますよ。それだけ夫と一緒に歩いたので、普通の夫婦の一生分、すでに一緒に過ごしてしまったかもですね。

——旦那さんとのすれ違いは、いつからですか？

夫との気持ちのずれを感じ始めたのは、「やばい！　私が働かなきゃ！」ってなった頃からでしょうか？　もともと共働きの覚悟はしていましたが、育児に関して私は人に任せるには神経質すぎたので、1歳の子育てをしつつ、大黒柱も私が担うのは無理がありました。健康な夫があまり仕事もしないで毎日家にいたら、ちょっと人生不安にはなります。

――娘さんに手がかからなくなってからは、どうなったんですか？

娘が1歳になってからは、「もう私、役者復帰します」って宣言しました。だけど夫は基本、自分のスケジュールを曲げてくれない。それで私、「あんたが出たら、私が芝居できないじゃない」って文句を言いました。今考えると、スケジュール調整で、けっこうケンカしましたね。

その頃から、娘を保育園に預けて、また働きにも出るようになったんですけど、送り迎えには苦労しました。私が東京で仕事があるとき、保育園に迎えに行くのが遅くなる。だけど夫は自分の都合を優先して、お迎えに行ってくれない。かといって、夫の親も頼りにはならない。「行く」と言いながら行ってくれなかったりして、すごく適当なんです。

あともう一つ困ったというか不安に思ったのは、夫の収入です。出産前もそうだったんですが、財布は夫婦別です。娘の育児費用は私が出してました。あと、家賃とかの生活費を、夫に月10万円ぐらい払ってもらってたのかな。その頃住んでいた3ＤＫの公団は家賃が安かったのはいいんですけど、将来的なことを考えると、不安が尽きなかった。これから娘の学費のこととかで、お金がたくさんいるというのに、夫の年収が伸びていく兆しがないんです。そこで「今後はどうするの？　40代で、役者で食べていけるの？　家族を支えられるの？」って聞きました。すると、「このままでいい」って言うんですよ。私、その発言に愕然として。夫に言ったんです。「一度、別居して、お互いの人生をちゃんと組み立てていきましょうよ。埼玉から東京に通勤して、さらに子どもも迎えに行くの、私もう無理だから。東京行くから」って。ところが夫、娘と離れたくなかったのか、私たちに着いてきちゃいました。娘が年長さん、5歳のときでした。

岡田さんは夫と別居するために、娘とともに東京に引っ越そうとしたのだが、結果的に家族3人で移り住むことになったのだった。

夫からのDVやモラハラはなかった

――東京での暮らしは、どんな生活だったんですか？

引っ越したのは、実家が所有しているマンションの、約13畳のワンルーム。小っちゃいキッチンと小っちゃいお風呂がありましたけど、居住用というより事務所用の物件でした。そんな家ですから、夫の部屋は当然ありません。するど、余計ゴロゴロしてるのが目につくんです。でも、東京に来て環境が変わるので、夫が一念発起してくれればという願いがありました。

――一念発起とは？

20代の頃には大人気だった夫も、すでに40代。俳優をやるにしても、別の仕事をするにしても、よほど改善しなければヤバいわけです。だから、「何がしたいのか考えてみなさい」って、夫に言い聞かせてました。だって、そうでしょ？　子どもができてお金がいるというのに、どうやって稼いでいったらいいかとか、当然あるべき将来の青写真が、夫になかったんですから。あるときは、保険会社の人生設計相談を受けてもらったりもしました。そこでは、ライフプランを書かされるんですが、夫の書いた表に「何年後に家を買って」とかいう青写真的なものが、まったく出てこなかったんです。これじゃちょっと老後は背負いきれないな、ダメだなって。ガッカリしました。

一方で、夫にとっては、私のそうした言動がストレスなんです。夫は、ご飯が食べられればいい。借金もしない。お金がまったくないわけでもない。お金はないんですけども、生きてはいける。月20万円ぐらいあれば、家族3人か4人生きていけるという人だったので、何を言われているかわからない。「子どもがいて楽しく暮らせればいいのに、何がいけないんだ」というすれ違いです。

だから夫のモラハラとかDVというのとは真逆。価値観を押し付けたのは、たぶん私ですね。夫は現状で十分幸せなんですもの。夫の人生に、何も間違いはなかった。かわいそうに。だって夫からしたら、借金もないのに、なんで責められなきゃならないんだってことですよね。

夫には私が離婚したがってる意味がわからなかった

——離婚を決意したきっかけは、なんですか?

娘がクローゼットの陰で泣いてるのを見てしまったからです。東京に引っ越して1年ぐらい、それを見たときに「もうダメだ」って。子どもの精神状態がやばいと思って、「これはよくない。まずとにかく、夫と空間を分けるべきだ」って思ったんです。

それからすぐ、どうやって離婚するかを調べ始めました。別居中の婚姻費用のことや、どういう段取りで離婚していくものなのかを、法テラス（日本司法支援センター。無料法律相談などを行っている）に行ったり、行政に相談しに行ったりして、教えてもらったり、本を読んで調べたりしました。調べると同時に、離婚後の生活の青写真を描きました。離婚するからにはガッツリ働こうと思って、いろいろ仕事の態勢を整えたんです。

調べた後は夫の説得です。夫は、私が離婚したがってる意味がわからない。だから全然、話し合いが進まなかったですね。それで「本当に離婚したくないなら、策を考えなよ」って助け舟を出すんですが、提案してこない。公正証書とか事務的な決めごとを持ちかけると、逃げ回る。

別居の話し合いの中で、双方がどこに住むかも話し合いました。「娘の近くに住みたいんなら、どうぞ。それで、いつ出ていくの？　年度末の3月31日がいいんじゃない？　期限を過ぎたら、日割りで家賃をもらうわよ」と話すと、夫は「やっぱり、実家に帰るよ」って答えましたね。そして劇団員の仲間に手伝ってもらって、引っ越していきました。

――娘さんには、どう伝えましたか？

夫婦はやめたけど、親はやめられないという定義のもとに〝離婚〟しました。「パパとママは、仲良くできないんだ。楽しくないでしょ、この家庭。だからごめんね。パパとママ、夫婦はやめる。だけど、これからもずっと○ちゃんのパパとママだから。ママがもし再婚しても、2番目のパパが増えるだけだよ」って娘には言って、納得してもらえました。

その後岡田さんは、夫と別れる。面会の条件などを記した公正証書を先に作った上で、面会もすぐにスタートさせた。

——それで旦那さんは、ほかに仕事を見つけたんですか？

最近は、タクシーの運転手をしているらしいです。すると、今度はタクシーのシフトが入ってしまって、役者のシフトを整理できなくなる。彼は不器用なので、自然と役者の仕事に手が回らなくなった。岩にしがみついてでも役者をやりたいんだっていう強い意志があったら、私は支えてもよかったんです。

彼と娘との関係は、今でもずっと友好的

——面会は、どのように行っていますか？

面会では、いろんなルールを作るじゃないですか。待ち合わせや引き合わせの方法とか、家には上げないとか。だけど、そうした決めごとは、ことごとく破られました。たとえば「離婚後、週3日彼、週4日私が面倒を見る」ということを記したんですけど、6日に1回休みというタクシー運転手のシフト勤務に合わせて、休みの日にうちに来るだけなんです。彼はとにかくマイペース。自分の休みの日と重ならなかったら、娘の運動会に来ることはない。自分の用事があれば、面会日でも普通にキャンセルするし。

――面会が月に1回2時間とかいう人に、聞かせたい話ですね。ほかには？

家に来ないというルールも破られましたね。離婚相手を、普通家に上げないでしょ。なのに彼は全然気にしない。今や泊まってますからね。彼が来たら来たで、彼がだらしないから娘が真似して、すごくだらしなくなっちゃう。宿題があるのに、教えたりとかはしなくて、ずっと二人でゲームやってるんです。

――どんなふうに面会するんですか？

彼が娘と行くところといえば、ファミレスとかコンビニ、あとは公園。彼は食べることに興味がないので、特別なレストランなどには行きません。ただ、最近は娘が映画にはまっているので、新作映画には必ず連れていってくれます。それは良いことだと思います！　あと夫の家族と旅行とか。まあそれで、娘も喜んでるんですけどね。

彼と娘との関係は、今でもずっと友好的です。彼が来る日、娘は学校から小躍りしながら帰ってきます。娘の友達にも大人気だし、学校もわかってるんで、「お父さん、捨てられちゃったんだよね」って（笑）。彼はほんと大人気。彼が来る日は娘の友達もやってきて、うちがほとんど幼稚園状態です。

――養育費とかは、ちゃんと毎月もらってるんですか？

今も婚姻費用のまま。離婚届は出したんですよ。だけど間違ってたから、もう1回書きました。「受理されなかったんだけど」って。まるでコントですよ。ちゃんと親権も決めたのに。書類がそろわずにグダグダ。なので、養育費じゃなくて婚姻費用ですね。

――復縁は考えますか？

ないです。もう彼の面倒は見られないし、人としての魅力を感じないですしね。役者をやってたらまだしも、タクシーの運転手をやっているだけの彼は、なぜタクシーなのか、なぜそれがやりたいのかを話してくれないので、魅力を感じられない。でも彼、それで人生幸せだからすごいよなって、尊敬しますけどね。別に何も悩んでませんし。

――今後は、どうされるんですか？　いい相手がいたら、再婚とか考えますか？

去年、ライターの仕事がらみで婚活サイトを利用したんです。すると、「僕の子はいらない。君の連れ子以外に、僕の子を産んでほしいとかは求めない。ただ、やさしい奥さんに迎えてほしいんだ」という、お金も地位もあり、平穏を求める人ばかり。でも、それじゃ、私と全然合わないですね。私は娘を育てながら、会社も作っちゃったりしてきましたから。再婚相手とは、作ったり、挑戦したり、一緒に何かをしていきたいです。それが仕事でなくても。でも、落ち着きのない私は、結婚に向いていないのでしょうね（苦笑）。あと、私、気が多いんで、また新たなことを始めたくなってしまって。「富士山の方に移住しよう」とか「海外に住もうよ」とかって娘には話すんですけど、反対されるんです。

妊娠中にエリート夫の浮気現場に遭遇！警察の前で〝DV妻〟呼ばわりされ……

小松めぐみさん（40代）

「結婚前、夫は前妻にDVを受けたと言っていたので、『残念な人に当たっちゃったね』と言って慰めていました。ところが、彼は自分の浮気が発覚したとき、私のことを『こいつはDV妻』と言いだし、警察の前で嘘をついたのです」

歯科医の小松めぐみさんはそう話す。小松さんは妊娠がわかって結婚し、子どもが2歳になる手前で別居。離婚したのは子どもが4歳のときだったという。彼女はいったいなぜ夫から〝DV妻〟と言われたのか？　なぜ2年も別居をしていたのか？

違和感を覚えるも紹介されたバイリンガルとデキ婚

——旦那さんとは、どのようなきっかけで出会ったのですか?

実はそれまでの7年間、別の男性と一緒に住んでいました。彼とはすごく仲が良かったし、人として尊敬もしていましたが、彼はどうしても子どもを欲しがらなかった。当時、私は30代半ば。「このままいくと、子どもがいない人生になっちゃうな。子どもを産める相手を見つけよう」って思ったとき、信用できる知人から男性を紹介されました。「前の奥さんに恵まれなかったんだけど、中身はすごくいい人だから」って。それが元夫。会ってみたら、子どもを作ることに反対しなかった。それで、早まって結婚してしまったんです。

——どんな人ですか?

背がスラッとした、絵に描いたようなハンサム。両親は欧米人だけど、彼は日本生まれの日本育ち。両親の都合で中学校から大学院までは英語圏に住んでいたので、バイリンガル。大学と大学院では一人暮らしをしていて、就職のタイミングで日本に戻ってきたらしい。会社では早くから出世していて、そのうちにヘッドハンティングされて、外資系の会社の上層部を転々としていたみたいです。

——まさに典型的なセレブですね。結婚前にデートはしたんですか?

１年弱お付き合いして、その間に妊娠がわかりました。いわばデキ婚です。子どもを産みたいという前提だったので、彼のことは「何か変だな」と思いつつも、目をつぶって結婚しました。

――夫として相容《あいい》れない部分があったのですか？

元夫はＤＶ被害者としてメディアに出たことがあって、そのとき「妻が台所のお皿を全部割って暴れた」とコメントしたそうです。実際、日常生活でもそういう話はしていました。「この風景を見ると前の妻を思い出してつらい」と言って急に泣きだしたりするんです。私はあっけにとられつつ、「残念な人に当たっちゃったね」と言って慰めるしかなかった。

「白人の自分は、黄色人種の妻より偉い」って思い込んでた

――そのときは、彼のことを信じてたんですか？

信じていました。彼が嘘をついてるなんて、当時は知る由もなかった。仕事柄、さまざまなタイプの患者と付き合いますので、人と接することには慣れています。だけど彼は両親が外国人で、「自分のアイデンティティはどこだ」という悩みを抱えていました。私はそれまで彼のような人とあまり接したことがなくて、日々一緒に暮らす中でも、彼の人間性を見抜けなかったんです。

――「嘘をついてる」とすると、DVというのは彼の被害妄想なんでしょうか？

自分自身の思い込みを本当のことだと、記憶をすり替えてしまうんでしょう。彼自身、私にすごく攻撃を受けたという感覚は本当でしょうから。

――どういうことですか？

たとえば、トイレットペーパーが芯だけになって、そのままになってたときのこと。「切れたら自分で交換して」と言ったら顔色が変わったということがありました。あのとき、彼は、私のお願いに傷ついてしまったみたい。

――なぜそれで傷つくのか、理解できないです。

彼はエリート家系の育ちで、いわゆるお坊ちゃん。お手伝いさんがこまごまとした世話は完璧にやってくれるけど、しつけはしない。だから、世の中の常識がわからないまま大人になったんです。

――大学に入ってからは、ずっと一人暮らしだったんですよね。

いいえ。彼のそばには、常に女性がいたんです。大学生や大学院生のときだって、一人暮らししているとはいっても、付き合ってる女性にすべての家事をやってもらってたし、その後もずっとそうです。彼は典型的なハンサム男ですから、女性が途切れなかった。誰かにやってもらってたから、生活をするための常識が身につかなかった。だからこそ、私に注意されただけで傷ついたんです。

――わからないんだったら、聞けばいいだけなのに。

アメリカの教育を受けて、リベラルを自負してるんです。だから上っ面では進歩的。だけど根の部分では「白人の自分は、黄色人種の妻より偉い」って思い込んでて、自然と私を見下してた。刃向かいはしないけど、いちいち偉そうでした。たとえば、ケンカしたときに「俺は台所の床も拭いたし、トイレットペーパーも替えたぞ。なのに何が不満なんだ」って、わざわざ勝ち誇るように言うんです。「自分の家なんだから、やって当然でしょ」って言い返したら、「うーん」とか言って頭を抱えてました。プライドは高いけど、打たれ弱い人なんです。

女たちは、みんな俺のお金をあてにする

――子どもが生まれる前に、こういった家庭を作っていきたい、という理想像はあったんですか？

子どもをインターナショナルスクールに入れて、国際感覚が身につくように育てていこうとは言っていました。だけど実務的な話になると「海外旅行やパーティーに連れていって、君たちを楽しませてあげる。僕は頑張って働くから、支えてね」などと言って、肝心なルールの取り決めの話から逃げちゃうんです。

――なんだかフワフワしてますね。

妻は、人形のようなお飾りでいてほしいってこと。外の人たちに自慢できる肩書だったり学

歴だったり見た目だったりを、彼は私に求めていた。

——たとえば、どんなことですか?

政財界の重鎮が出席するというパーティーに招待されたときのことを思い出します。招待状が届いた途端に、「ドレスを見に行こう」と言って、六本木の高級ブティック街に連れていかれました。「これ似合うよ」と勧められて、何十万、いや何百万円もするドレスを次々と試着させられました。

——それで買ったんですか?

それが、彼は払ってくれないんですよ。戸惑って「買ってくれないの?」って聞いたら、やれやれとあきれた様子。「そうやって女たちは、みんな俺のお金をあてにするんだ」と、いきなり悲劇のヒーロー気取りです。「わかった。じゃあ買わなくていい」って言ったら「安っぽいドレスじゃおかしいよ。みんなすごいドレスで来るんだから」と必死になって引き留めて私に買わせようとする。結局、買わずに、成人式のときの振袖でパーティーに行きましたけどね。

——家計は、どうしていたんですか?

家賃は全部彼が払っていましたけど、それ以外はうやむやでしたね。私自身、稼ぎがあったし、出産休暇に入っても貯蓄がありましたから、彼の収入を頼りにする必要がなかった。彼はその点、甘えてましたね。ドケチなので。

妊娠中に浮気現場に遭遇、彼は警察を呼び……

――妊娠中は、どうだったのですか？

妊娠8カ月の頃、一悶着《ひともんちゃく》ありました。その頃、私は土日に、車で30分のところにある実家へ帰っていましたが、実家から戻ってくると誰か知らない人が家に入ってる気配があって、「これは絶対、女を連れ込んでるな」と踏んだんです。それで私、その次の週末、実家に帰ったと見せかけて、前触れもなく自宅に戻り、解錠して中に入ってみました。すると案の定、家の中に知らない女がいるじゃないですか。「これ、どういうこと⁉」と私は言いました。もしかすると、ドスの利いた声だったかもしれません。

――旦那さんはそこでも悲劇のヒーロー気取りですか？

いいえ。力ずくで私を家から追い出そうとしました。私はおなかが大きい状態です。抵抗して暴力を振るわれたり、転んだりしたら大変なことになる。そう思って、引っ張られるまま。靴を履いていない状態でずるずると、玄関の外に出されました。それで元夫は何をトチ狂ったのか、「なんで勝手に来たんだ！　警察を呼ぶぞ」って大声を出す。ところが私は、「呼びたいなら呼べば。私、暴力も何も振るってないし。何の落ち度もないってことを警察に説明できるから」と言って動じない。引くに引けなくなった彼は警察を呼びました。

駆けつけた警察官二人に元夫は、「家の中に仕事関係の女性がいるけど、仕事の打ち合わせなんです。なのに、浮気と勘違いした妻が、家の中で暴れ狂ってしまったんです。お巡りさん、こいつはＤＶ妻なんです。早く逮捕してください」と、興奮した様子で言うのです。それに対して私は「暴れてませんよ。家の中を見てきてください。争った形跡はないはずですよ」と言いました。

二人の警察官は、膨らんだ私のおなかを見て状況を察し、そのうち一人が元夫に向かって冷静に言いました。「あなた被害者なんでしょう？　まずは被害届を出してくれますか？　でないと何もできないですよ」と。一方、私には、「奥さん、一旦、この場を離れたほうがいいですよ」と言うんです。私は警察官の助言に従って、実家へと帰りました。

「男も育児をするべき」という気持ちだけはあった

――妊娠中に浮気の現場を発見し、警察を呼ばれた後、どうなったんですか？

臨床心理士のところへ二人で行って、カウンセリングを受けました。私と夫、それぞれ一人ずつ事情を話したんですが、元夫は「置物を全部なぎ倒したりして、家で暴れまくった。あいつはＤＶ妻なんです」などと話したそう。もちろん私は否定しました。「物を壊したり暴力を振るったりしたことは一度もないです」と。警察官同様、すぐに察したようで、治療ターゲットは元夫になりました。すると彼は「僕、先生のこと大好きですよ」と、味方につけようと必死になっていましたね。

――出産は問題ありませんでしたか？

元夫には「外国人専用の病院で産め」って言われました。でも、そんなときまで格好をつける気はありません。まして私にとって英語は母国語じゃないし、金額だって無駄に高い。「普通の病院で産む」って宣言して、実際、そのようにしました。元夫は立ち会ってくれました。そういうわかりやすく感動的な部分は好きなので。涙？　もちろん流していました。

――育児はしてくれたんですか？

アメリカの大学や大学院を出た元夫だけに、表面上はリベラルを自負しているんです。それで、「男も育児をするべき」という気持ちだけはあったみたい。おむつを替えたりとかミルクをあげたりとか、何かと甲斐甲斐しくやってくれましたよ。だけど、ちょっと大きくなっちゃうとだめ。子どもに自我が出てきて、自分のコントロールが利かなくなる。それが嫌だったみたい。だから、ちょっと大きくなったら、すごく突き放していて、厳しすぎると感じました。

――結婚して子どもができると、仕事との兼ね合いとか、育児の労力という点で大変ですよね。

私が楽になるようなアシストならよかったんですが、彼の提案って私の求めていない、むしろ邪魔で足手まといなものが多かった。覚えているのは、子どもを保育園に入れようと必死になっていたときのことです。私は仕事を休んで手続きに行く予定を立てていました。ところが元夫は私のそんな努力をくみ取らず、いきなりヨーロッパ旅行の予定をボンとぶち込んできたんです。なんの相談もなく。「俺が休みを取れるのは、ここだけだから」って。それで私、「ちょっと待って、行けるわけないでしょ。保育園の手続きとか、患者さんの予約が入ってるんだから」と返しました。

すると、「おまえも、前の妻と同じだ。俺が必死で休みを取って計画したのを、おまえは何一つ喜ばないのか。いつもそういう女性に出会うんだ、俺は」って、また被害者モードに入って、ふてくされるんです。

まずは別居して修復していこうと思っていた

――離婚するまでの経緯を教えてください。

子どもが2歳になる手前で別居しました。きっかけは、彼が突然、会社のトップをクビになってしまったことです。外資系は、責任者であろうが、いきなり辞めさせるんです。おそらく原因は彼自身にあるはずなのに、「おまえが支えないからだ。妻として内助の功が足らないからだ」って言うんです。

――リベラルを自負しているのに〝内助の功〟だなんて、矛盾していると思わないんですかね?

だから彼は、ダブルスタンダードなんです。表面はリベラルだけど、すごく差別的で封建的。

それと、彼が独特なのは、自分に酔ってるというか、絵に描いたようなナルシストだってことです。

――そこから別居へは、どうつながるのですか？

クビになって以来、元夫は落ち込んで、ずっと家にこもっていました。ある日、2歳の誕生日が近くなった頃、子どもが元夫におもちゃを持って近寄っていったことがありました。遊んでほしくて、子どもは「パパ」って話しかけた。すると元夫は「ハァ」ってため息をついて、顔をしかめたまま、子どもを相手にしないんです。異様な様子に、途端に子どもがビビってしまって……。

それを見て「これはやばい。お父さんの機嫌を一生懸命取ろうとする子どもになっちゃう。子どもの情緒が育たなくなる」と思ったんです。それで私、彼に言いました。「病院でうつ病だと判断されて薬をもらってきたようだけど、これを機にしっかり療養したほうがいいよ。子どもがチョロチョロしていたら、あなたが休まらない。あなたのメンタルの回復のため、一度離れよう」って。すると夫は、「そうだね、ありがとう」と言って、すぐに引っ越していってくれました。

――別居だけで、離婚はしなかったんですか？

私は「子どものためによかれと思って」という気持ちもあるけども、「うつ病と診断された彼の心が休まらないから」という理由もあった。まずは別居して修復していこうと思っていたんです。

「おまえに追い出された」と書かれた恨みのメール

――出て行った後は、どうなりましたか?

別居してから離婚するまでの2年間は、子どもを彼に会わせていました。月1回のペースで。うつであまり無理をさせられないので、毎回3〜4時間から、長くても半日ぐらい。ボウリングに行ったり、公園に行ったり、食事に行ったり。子どもが行きたそうな場所を優先して出かけていました。あくまで、子どもに付き合ってあげているという感じですね。

――お子さんと二人きり?

いいえ、私も同席していました。彼は子どもの世話ができない人だから、むしろ私に来てほしかったんです。別居しているから顔を見たくないというわけでもないし、子どもの面会についての連絡は普通に取り合っていました。別居中でも、子どもはお父さんのことを好きでしたよ。たまに会うだけなら、彼の機嫌の悪いところも見ないですし。

――別居を経て修復できなかったのはなぜですか?

「俺がクビになって使いものにならなくなったら、捨てる女なんだ」と彼の中で、いつの間にか話がすり替わってしまったようだから。そのうち「おまえに追い出された」という恨みを、直接私にメールでぶつけてくるようになりました。それで最終的には「あの親子（私と母）が俺を追い出した。あいつらは子どもが欲しかっただけで、俺は利用された。捨てられた」というふうに、さらに母も彼の怒りの対象となりました。

――どういう手続きを経て別れたんですか？

彼の方から「離婚届を出して別れよう」と、メールで連絡してきました。会ってみると、彼の怒りのオーラがすごかった。ここで説得して撤回させようとしても、また大げんかになってしまう――。そう思ったら、面倒くさくなっちゃって、離婚に同意して、届を書いて押印しました。彼のメンタルが回復せず、破局に至ったことは、とても残念でした。

――彼は離婚届を書きながら、ずっと怒ってたんですか？

いいえ。いざ印鑑を押すというとき、「あの子に会えなくなると、俺は……」とか言って涙を流しました。そのとき、彼の本性がわかっていたので、「この人は、泣きたいときに泣けるんだ」ってあきれながら見てましたね。

親子の縁は、実質的には切れてしまった

――その後はどうですか？

元夫から、完全に音沙汰がなくなりました。子どもはかわいそうに、しばらくは父親を恋し

がっていました。

――慰謝料とか養育費はどうしましたか？

彼がドケチだってことは常々感じていましたから、最初から諦めていました。絶対、慰謝料も養育費も無理だと。だから最初からもう何も言わなかったです。私がラッキーだったのは、多くのシングルマザーが直面する経済的な問題がなかったことです。

――彼は「子どもに会いたい」と言ってこないんですか？

一度もない。むしろ、電話してもガチャ切りされるぐらいです。今や何の興味もないみたい。だから親権問題とか、残念ながら私は個人的にはまったく悩んだことがないし、彼から面会交流したいという要望すら一切ないんですよね。おそらく自分の子どもに対して愛情もないんだと思います。というか、ないとしか思えないです。親子の縁は、実質的には切れてしまってます。

――離婚を経て、いま彼に対してどう思いますか？

不安感が募る妊娠中とか、子どもを産んだ直後の狂乱状態とかの大変な時期に、元夫を支えることは無理でした。だからその頃、「もうあなたとはやっていけない」と強く言って、彼をはじいてしまった。その点は後悔しているし、申し訳ないという気持ちが残っています。とはいえ、再婚すべく話し合いたいとは思わないですけどね。それとは別に、離婚後も、元夫と定期的に子どもを会わせたり、元夫としての彼との関係を築いたりということはしたかった。

——子どもに会わず、彼は何をしてるんですか？

風のうわさによると、私と別れた後、結婚し、また離婚したみたいなんです。だからバツ3か4なのかな。前妻に加え、私のことも「妻からＤＶを受けた」って、付き合う女性たちに言ってるんでしょう。

——お子さんはお父さんに会いたがりますか？　また小松さんが、お父さんのことをお子さんに伝えることはあるんですか？

子どもはいま9歳で、「全然会いたいと思わない」って言ってます。もうちょっと成長して10代の後半とか20代とかになって、ちゃんと父親と話がしてみたいってことで本人がアプローチしたとしても私は止めません。そのとき子どもには「あなたに会ったら、パパは間違いなく涙を流すと思う。『パパは、ずっと会いたいと思ってた』って間違いなく言うから。だけど、それは演技だから」とは言っておくつもりです。そうじゃないと、騙されちゃいますから。

＊

母親一人で、手のかかる子どもを育てることは大変だ。フルタイムで働くことが難しいし、養育費にもあまり期待できないため、貧困に陥ってしまうケースが冒頭のデータで見たように実に半数を超えている。

一方で第5章の二人は、例外の部類に入る。役者やイベント業をやっていた岡田さんは出産・離婚後も、子育てをしつつイベント会社で精力的に働いている。そして、ときにはパッと国内外のリゾートに行ったりして、メリハリのついた充実した日々を過ごしている。歯科医の小松さんは自身が持つキャリアを、離婚後も活《い》かして仕事を続けている。お二人に年収の詳細についてはうかがっていない。しかし他のケースのように困窮している様子はうかがえない。

お二人の話しぶりからは全然暗さが感じられなかった。別れた後だからという事情ももちろんあるだろう。それ以上に二人の豊かで自由な生活ぶりが表情を明るくさせているのではないだろうか。

労働社会学者、働き方評論家である常見陽平さんは2015年10月26日のブログで次のように記している。

「はっきり言って、我が家は特例だ。（略）何不自由なく育ったし、東京の大学にも出してくれた。（略）母子家庭なみから言うと「勝ち組」ということになるのだろう。可哀想な自分を演じるなという話になるだろう。ぶっちゃけ、幼い頃、欲しい本は全部買ってもらったし、ファミコンもパソコンもラジコンも買ってもらった。ライダースジャケットを買うことも許してくれた。ベースも買ってくれた。（略）いちいち、恵まれていたと思う」

そんな彼の母親は大学教授だったという。

話をうかがった二人にしろ、常見さんの母親にしろ、共通しているのは結婚・出産・離婚（常見さんのケースは死別）という人生の激動を経ても、元のキャリアを途切れさせずに引き続き、仕事を続けていることだ。

インタビューに答えてくださった二人がもともと正社員で妊娠・出産・育児などによる休暇の後、会社に復帰し、その後で離婚していた場合、育児と仕事との両立で時間のやりくりに相当苦労していたのではないだろうか。少なくとも9時から5時までといった一般的な就業時間の間は勤務することが求められるだろう。また業種によっては飲み会などに行かなければならないかもしれない。子どもを育てることを優先して残業や付き合いの飲み会に一切出ず、時短で働いていたら、同僚たちの厳しい眼差しにさらされることもあったのではないか。それこそ、綱渡りのような日々が続いていたに違いない。

かく言う私も元妻が慌ただしく朝出て行って夜バタバタと帰って来るのを日常的に見ていた。私は私で、お昼のお弁当を作ったり、ときには夕食を作ったり。また保育園の迎えの担当をしたりもしていた。それでも、娘の寝かし付けについては協力的ではなかった。また夕食についても負担をかけがちだった。

フリーランスで時間の融通がききやすいのだから、そこは徹底的に協力するべきだった。なのに私はしっかりと支えてあげられなかった。そのことはいまだに悔いても悔い切れない。

有能な女性が出産によって、キャリアを重ねられない。その社会構造が変わればこの国は、働きやすく、子育てしやすい国になっていくのではないか。というかそうなるべきだ。

第6章

再婚すれば関係も変わる……

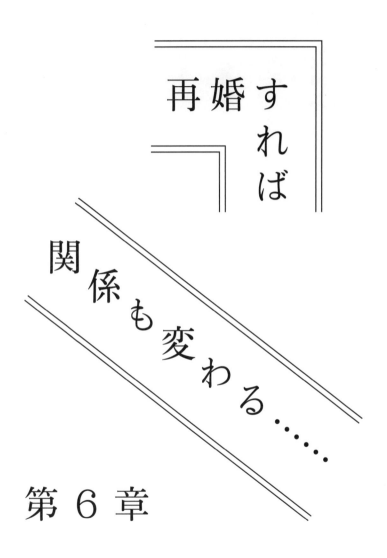

これまでの章で見てきた離婚後の面会の方法はバラバラであった。

そのまま共同養育に移っていった家庭、定期的に会わせている家庭、最初は会わせていたが妻の拒否感からフェイドアウトしてしまった家庭、夫が会いに来ず関係がなくなってしまった家庭。養育費に関しても払う父親がいたりする一方、まったく払わない父親もいたりして、さまざまだ。

それでも実の子どもに対してずっと強い思いをなんらかの形で抱いているものだ。子どもと離れて暮らす父親の一人として、すべての父親が子どもを愛し、気にかけているはずだと信じたい。

さて。本章で紹介するのは子どもへの愛情が途中で薄れてしまったケース。

別れた直後はけっこう熱心に会っていた。なのにあるときを境に会いたがらなくなる。その理由は再婚である。中でも再婚相手との間に子どもができるとその傾向が強くなるようだ。いったいどのような心境の変化があったのだろうか。


有井なみさんは、アルバイト先の仲間とデキ婚。しかし、夫は口だけで、育児や家事を手伝ってくれない。3年後、二人目の子が生まれるも、そんな状況は変わらず、夫婦仲は悪くなっていく。義母によるお金の無心、夫の浮気、そして義母や義兄夫婦も含めた夫側の計画的な「息子連れ去り事件」により、二人の子と離れ離れになってしまった。さらに、通帳や銀行印、マンションの権利書、車まで、夫たちに取られてしまったのだった。

その後、有井さんは義母や夫が住む茨城県に行き子どもとの面会を希望するも、仮病を使われたりしてなかなか会えなかった。しかもようやく会えた長男は有井さんを敵視するようなことを言った。有井さんは義母や夫らを未成年者略取で刑事告訴する。一方、離婚調停の通知書と結婚記念日のペアのパジャマが同時に届く。法廷闘争の結果、子どもたちの親権は有井さんのものとなる。子どもたちは有井さんのところに戻ってくる。長男が示していた敵視は戻ってきた途端に止んだ。有井さんは子どもたちのために面会に積極的だった。元夫も面会を積極的に行っていたが、再婚を機に会わなくなった。

山下みゆきさんのケースは元夫が再婚し、その相手との間に子どもができたことで、山下さんとの間の子どもへの気持ちが離れたケース。大学のサークルの先輩と、卒業後すぐに結婚。対等な関係と思っていたが、夫が転職を重ね、収入が3倍になると、互いの経済格差が急激に広がった。湾岸のタワーマンションに引っ越して、会社を辞め、男の子を出産。セレブ妻になったかと思いきや、ワンオペ育児とタワマンの人間関係の中で孤立、疲弊していった。在宅の仕事から復帰しようとしたものの、夫の心ない言葉に傷つき、挫折。気持ちも離れていく。ステップアップを目指す夫のために息子とともに1カ月ほど実家に帰ると、彼はその間に浮気をしていた。その証拠をたまたま、共有しているパソコンのパスワードが外れたことから見つけてしまう。親戚を巻き込んだ修羅場となり、3カ月で協議離婚。

夫は離婚後の面会について学んでいて、それにあわせ毎月2回（うち1回は宿泊）の面会を実施する。ところがその後彼は再婚、「これまでと同じように面会したい」と言ってきたが、再婚相手との間に子どもが生まれると息子との関係性が変わっていったのだ。

相思相愛だったはずの夫との仲を義母に引き裂かれ、二人の息子を連れ去られた

有井なみさん（30代前半）

「自分で言うのもなんですけど、私の人生って激動すぎると思いません？『渡る世間は鬼ばかり』（TBS系）が全然、鬼だと感じない。〝私の姑の方が鬼だったよ！〟って言いたいです」

マジシャンの有井なみさんはそう話す。現在、9歳と6歳の二人の息子と一緒に暮らしているが、一時は、その子どもたちを連れ去られ、一人ぼっちになっていたという。そんな有井さんが〝激動すぎる〟と話す体験をうかがう前に、まずは元夫との出会いについて話してもらった。

「関東のやや郊外にあるベッドタウンで育ちました。美術大学卒業までは、ずっと実

家住まい。マジックは小さいときからやっていて、美大に通っていたときのバイトも新宿のマジックショップでした。元夫のHはバイト仲間でした」

最初は相思相愛のラブラブカップルだった

――Hさんは、どんな方ですか？

温和な性格で、怒ったところを見たことがなく、行きたいところややりたいことを私に押し付けてきたりもしない。それどころか私の好みをくみ取って、先回りして選んでくれる。そんな彼を、私は好きになっちゃったんです。相思相愛。周りから見たらベッタリくっついてるラブラブのカップルって感じだったんでしょうね。

――完璧な関係じゃないですか。

ところが、付き合っているうちに嫌な部分が出てきた。一つは誰かに依存したい体質だったということ。あともう一つは、彼がマザコンだということです。母親と毎日とりとめのない内容のメールのやりとりをしていましたし、半熟のゆで卵の作り方をわざわざ電話して聞いてみたり、母親に耳かきをやってもらってるっていう話を自分からしたりするんです。

Hさんと2年付き合った頃、有井さんは妊娠していることに気づく。それを機に二人は結婚し、関東の郊外にある賃貸マンションで同居を始めた。今から10年前のことだ。

——子どもが生まれたらどうするかといった気構えはあったんですか？

ベビー用品をそろえたり、育て方を本やネットで調べたりしました。二人して話し合ったりもしましたよ。それで生まれる直前になって、彼はこんなことを私の両親の前で言ったんです。「洗濯とか掃除は、昼空いてる私が全部やります」って。

——頼もしい約束ですね。彼は昼の時間が空いているんですか。それで実際、やってくれたんですか？

いいえ。赤ちゃんが生まれても、朝から夕方まで寝てて、何もしてくれないんです。というか、約束したこと自体忘れてるんですよ。

——それはひどいですね。

赤ちゃんが全然おっぱいを飲んでくれなくて、毎日夜泣きしてたんです。昼は昼でお世話をしなきゃならない。だから私、その頃は慢性的な寝不足でした。一方で、彼は昼間ずっと寝てて、掃除や洗濯はまったくやらないんです。だから結局、私がやってました。そんな感じでずっと寝不足のまま、育児も家事もすべて私がこなしてたせいか、心身共に追い詰められちゃって、〝離婚〟という言葉が頭に浮かびました。

——では、全然、子どもの面倒は見てくれなかったのですか？

家に友達が遊びに来るとか、そういう人目があるところでは、おむつを替えてくれたり、抱っこしたり、あやしたりしてくれました。だけど、普段家では、家事や育児を全然やってくれなかったです。

義母によるお金の無心、夫の浮気発覚と家出

——3年後には二人目の男の子が生まれたんですよね？　その頃、上のお子さんはどこかに預けたりしたんですか？

私も彼も、日中は家にいて夕方から仕事ということが多いため、保育園だとほとんど一緒に過ごす時間がなくなってしまうと思い、上の子は幼稚園に入れて、下の子は仕事のある日だけ、区の一時保育を利用していました。

二人の子どもを育てたり、家事や仕事をこなしたりと、有井さんは日々奮闘した。一方でHさんは、そんな彼女に、恋人時代のような気遣いを見せることができず、二人は徐々に親密さを失っていく。さらに彼らの仲を決定的に引き裂いたのは、義母の存在であった。

——お義母さんに何かされたのですか？

3カ月に1回とか、ひどいときなんか毎月、お金の無心をされました。それに応じてHがお金を貸すんですが、一度も返してもらったことがありません。それどころか義母はまったく悪びれずに、「お母さんがパチンコで勝ったお金で、全部リビングを模様替えしたのよ」とか「はい、これプレゼントよ」などと平気で言うんです。

――金遣いが荒そうですね。

金銭感覚が普通じゃなかった。自己破産をしたことがあり、〝パチンコ依存症〟なんです。親戚から借金しまくっていて、返してない。私たちの結婚式に親戚が来てくれなかったのは、借金踏み倒しが原因だってことは式の後に知りました。

――その後も、お金を貸し続けたんですか？

下の子が2歳になった頃。さすがに堪忍袋の緒が切れまして、Hにはっきり言ったんです。「これ以上、私に無断でお金を貸さないで。このままじゃ、破産しちゃう。もし次、勝手にお金を貸したら離婚するよ」って。「わかった、もうしない」とHは言ってくれました。ところが1カ月後、またお金を貸しちゃったんです。「こないだ約束したのに！」って怒りながら、記入してあった離婚届を彼に渡しました。すると、1週間後に、彼が家からいなくなりました。

――ダブルショックですね。

急性ストレス障害になってしまいました。記憶はなくすし、眠れないし、気力が湧かない。しかも人間不信。もちろん最低限の子育てはするんですけど、無気力で無感情になってしまったんです。子ども二人抱えて、彼は消息不明。もう茫然《ぼうぜん》自失です。たまたま彼のSuicaが出てきたので、履歴を確認しました。すると、特定の駅とマジックのレッスン場との間を往復してることがわかりました。彼は浮気してたんです。

――では、彼は家を出て行ってから、浮気してる女の家にいたんですか？

いいえ。いたのは実家でした。振られちゃったみたいで、義母がかくまっていたんです。それで私、子どもたちを連れて、車で義父母が住んでいる茨城県西部まで行きました。すると到着した途端、義母に罵倒されました。「子どもを殺す気か！　この人殺しが」って。そのとき、私、睡眠薬や安定剤を飲んでいて、本当は車を運転しちゃいけない状態だったんです。でも心配して、薬を調整して必死になって会いに行ったのに、あんまりじゃないですか。だからそのとき、「これはもうない。離婚しよう」って心の中で決意したんです。

――そこからすぐに離婚とはならなかったんですか？

いや、それどころかHから「別れたくない」ってメールで連絡がありました。

――意味がわかりません。

愛人に振られちゃったから、私とはやっぱり別れたくないって思ったみたいです。つまり彼は、どこかに居場所があればいいし、一緒にいられれば、誰でもよかったのかなと思います。

――その後は、彼とよりを戻したのですか？

子どもたち二人が、自宅マンションから連れ去られました。離婚を有利に進めるため、義母が入念な計画を作り上げて実行したんです。

夫、義母、義兄夫婦によって子どもが連れ去られた

――連れ去られたのにシングルマザーって、話がつながらないですが……。順を追って話してもらえますか？

茨城県西部の義実家から帰ってきてしばらくしたある日の深夜、義母から電話がかかってきたんです。「おじいちゃん（Hの祖父）が亡くなったから、お通夜に来なさい」って。どう答えていいのか困っていると、「あんたは来なくてもいい。今すぐに、子どもたちだけでもこっちによこせ」って。「絶対行きません」と言って私、電話を切りました。

その後、しつこく何度も電話がかかってきましたが、出ませんでした。お葬式はおじいちゃんのことを思うと心苦しかったけど、結局出ませんでした。連れて行ったら最後、子どもたちと離ればなれになるかもしれないって思ってましたから。

――それから、どうなったんですか？

１週間後、義母たちが突然やってきました。私たち母子が住んでるマンションに。ほかにHや義兄夫婦も一緒という大所帯でした。それで来るや否や、部屋の入り口で、義母が一人わめき始めたんです。「おまえは統合失調症だ。子どもたちがかわいそうだから連れていく」っ

て。ちなみに、統合失調症というのは根も葉もない大嘘です。「私は子どものことを愛してます！」って興奮して言い返しました。すると「そんなふうに怒るから、息子（H）だって家にいるのが嫌になったのよ」って、私が何か言うたびに、怒らせようとして揚げ足を取るんです。

――その間、義兄夫婦は何をしていたんですか？

私が義母とやり合ってる間に、子どもたちを連れ出していきました。義兄たちに息子二人は懐いていますから、全然警戒はしません。そのまま、ついていったんです。「やめてください。子どもたちを無理やり連れていくとか、本当にやめてください」って叫んで抵抗しようとしたんですけど、義母に突き飛ばされてしまって。その隙に、子どもたちは連れていかれました。

――Hさんは、どうしていたんですか？

外で私と義母が揉めている間に、家の中で、私の通帳やら銀行印やらマンションの権利書や現金、車の鍵といった大事なものを物色して、かばんの中にどんどんと詰め込んでいたようです。

――その後、有井さんは、どういう行動を取られたのですか？

翌日、警察へ相談に行きました。すると警察は、「まだ離婚していないんだから、盗難ではありません。一切何の犯罪でもありません」って言うんです。そんな警察の対応を夫側は百も承知の上の犯行だったんです。ひどいでしょ。しかも、私が警察に行っているその日のうちに、子どもたちの住所変更などの手続きを済ませてしまったんです。車もいつの間にか持っていかれて、気がついたときには、すでに名義変更されていました。

用意周到な義母たちの仕打ちによって、有井さんは大事なものすべてを失ってしまった。その最たるものが、二人の息子たちであった。

夫らを未成年者略取誘拐罪で刑事告訴

——その後の生活は、どんな感じだったんですか？

精神的にどん底で、睡眠薬や精神安定剤が欠かせませんでした。日常生活に対しても無気力になり、心にぽっかり穴があいてしまったようでした。そのとき励ましてくれたのが、担当してくれた弁護士です。相談に行ったところ、「あなたがしっかりしてないと親権は取れない」と言われたんです。私、はっとして、以後は行動を改めました。子どもたちがいつ帰ってきてもいいように、日々の生活のリズムを崩さないよう頑張ったんです。精神安定剤などの薬にしても、お医者さんにお願いして減らしていきました。

——長男は幼稚園に通っていたはずですが……。

連れ去られた次の日には、Hの実家近くの幼稚園へ入園手続きが取られていました。転園先を突き止めて、電話したら「そんな子はいませんし、知りません。もう電話しないでください」とのこと。おそらく義母が「実母に虐待を受けていました。もし実母から電話がかかってきても、子どもに取り次いだり、連絡先を教えたりしないようにしてください」と伝えたんでしょうね。

――裁判などはやったんですか？

子どもを返してほしいということで、家庭裁判所で審判を起こしたんです。それに加えて未成年者略取誘拐罪で刑事告訴し、警察に告訴状を受理してもらいました。

――刑事告訴ということは、Hさんや義母たちは警察へ出頭させられたんですか？

そうなんです。H、義母、義兄らを告訴したので、彼らは被疑者として、取り調べを受けました。

――Hさん側は、何か申し立てていたんですか？

連れ去りの半年後、相手方から離婚調停の申立書が届きました。それと同時に夫からはよりを戻したい旨のメールと、結婚記念日のプレゼントが届きました。

――結婚記念日のプレゼントって、何が入っていたんですか？

おそろいのパジャマです。夫と私の名前が刺繍《ししゅう》されていました。

――離婚調停の申立書と結婚記念日のプレゼントが同時に届くって、なんだか気味が悪いですね。それで、調停でHさん側はどんなことを主張してきたんですか？

「母親が子どもを殺そうとした」とか、「統合失調症で危ないから子どもに会わせられない」

とか「虐待した」とか。すごくひどいことを書かれました。すべて義母が書いていたみたいです。

子どもたちは義母から「ママに会ったら殺される」と言われていた

——連れ去ったとはいえ、実際に子どもを育てているHさん側のほうが、立場が強そうに見えますね。

だけど、私のケースは調査官が本当によく冷静に見てくださる方で、子どもたちとの面会を実現するべく、すごくうまいことやってくれました。

——有井さんが最初に審判を起こしてから、子どもと会わせてもらうまでに、どのぐらいかかったんですか？

3カ月です。審判や調停の期日はだいたい1カ月に1回なので、時間がかかるんです。その間は、義母や義兄の妻が子どもたちにずっと、ありもしない私の悪口を吹き込んでいたみたいです。「ママが包丁で刺そうとしたけど助けてあげたからね」「ママに会ったらパパに会えなくなっちゃうよ」「ママに会ったら殺される」とか。そんなことを寝る前に義母から毎晩言われていたようです。

——最初の面会は、どのようにして行われましたか？

今後も会わせていいのかを見る、試行面会というものです。裁判所の面会用の部屋で、30分だけ行われました。マジックミラー越しに、部屋の外から調査官などが様子を見ているんです。同じ部屋で、まずはHと子どもたちが過ごしていて、そこからHだけが退席して私と私の両親が入り、その後、両親が退席して、私と子どもたちだけになります。私と子どもたちだけで過ごしたのは、5分にも満たない時間でした。

――子どもたちの様子はどうでしたか？

会ったとき、長男は、私と目を合わせようとすらしませんでした。下の子は風邪じゃないのに風邪薬でも飲まされてるのか、目がとろんとしてた。普通だったら「わー、ママ！」とか言って駆け寄ってくるはずなのに。それでも、私の膝にちょこんと座ってくれました。

――やっぱり覚えててくれてるんですね。上の子も寄ってきたんですか？

いいえ。下の子の様子を見て、「ママに触ったら敵になっちゃうから」って、泣きそうになりながら叫んだんです。義母たちが毎晩、〝なみ＝ひどい母親〟というイメージを植え付けた成果ですね。長男は、片親疎外症候群（PAS）［※1］にかかっていたんです。

――そんなことを言われて、パニックになりませんでしたか？

別居親の団体に相談に乗ってもらっていたので、気構えはできていました。だから私、「大丈夫だよ、そんなことないよ。何があっても、二人のこと大好きだからね」って優しく言えました。

その後、審判や調停を行っていく中で、週1回という面会の取り決めがなされる。有井さんは二人の息子に会うために、毎週末、義父母や夫が住んでいる茨城県西部へ出かけるようになる。

——面会に支障はなかったのですか？

向こうは面会させたくないから、直前で「インフルエンザにかかった」とか言いだしたりするんです。そんなの仮病に決まってます。向こうの家までは片道2時間半以上。しかも、キャンセルされることもままありました。それでも毎週行って、何回かに1回、数時間だけだけど会えたんです。

離婚調停が裁判へと移行していく過程で面会交流のルールが変わり、子どもたちと泊まりで会えるようになる。それは、家裁の調査官が有井さんと子どもたちの面会の必要性を調停の中で主張してくれた結果だった。義母たちが連れ去って1年。初めて1週間の面会を実施しているとき、有井さんのもとに吉報が届く。子の監護者指定が決定し、親権が有井さんに確定したのだ。

――長かったですね。

はい。でも、義実家から裁判所の人たちや警察官が、子どもたちを強制的にうちへ連れてくるというのだけは避けたかった。家裁のほうで、そうならないよう1週間の面会中に、親権が確定するようにしてくれたんです。

子どもたちは元夫に積極的に会わせたい

――相手は、すんなりと子どもの引き渡しに応じてくれたんですか?

義母サイドが「刑事訴訟を取り下げてくれたら、引き渡す」という条件を出してきたんです。それで最終的にはまとまりました。ずっと警察の取り調べを受けるのは、心理的にキツイでしょうからね。親権が確定してから1カ月ほどした後に、ようやく離婚が成立しました。親権確定と同時でなかったのは、財産分与などの条件を決める必要があったからです。

父親Hさんから母親である有井さんへ、大人の都合で住むところを転々とさせられる子どもたちの心の負担がなるべく少ない形である1週間の面会交流中の引き渡しで、決着したのだ。

――その後はどういうふうにして、子ども二人との生活を作り上げていったのですか?

それがすごく不思議なことに、子どもたちが私の家で暮らすということが決まった時点で、長男のPASが突然、バキッと全部解けたんです。

――えっ？　それはどういうことでしょうか？

義実家で暮らしていたときは、緊張していて「義実家の人たちに嫌われないように」とか、「自分の居場所はここだから、ここで暮らしていかなきゃいけない」と、たくさん気を遣って過ごしていたんだと思うんですけど、「今日からここで暮らすんだよ。今まで暮らしてきたおうちに戻ってきたよ」って言った瞬間に「ママー」って言って甘えてきてくれました。

――長男に態度を変えた理由を聞きましたか？

あるとき1回だけ、「ママのこと嫌いって言ってたことあったよね。覚えてる？」って聞いたんです。すると涙を流しながら「本当は思ってなかった」って、喉を震わせるようにして言っていました。間で板挟みになってつらかったんでしょう。だけど自分の身を守るために、自己防衛の究極の手段だったんだろうなって。そんな大事なことも言えないし、自分の感情を殺さなきゃいけない環境なんてよくないと思ったので、逆に引き取ることになったときには、これからも「パパのことが好き」ってちゃんと言えるよう、Hに積極的に会わせるつもりでした。

――元夫のHさんに会わせたいということですか？

もちろんです。面会交流ってお互いのためでもあるけど、でも一番は子どものため。私に会わせないようにしたから、今度は逆に、私がHには会わせない――なんていうふうにはしたくない。子どものことを真剣に考えたら、「パパに会いたい！」という気持ちを隠さなくてもいい環境、会いたいときに会える環境を作ることが大切なんじゃないかと思ったのです。

「パパとまた結婚してほしい」と言う子どもたち

――離婚後、Hさんとお子さんたちは、どのように会わせているんですか？

Hはその後も実家に住んでいて、面会のたびに東京に来ました。一緒に遊びに行ったり、4人でプールに行ったり、ご飯食べに行ったりとかしたんです。その後、彼が私たちのすぐ近所に引っ越してきたので、それ以降は、しょっちゅう遊びに来たり行ったりするようになりました。子どもたちも、Hのところに泊まりに行ったりするようになったんです。

――現在も面会は順調に行えていますか？

ところが彼、再婚しちゃったんです。再婚する少し前から、全然会ってくれなくなりました。それどころか、メッセージすら、なかなかこなくなりました。下の子が私のLINEから「パパ元気ですか？　いつ遊べますか？」ってメッセージを送っても、最近は既読スルーです。後で知ったんですが、再婚相手との間に子どもが生まれたそうなんです。

――Hさんが再婚したということを、子どもたちは知っているんですか？

それを言うべきか、すごく迷いました。「パパとまた結婚してほしい」って、ずっと言われていたので。だけど本人から「今度、再婚することになりました」と聞いた時点で、二人には伝えました。

――子どもたちの反応は？

下の子はまだ幼くて、ひょうきんな性格なので「へえ、そうなんだ。また離婚するかもね」って、明るい声で平然と言いました（笑）。一方、上の子はボロボロと涙を流して「ママが早くパパと結婚しなかったから、ほかの女の人と結婚しちゃったんでしょ。ママがいけないんだよ！」って言いました。

――それは傷つけちゃいましたね。

でも、泣いて吹っ切れたみたい。「パパとまた結婚して」とは言わなくなったし、一緒に外に出て歩いていると、「ママ、あの人と結婚したら？」って、全然知らない人を指さして言うようになりました。

――子どもなりに、前向きに考えてるんでしょうね。会いたい気持ちはあるはずなのに。

そうなんです。パパが大好きですからね。心の中では傷ついてると思います。

――では、有井さん自身は今後、再婚する気はありますか？

離婚した直後は、また結婚なんて怖いし、こりごりだし、考えられないと思っていましたが、今は子どもたちを受け入れてくれる方がいて、その方のことを子どもたちも受け入れてくれるなら、今度こそ幸せな家庭を作りたいなと、前向きな気持ちになってきました。

※1【PAS】子どもが片方の親（多くの場合は同居親）の影響を受けて、正当な理由なく、もう片方の親（別居親）との交流を拒絶する事態。【青木聡・大正大学心理社会学部臨床心理学科教授】

夫の収入が3倍に！　タワマンセレブ妻となったが、ワンオペ育児でママ友からも孤立

山下みゆきさん（38歳）

「急性アルコール中毒が原因で救急車に乗せられて病院に運ばれたり、眠れなくなったり、食べられなくなったりして、2週間で6キロ痩せたんです。そのときの心のよりどころは、子どもだけ。でも、その子どもも安らぎを与えてくれるというわけではなくて、かわいいけれども、すごく大変でした」

そう話すのは、かつて湾岸のタワーマンションで子育てをしていた、山下みゆきさん。彼女は今、小学6年生の男の子を育てながら、フリーライターとして活躍している。セレブな生活をしていた彼女はなぜ、別れた後、ライターになったのか？

学生のノリを維持したまま、家族になった

——まずは元夫との出会いと、彼の人となりを教えてください。

大学3年のとき、彼と都内でばったり再会しました。書店で『美術手帖』（美術出版社）を立ち読みしてたら、彼がやってきて。「あ、お久しぶりです」みたいな感じの再会です。1990年代の大学生って感じですよね。

音楽サークルに2カ月ほど在籍したときの、二つ年上の先輩が彼。当時、大学を卒業したばかり。就職はせず、ＩＴ系のバイトをしながらバンドをやっていました。「今度ＣＤ買いますよ」って言って連絡先を渡したところから、やりとりが始まりました。そして何度か会っているうちに、なぜか付き合ってることになっていました。私は流されやすい性格なので、あまり好みのタイプではないけど、まあいいか——みたいな感じで、ずるずると付き合い続けたんです。

——最初は消極的だったんですね。そんな付き合いだったのに、どうして結婚まで至ったんですか？

私が大学4年生のときに、彼が私のアパートに居座るようになって。気がついたら、1年間同棲していたんです。すると、同棲に気がついた私の親が口を出してきて、「同棲してるなら結婚しろ」って、毎日毎日電話がかかってくるようになりました。その間に私は大学を卒業、

望んでいたサブカル系出版社に就職しました。彼とは、新人社員だったその年のうちに、入籍しました。結婚式は挙げなかったですけどね。

――ずいぶん早い結婚だったんですね。

だけど、二人とも年相応ですよ。学生のノリを維持したまま、家族になったんですから。当時、彼はITベンチャーの一員として、世界を変えていこうという熱意にあふれていました。一方、私は私で、サブカルで世界を変えてやるぐらいの気概を持っていました。お互いに「社会にカウンターパンチを」ぐらいのことを思っている若者だったんですよ。

――20代のお似合いのカップルという感じだったのですね。

ところが、彼がまもなく大手出版社の正社員になったところから、関係性が変わっていったんです。彼が手がけるのは、雑誌のWeb構築。手取りはそれまでの20万円から40万円へと倍増しました。さらに、しばらくして通信大手の会社に転職したところ、手取りが70万円ぐらいと、さらに跳ね上がりました。彼は大学でインターネットの仕組みについてみっちり勉強していて、データベース構築ができた。それにまあ当時はITバブルの時代ですからね。だから、あっという間に出世したんですよ。一方、私はというと、ずっと20万円のままでした。

――彼の収入が3倍以上になっちゃったんですね。

そんなことから、二人の間に厳然たる経済格差が生まれました。なのに彼は、「二人の関係は平等だから」って言って、家賃を半分ずつ納めるというルールは維持されたんです。向こうは全然余裕で暮らしているのに、私は本当に毎月つらかった。駐車場代込みで1カ月20万円という湾岸のタワーマンションに、そのころから住むようになっていたので、家賃だけで収入の半分が飛びました。

子どものことと自分の敗北感でいっぱい

——子どもは、いつごろ生まれたんですか?

ちょうどそのころ。2005年に、妊娠していることがわかったんです。担当していた雑誌が休刊になったというのと重なったってこともあって、一度、会社を辞めました。

——タワマンだと、孤立してしまうのではないですか?

実際、完全に一人でワンオペ育児をしてました。それまでサブカル界隈で楽しくやってたのが、彼の収入によって〝湾岸エリアのタワマン奥さん〟になったんですよ。もうそこは外国みたいなもの。それでも私、ママ友を作ろうと思って、大好きなソニック・ユースのTシャツを着て公園に行ったりして努力してみたんですが、誰からも話しかけてもらえないんです。

運良く話せても、「マンションの何階?」って聞かれて。私の方が下の階だったら、そのママさん「ふーん」とか言って、見下しました。階層によって、家賃が違うし、ヒエラルキーがあったんです。もちろん乗ってる車も、それによって違いました。あっちは外車なのに、こちらは国産のコンパクトカーでしたからね。

――妊娠したり子どもが生まれたりしたことで、夫婦の関係性は変わったのですか？

彼は金銭感覚以外、何も変わらない。子どもはできたし、湾岸エリアの高い家に住めるし。妻が仕事を辞めるからお金の面で少し負担になるけど、でも毎月70万円もらってたら、そんなの痛くもかゆくもないって感じですよ。一方、私は変わっていました。子どものことと自分の敗北感でいっぱい。子どものケアや炊事・洗濯・掃除ぐらいは、しっかりやっていましたけど……。

――彼は毎日、何時ごろ、帰宅していたんですか？

夜の11時ぐらいに帰ってきて、朝の7時ぐらいには出て行くみたいな感じ。休日は家族に充ててくれていたんですけど。平日は完全にワンオペです。別に飲み歩くこともなく、どこかに遊びに行ったり、ギャンブルをしたりすることもなく、本当に普通の真面目な人でしたが、とにかく忙しかった。

もうこの人は同志じゃないんだって気づいた

――でも、日中ワンオペでずっと子どもと一対一だと、そりゃ追い詰められますよね。子どもを保育園に預けて、出版業界に復帰するっていうのは考えなかったんですか？

在宅でできる仕事からと思って、1回は引き受けました。化粧品のリリース書きの仕事。だけどそれで挫折しちゃったんです。

――なぜ挫折したんですか?

今だったら、資料はPDFで送ってもらえますけど、06～07年当時はまだバイク便だったんです。引き受けた仕事の資料が届かなくて、期日までに提出できないという状況に陥っちゃって。幼子がいるので、バイク便の会社まで私が取りに行くこともできない。それで彼に電話して、「お願いだからピックアップしてきて」と頼んだんです。すると彼、なんて言ったと思います? 「絶対嫌だ。そんな5万円ぐらいにしかならない仕事なんか、断ればいいだろ!」って、電話口で怒鳴るんです。

同じライターの方ならわかると思いますけど、ちょっとしたリリース書きで5万円って破格じゃないですか。そこで私は、彼との間に、金銭感覚のズレができていることにはっきりと気がつきました。ああ、もうこの人は同志じゃないんだって。それで私、ガッカリしちゃって。そのせいもあって、私にライターなんて無理だって諦めてしまったんです。

――なるほど、それは傷つきますよ。ところで、子どもに対して、元夫の態度はどうでしたか?

それに関しては問題なし。すごく優しかったです。家にいるときは、ちゃんと見てくれてたし。ただ、なんですかね、〝イクメンしてます〟っていうのをネットに載っけて、たくさん「いいね!」ってついてるのを見るたびに、「死ねばいいのに」って考えが頭に浮かびました(笑)。

だって、こっちは誰からも褒められないじゃないですか。向こうはちょっとやったくらいで、これだけ褒められるのかって。それどころか、こちらは責められたりするわけです。子どもにちょっと手を出して泣きだしたりしたら、かわいそうって。

――そうやって、だんだんと気持ちが離れていったんですね。

当時、私は彼に自由時間を提供しようと思って、実家に帰っていました。というのも彼は当時、検索エンジンで世界的に有名な某社の入社試験を、何度か受けていたんですよ。2回声がかかって2回とも落とされて、「もっと勉強しなきゃいけない」みたいなことを言ったので、じゃあ時間を作ってあげないとなあ、って思っていたんです。それが私なりの気遣いでした。

実家に戻っている間に夫が浮気

――その後は、どうなったんですか？

私と子どもが1カ月家を空けてあげている間に、浮気してたんですよ。相手は、彼が趣味で通っていた語学学校の同期のインテリ女性。

――どうやって気がついたんですか？

そのインテリ女性と彼はずっと友達で、いろいろとSNS上でやりとりしていたんです。「私たちは映画の趣味が合うわ」「あなたのその服もいいわね」とか、Twitter上でやりとりしてて。その服、私が選んだんですけどね（苦笑）。

――女性は彼ではなく山下さんのスタイリングを褒めてたんですね。

ところがあるとき、やりとりが変容してきたんです。なんだか二人ともやけに高揚してるんです。「こんな奇跡があるなんて」って女性が書けば、「景色がキラキラして見えてどうのこうの」って彼は返してるんです。

そうやって1年ぐらい観察していたら、あるとき彼のパソコンのパスワードが外れてしまったんですよ。それで彼のメールを見たら、証拠がバーッとたくさん出てきたわけ。「何時何分に会いましょう。どこそこで」とか。それを見て私は「証拠をつかんだ！」って。そのうちすごく楽しくなっちゃって（笑）。

――証拠をつかんでから、どうされたんですか？

「これ見ました」って言って、その証拠を突きつけたんです。ドヤ顔で「どうすんのよ！」って言ってやりました。すると彼は「申し訳ない。好きになっちゃったんだよ」って言って泣き崩れたんです。ブチ切れて、「そいつと一緒になったらいいじゃん」って怒鳴ったら、「でも、あっちは結婚してんだよ」って怒鳴り返された。「知るか！」って私は言い返しました。

――修羅場ですね。

そうなると、双方の親が絡んでくるわけですよ。うちの親は「そんなひどいことされたのか。もう帰ってこい」って。一方、彼の親は親で、「これはどう考えても、オタクの娘さんが悪いんじゃないですか？　うちの息子は、そんなことしない。証拠を出せ」というわけです。そんなわけで、すっかり親戚中も巻き込んでの騒動になってしまいました。

――もう収拾がつかないのでは？

そのころから私、急性アルコール中毒が原因で救急車で病院に運ばれたり、眠れなくなったり、食べられなくなったりしました。２週間で６キロ痩せてしまったり、精神的におかしくなって、すごく派手な服しか着なくなったりしてしまいました。それで私、この状態から脱するには離婚した方がいいと思うようになって。彼に「離婚したい」と切り出しました。すると、「とりあえず半年間は一緒に住もう。夫婦というのは同居の義務がある」と言われました。でも、そこからは家庭内別居です。

慰謝料２００万円を持って料理学校に入学

――子どもは、そうした様子を見ていたんですよね。

子どもも辛かったようです。運動会のときに、自画像を描いて旗にするというのがあったんですが、一人だけ、自分の顔を描いた上から黒で塗りつぶした真っ黒い絵を描いていましたから。

――パパとママの争いを見て、子どもなりにいろいろ思ったんでしょうね。

このまま家庭内別居っていうのを続けてても、子どもにはいい影響はない。かわいそうなことになると確信しました。彼もそれを感じていたようで、結局、半年待たずして、3カ月ぐらいたった、その年の年末に離婚することで合意しました。協議離婚。子どもは、私が連れていくことになりました。

――いろんな条件は、離婚するときに決めたりしたんですか？

彼は、養育費の算定表を出してきて、毎月10万という額に決まりました。そのほか、慰謝料は200万円。「それ以上は一切請求しません」という書類に私がハンコを押して、離婚が成立しました。

――面会交流の取り決めはしたんですか？

彼はアメリカかぶれなので「離婚しても、年に100日会わせるべき。もちろん宿泊込みで。アメリカではそうなっている」とか、そんなことを主張するんです。それで小学校に入るまでは、なんだかんだ月2回会わせてました。1日は日帰りで、1日は宿泊だったと思います。

――離婚後は働いたんですか？

そのとき私は何を思ったのか、200万円を持って料理学校に入ったんです。離婚して、こんな一人で、これからは就職も難しい。だったら小料理屋だろうって。そんな安易な考えで、料理学校に1年行って、その後は料理屋さんで1年少し働きました。だけど、料理の世界は手取りが15万円しかない。店を開いて成功しない限り、生活はやっぱりちょっと難しい。それから、派遣の仕事を少しするようになったら、社会人1年生のときに、いろいろ指導してくださった先輩の女性編集者から仕事をもらったんです。ちなみに子どもですが、認可外の保育園に3カ月。以降は、認可保育園に預けていました。

――子どもは、元夫に引き合わせていたんですか?

こちらを見てほしくないし、見たくもないので、マスクをして帽子を深くかぶって、引き渡しの場所まで行っていましたね。子どもが小学生になってからは、家の近くまで迎えに来てもらって、子ども一人でその場所まで行かせました。さらに最近になると、子どもに与えたiPodにLINEを入れてあげて、それで彼と直接やりとりをしてもらっています。

――面会時の子どもの様子はどうなんですか?

離婚直後からしばらく、子どもは混乱していました。お父さんとお母さんのけんかはいつか終わって仲直りするだろうと思っていたからです。そのころ私、子どもに父親のことをつい「おまえのお父さんはクソ野郎でな（笑）。女にだらしねぇんだよ」って言ってしまったりしてましたしね。

彼の中で息子は幼児のまま。別れたときから時間が止まっている

——もう復縁しないと、子どももわかっていくわけですよね。その後、お子さんは父親との面会について、何か話していましたか？

最近は「休みの日は友達と遊びたい。パパんちに行くと、小さい子ども向けのおもちゃとか用意してくれるけど、俺、もうそういうんじゃねえんだよ。お絵かきなんかしてるより、ヒップホップ聴きたいし、映画だって、ピクサーじゃなくて、もうマーベルなんだよ」って。なのに彼の中で、息子は幼児のまま。別れたときから時間が止まっているんです。

——その後、元夫は？

離婚のきっかけになった女の人は、私たちがモメてる間に子どもを産んだそうで、結局、彼とは別れました。その後、別の女とデキてしまったらしく、今から、3～4年前、子どもが小学校に入ってちょっとしたあたりで、彼が別の女の人と住むらしいという話を子どもから聞きました。

実際、彼にメールで確認すると、「ありがたいことに、僕にもパートナーができまして。これからも変わらずに面会はさせてください」と返事がありました。しばらくは、子どもと彼と

の関係は維持されていたんですが、去年、彼と新しい妻の間に子どもが生まれてからは、関係性が変わっていきました。すると、うちの子も気を遣うわけですよ。「俺、行っていいの？」って。

——相手と新しいパートナーとの間に子どもが生まれたりすると、彼の気持ちが自分の子どもから離れていく。そういうのを感じたりしましたか？

以前は、私が「今月忙しいようなので、面会は〜」みたいな感じで、うちの子と会わせないようにすると、彼は懇願するように「会いたいんです。会いたいんです」みたいなメールを、すごくたくさん送ってきてた。ところが、後妻との間に赤ちゃんができてからは、そうしたメールがぱったり来なくなった。だから「あ、もういいんだ、子どもは一人いればいいんだ」みたいな感じです。

——そんなものなんですか……。寂しい限りです。ところで、今はライターとして、けっこうあちこちで活躍されていると。

活躍してるかどうかはわからないですけど、私が子どもを産んだ後に失ってしまったものを、今とにかく穴埋めしている。全世界に負けている、全世界から外れてしまったという感覚だったのを、とりあえず今取り戻しています。

——子どもを連れて離婚するという体験は、山下さんにとってどんな体験だったんですか？

大学まで同じで男女平等だと思ってたのに、そこから先が男女でこれだけ違うのかっていうことは、身をもって体験しました。昨年はすごく働いて格差がないぐらいまで稼げたかなと思ったら、それだけ税金で引かれる。女の人が一人で子育てしながら働いていくっていうのは大変ですよね。働いて結婚して子どもを産んで、男女平等というのは難しいです。

*

『渡る世間は鬼ばかり』よりも大変」と切り出した有井なみさんに対して、私は「大げさな」という先入観を抱いた。しかし話をうかがっておおいに納得した。彼女の話は「事実は小説より奇なり」であった。その中からトピックとして選んだのが再婚後の面会交流のフェイドアウトだ。再婚をきっかけに面会が途切れてしまう以前にいろいろありすぎた。

山下みゆきさんは、夫の成功によって価値観がずれ、タワーマンション暮らしをするも他の住人たちとソリがあわず、夫が浮気したことが原因で別れたというケースだった。欧米の共同親権について学んでいた夫は年間100日の面会を求め、妻はそれに応じて面会を実施していた。しかし、夫が再婚してその相手との間に子どもが出来たことで、だんだん疎遠になっていった……というものだ。

お話しした二人のケースはどちらも妻の方が元夫と子どもたちとの絆を断ち切るようなこと

はしていない。むしろ、有井なみさんのように会って欲しいと思っているケースもあるのだから切ない。一般的に、再婚相手との間に子どもができることによって、別れた子どもとの絆を保とうという気持ちが薄れるものなのだろうか。元夫はどんな気持ちで子どもたちを捨てるのだろうか。

新しい相手に対する恋愛感情で燃え上がってしまったが故に、子どもたちのことはどうでもよくなったのだろうか。それとも新しい家庭を築くために、あえてその気持ちを封印しているのだろうか。または新しい相手が、子どもたちに会いに行くのに対して難色を示していたりするのだろうか。

子どもに対しての執着のなさ。その理由の一つに男女の生殖能力の違いが挙げられるのではないか。

男性は妊娠することができない。そのため、相手の女性が妊娠しても自分の遺伝子を受け継いでいるか１００パーセントの確証がない。しかしほぼ同時にたくさんの女性を妊娠させることが理論上、可能である。

一方で、女性は妊娠し、胎内で子どもを育て出産する。これにより、自分の遺伝子を確実に、わが子に託すことができるのだ。とはいえ、妊娠から出産までに約10カ月自らのお腹を使い、胎児を育てねばならない。しかも出産という行為は命がけだ。生涯のうちに持てる子どもの数はかなり多くても10人以下。生殖可能年齢も男性のそれよりもずっと短いのだ。

まえがきで記したように、私の家族は再婚かつ連れ子がいる同士の結婚であった。我が家では姿を消した、それぞれの親のことは話題には上らない。

兄を残して一人で姿を消した生みの母は、いまどこにいて、何をしているのかわからない。関西方面へ向かったという手がかりをつかんだ父は、兄を実家に預け、関西で働きながら捜したということだけは聞いている。しかし、兄に会いに来たという話は一切聞かない。

父はその後、お見合いで母と結婚した。よりを戻すことを諦め、もう一度家庭を築くことを決心したのだ。兄の実の母親が何を思っていたのかはわからない。もしかすると兄との絆を求めていたのかもしれない。再婚したということで身を引いた可能性もある。

一方で、血のつながった姉の父親はというと、母一人を追い出して手放さなかった。そのため母は娘（私からみれば姉）にずっと会えずじまいだった。その間、母は娘のことを片時も忘れなかったが、前夫に会わせてもらえなかったという。つまり強制的な理由で会えなかったのだ。ちなみに家族として、姉が合流したのは、事故で前夫が亡くなったためだ。

離婚し、子どもと離れて暮らす父親の立場からは次のように思う。

再婚し、さらにはその相手との間に子どもができたとしても、元妻との子どもとの縁は死守するべきだし、均等に愛情を持ち関係を保つべきではないか。再婚して子どもたちとの縁が切れるというのは、薄情だと――。

それとも、再婚して子どもが生まれると、そんなきれいごとが通じない状況が発生するのだろうか。

第7章

「夫」との別れ、昔と今

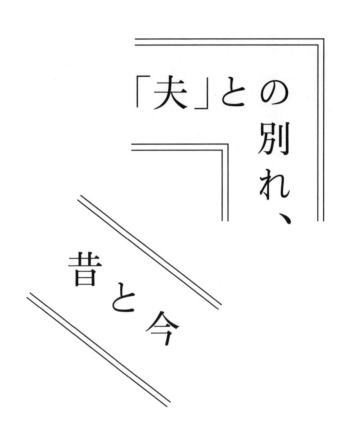

ここまでは30～50代の女性たちにお話をうかがってきた。片寄っているのは歳が近い方が取材を受けてもらいやすかったからだ。ちなみに私自身はアラフィフである。

世代によって、価値観や生き方がかなり違っている。

80年代後半～90年代初期、日本はバブル景気に沸いた。就職活動では交通費支給は当然で、内定者が会社から旅行に招待されたりすることもあった。その後、バブルは崩壊。経済は停滞し、下り坂になっていくと、一転して就職氷河期となり、さらには非正規雇用が一般化してきた。そうした経済の不調とは逆にインターネットが発展してきたり、技術は男子、家庭科は女子と別れていたのが男女ともにどちらの授業も受けるようになったりした。

こうしたことから、概して次のような特徴が見られるのではないか。

50代（１９６０年代生まれ、新人類、バブル世代）は好景気を反映してパワフルでバイタリティーがあり、資産への執着がある傾向にある。

40代（１９７０年代生まれ、氷河期・ロスジェネ世代）は行動がやや慎重、パソコンの扱いに慣れている人が多い。

さらに30代（１９８０年代生まれ、ゆとり世代）になると、ミニマムでマイペース、大人になる前からパソコンや携帯に親しんできた――と。

年齢が下がれば下がるほど、働き方や価値観が堅実、パソコンが使いこなせるようになり、共働き。男女一緒に子育てをする……という風に変化してきているようだ。

この章で取り上げるのはその上と下の世代。時代により別れや子育てはどう違うのか。

一人目は70代後半の佐々木久美子さん。高校卒業後、ラジオの真空管の工場で働いていたが、通勤電車で知り合った市場勤務の男性と昭和40年代初めに恋愛結婚。二人の娘を授かり、仲良く暮らしていたが、突然夫が仕事を辞め、夫婦で食堂を始めることになった。しばらくはうまくいっていたが、浮気を疑いだした夫の嫉妬がひどくなり、食堂の経営にも支障が出るようになったため、家を出た。久美子さんは兄が切り盛りしている寺に身を寄せ、そこに二人の娘がやってきて合流。以後は一緒に住み始める。

久美子さんはその後、看護師として身を立てる。夫とは裁判によって別れた。裁判官は総合的に見て、久美子さんを親権者にした。

平成に入り、元夫が倒れ、介護状態になる。お寺で育った久美子さんは慈悲の心から元夫を介護する。とはいえ復縁する気はまったくなかった。娘たちは結婚して子どもを産んでいく。元夫は3・11の後に亡くなった。

二人目は20代の渡辺しずかさん。紹介者によると彼女は、一人の幼子を育てるキャバクラ嬢。高校生のときに両親が離婚。家庭が荒れる中で、少しやんちゃなこともしたと話を聞いていた。彼女はどんな経緯でシングルマザーになったのか？　現在に至るまでに、紆余曲折《うよきょくせつ》を繰り返してきたのだろうか？　――といったことをお聞きするつもりだった。

ところがだ。話をうかがうと母親が病死したこと、キャバクラ嬢をしていたが子どもを産んでからは昼の仕事をしていること、相手には伝えず家族で子どもを見ていることと、話が全然違っていた。一方で、紹介者である男性の話からは夜の世界に住んでいる若い女性たちの過酷な現実が垣間見えた。

昭和40年代、そして現代。世代が違うと、出産や別れはどう違うのか。離婚の制度や相手との関係性の違いをすくい取る。

昭和40年代、DV・モラハラという言葉がなかった時代の「夫からの恫喝と暴力」の悲劇

佐々木久美子さん（70代後半）

これまでの連載では、いくつか例外を除き、30〜40代の現役子育て世代のシングルマザーにお話をうかがってきた。では、その親たちの世代はどのように結婚し、子どもたちを育ててきたのか？　同じシングルマザーでも親世代になると、その時代だからあり得る経験というものもあるはずだ。インタビューを引き受けてくださったのは、房総半島の太平洋岸近くのある町に住む、70代後半の女性である。

昭和40年代初めに夫と恋愛結婚

――佐々木さんは、現役シングルマザーの親の世代。戦後の復興期に多感な時期を過ごし、高度成長のさなかに子育てをされてきました。その点で、現役世代と環境がかなり違っていると思います。離婚体験より先に、まずは、ご自身の生い立ちについて語っていただけますか？

私が生まれたのは、太平洋戦争が始まる直前です。だから、もうすぐ喜寿ですね。ここから東京までは、かなり離れているでしょ？　今もそうですけど、都内に比べると、かなりのどかな場所なんです。私は、お寺の長女として生まれました。ちなみにきょうだいは6人です。

米軍の空襲はあったようですが、よく覚えていません。後から聞いた話だと、東京大空襲（1945〈昭和20〉年3月10日）のときは、東京の方向が一晩中真っ赤っかだったそうです。10万人以上が亡くなった空襲があったあの夜、父親は仕事のため、浅草寺あたりにいて被災してしまいました。ご存じかどうか知りませんが、辺り一帯は焼け野原になってしまったんです。それからしばらく父親の消息は不明だったんですが、6月末になって、ひょっこり家に帰ってきました。顔中包帯でグルグル巻きの大やけど。だけど、何があったのかは話してくれません。大学を卒業し、英語も話せた勤勉な父だったんですが、帰ってきてからは人が変わったみたいになってしまいました。

――お父さんは、どのように変わられたんですか？

生き延びたことで、人生観が変わったんでしょうね。無気力状態で、まったく働こうとしませんでした。数カ月後に、戦争が終わったんですが、やはり働きません。それでも、なんとかなったのは、このお寺には幸い、売るものがいろいろあったから。それらを売り食いしながら、何とか食いつなぎました。

敗戦時、きょうだい6人は全員学校に行っていて、働いている者はまだ誰もいませんでした。私は小学校に上がろうとしていたんですが、ひもじくてひもじくて、生活はどん底でしたね。そのうち父や上のきょうだいが仕事をするようになったので、生活は少しずつましになっていきましたけどね。

――今の日本と、まったく違いますね。ひもじさが想像つきません。結婚するまでは、どのように過ごされていたんですか？

昭和32（1957）年に高校入学、家よりも学校に近いお寺に住み込んで、そこから3年間通ったんです。昭和35（1960）年に高校を卒業、近くの大きな街にあるラジオの真空管の工場（日立製作所）に就職しました。

主人とは恋愛結婚でした。昭和40年代の初めの頃。私が電車で立っていたら、席を譲ってくれたんです。優しい人だなと思って好意を抱き始めて、1年ぐらい付き合った後に結婚しました。それこそ昔の外国人力士の高見山のように背が大きくて、人当たりがすごくいい、優しくて寡黙。そんな非の打ちどころのない人でした。当時、主人は都内の築地市場で働いていました。3日に1回ぐらいしか戻れない、忙しい仕事でした。その分、稼ぎは良かったですね。

突然仕事を辞めた夫と食堂を始める

――当時はまだ、お見合い結婚のほうが多かったと聞きます。恋愛でスピード結婚されたというのは珍しいですね。では、結婚から出産に至るまでは順調だったのでしょうか?

私が妊娠して4カ月になる頃、主人は突然仕事を辞めました。理由は後でわかるんですが、そのときは、「都内まで通うのが負担だったからかな」と思っていました。「仕事どうするの?」って聞いたら、「一緒に食堂をしたい」って言うんです。それで、ここから一駅先のところに自宅を兼ねた店舗を借りて、開業しました。

――料理を作ったのは、どちらですか?

主人は板前修業をしていたとはいっても調理師免許は持っていなくて、一人じゃ何も作れない。私はというと、実家はお寺ですし、高校の頃住んでいたところもお寺です。たくさん人がやってくることもしばしばで、その都度、料理の盛り付けなどをしていたので、慣れてたんです。それで、お店を軌道に乗せつつ、昭和40年代前半に娘を二人産んで育てて――と、そんな生活を送っていました。

――家事と子育て、そして仕事と大変そうですね。だけど、順風満帆だとも思えます。

いえいえ。それがね、主人はおかしなぐらいやきもち焼きで、束縛をする人だということがわかってきたんです。築地市場を辞めたのも、「食堂を始めたい」って言ったのも、実はそれが理由だったんです。お店だったら、私と一緒にいられますから。

私がまだ長女を産む前の正月、店舗兼自宅に主人が自分の友達を呼んで宴会をしたんです。夜も遅くなり、皆さん帰っていかれたんですが、一人だけ戻ってきた人がいました。「鍵を忘れてしまった」って言うんです。店の中を見てもらったんですが、なかなか出てこないので、私も店に入って、その方と二人で一緒に鍵を探したんです。そのとき、主人はすでに寝ていたのか、鍵探しの場にはいませんでした。たしか、鍵は無事に見つかったのかな。その方は帰っていかれました。その後ですよ。大変だったのは。

――えっ、どういうことですか？

鍵を探して以降、主人はなぜか私の浮気を疑いだしたんです。おなかの子を「浮気相手と作ったんだろう」と言って聞かないんです。もちろん、根拠は何もないですよ。

疑われていたといっても、私以外の人にはすごく人当たりが良かったので、誰も気がつかなかったと思います。だから私以外からしたら、これ以上ない、立派ないい旦那さんという感じでしょう。しかし、信じてもらえないかもしれませんが、とにかく嫉妬されたり束縛《そくばく》されたりと、いろいろな仕打ちを受けました。

夫の嫉妬や疑念がひどくなり、家を出る

――具体的には、どういった目に遭われたのですか？

いつも、主人の目を気にしていなきゃいけないんです。たとえば、隣の家のご主人と話しているのを主人に見られたら、「あの男とデキてるんじゃないか」って一方的に疑われるんです。食堂で男性のお客さんにお茶を出しただけで嫉妬されましたし、家にかかってくる電話を取っても疑われました。浮気のドロドロを描いている昼のメロドラマをテレビで見てると、「おまえもドラマみたいに浮気をしたいんだろう」って疑われる始末です。

そしてしまいには、夫婦の間に娘二人を挟んで寝ていただけで疑われました。「寝てる途中、ほかの男が忍び込んできて、その男といいことしてるんじゃないか。見つけたらただじゃおかねえ！」

そう言って彼は、枕元に木刀を置いて寝るようになりました。

――猜疑心《さいぎしん》っていうのはすごいですね。

そうやって何年か過ぎていったんですが、日々疑われているうちに、私の精神状態がおかしくなってきました。近くに住んでいたきょうだいに主人のことを手紙で伝えていたんですけど、「手紙の文面が変だ」って、言われたんです。たぶん精神的に追い込まれてたんでしょうね。

夫婦で回していた食堂も、お客さんにお茶は出せないし、電話に出ることもできない。近所の人とも話せない。それで私、あるとき意を決しました。主人のきょうだいを家に呼んで、相談に乗ってもらったんです。ところが主人は激高して、包丁を持って暴れだしてしまって。そうすると、もはや話にならないので、結局、私のきょうだいに守られるようにして家を出ました。

――とうとう包丁が出てきたんですか。身の危険を感じますね。

その後も浮気をずっと疑われてて、恫喝されたり、モノを投げられたりしました。そうしたことが続いたので、私は別居することにしました。それは今から42年前のことです。

小学生の娘を置いて家を出た

――別居したのが42年前とのことですが、とすると昭和51（1976）年ですね。別居するとき、二人の娘さんは、どうされたのですか？

家を出るとき、連れていこうと思っていました。ところが「子どもは置いてけ！」と、また怒鳴られてしまって。怖くなって、一人で家を出てしまったんです。

――とすると、その時点ではシングルマザーではないですよね。その後、どういった経緯で娘さんたちを育てることになったんですか？

実は1週間後に、子どもたちと一緒に住むことになったんです。私はそのとき一番上の兄が継いでいたこのお寺に一時的に滞在していて、ちょうどその頃、子どもたちは夏休み。娘は8歳と9歳の小学生だったんです。

――娘さんたちは、どうやってお寺へ来ることになったんですか? 普通に考えると、警戒され、家から出してもらえないんじゃないかと思うんですが。

主人はその頃、私がいなくても店を切り盛りできるようになっていました。料理は作れるし、仕入れとか、計算とかも一人でできた。娘たちは主人が食材の仕入れに出た隙を見計らって、二人でこのお寺までやってきたんです。このお寺のことは、以前にも連れてきたことがあったので覚えていたんですね。

もちろんその日のうちに、主人は気がついたはずです。このお寺の場所も知っているから、それこそ私たちを殺しに来るんじゃないかって怯えました。結局、来なかったですけど。でも、お寺にいると、親族の厚意に気を遣ってしまうでしょ? だから、どうも居心地がよくなかった。そうした事情から、1カ月ほどで出ていきました。

――次は、どこで暮らしたんですか?

学生時代の恩師の家です。恩師は病気を患い、体が不自由になっていました。身の回りの世話をするという条件で、子ども二人と共に住まわせてもらうことになりました。結局そこには2年半住んだのかな。その恩師が亡くなったから、また引っ越しです。

――そしてまた別のところに、娘さんたちと共に引っ越しをされたと。

働いて子どもたちを育てていかなければならない。そこで、寮のある病院で働き始めました。昭和55（1980）年のことです。親子で寮に暮らしながら、私は日中、看護婦（看護師）見習いとして働き、夜は看護学校に通いました。学校を2年かかって卒業して資格を取って、正規の看護婦になりました。

3年かかって離婚、面会は子どもの意思を尊重

──その頃、離婚は成立していたんですか？

いいえ、まだです。というのも、調停が終わらなかったんです。昭和51（1976）年に別居して、離婚調停が始まりました。ところが不調に終わったため、裁判に移行して和解しました。それが3年後の昭和54（1979）年でした。「両親で子どもを養育する義務がある」ということで、養育費は父母に課せられました。子どもが二人の場合は、父親が3万円、母親が3万円、というような感じです。ですから私は主人の養育費負担分の3万円を毎月、受け取っていました。

──当時の家庭裁判所はどんな感じだったんですか？

生活費があって育てられるほうに親権を認める傾向がありました。ただ私の案件を担当してくれた裁判官は、生活費のことだけではなく、どちらの親が親権者として相応《ふさわ》しいかを総合的

かつ冷静に見てくれました。実生活に関しては、病院で働きだしてから2年後に、看護婦の資格を得て、それ以来は同じ病院でずっと働きました。途中、子どもたち二人と住むための家も建てました。

――別れた後、元の夫に子どもを会わせるようなことはあったのでしょうか？ 当時だと離婚＝親子の別れ、と捉え、会わないのが普通という傾向が今よりもさらに強かったのでは？

ほかの家はそうかもしれませんが、少なくとも私は、子どもたちの意思を尊重しました。だけど、子どもたちが会いに行くかどうかは別。というのも、長女は浮気してできた子どもだと主人に思われて、勝手に疎まれてたんです。後で長女本人が言っていましたね。「妹と全然対応が違っていた」って。そうした苦い経験から、長女は決して会いに行くことがなかった。

一方、次女は、ちょくちょく会いに行っていたようです。父親に対しての愛情も次女は持っていて、彼女が20歳になったとき、「お父さんが一人でかわいそうだから、私一緒に住んであげるの」、そう言って私のもとから離れていきました。成人していたから、そこでもまた本人の意思を尊重しました。

――下の娘さんのほうが自発的に、父親のところへ戻っていったんですね。

それから数年後に、長女と次女が立て続けに結婚しました。主人は長女の結婚式には出ませんでしたが、次女の結婚式には「おまえは出るな」と言ってきてもめました。ところがそんな折、主人が50代後半に脳梗塞《のうこうそく》で倒れて、車椅子生活になりました。平成に入って間もなくの頃ですか。そのとき私、主人に対して「病人なのに、見捨てちゃいけない。この人は、私への嫉妬心はあるけど、それ以外はすごくまっとうな人なんだから」と思いました。私がそんなふうに思うのは、私がお寺出身だからなんでしょうか。個人的な恨みよりも慈悲の心を大事にし、世の中を平たく見る癖がついているということかもしれません。

――下の娘さんの結婚式は、どうなったんですか?

普段、同居して世話をしている次女の代わりに、私がずっと結婚式で主人に付き添いました。それで復縁しようとか、また愛情が芽生えたかですって? とんでもない。ただ人として、やっぱり看てあげないとって思ったんですよ。そうした考えなのは先ほども申し上げたように、私がお寺の育ちだからかもしれませんが。結婚式を挙げた後は、次女が中心になって、私もときどき加わりながら、主人の世話をするようになりました。だけど、長女だけは加わらなかったですよ。

離婚なんかすべきじゃなかった

――娘さん二人を嫁がせた後は、どうされたんですか?

結婚して1年ぐらいたってから、長女と次女がそれぞれ、交互に子どもを産み始めました。姉妹は仲が良かった。それに子どもたち同士の交流もあったので、主人の家に子どもを連れて長女が行くこともありました。長女と次女の子どもたちはすごく仲が良くて、ほとんど兄弟姉妹のような関係です。

主人は、生きたいという執着がすごく強かった。必死になってリハビリをして、膝を曲げてすり足で、不自由ながらもなんとか歩く練習を家の中でしていました。孫たちは、足を引きずって歩く主人の後ろについていて、歩き方をまねしながら歩いてましたね。今では、孫が7人います。

——ご主人は、今もご健在なんですか?

3・11の後までは生きました。つまり、倒れてから20年後に亡くなったんです。お葬式は、私が次女と一緒に出しました。主人が残した財産については、すべて行き先が決まっていました。というのも、食堂の土地の名義が次女の名前になっていて、振込先とかそういうものも含めて、すべて次女のものになってたんですよ。それが約1000万円分あったのかな。いわゆる生前贈与ってやつでしょうか。そこにもやはり長女の名前は一切なかったです。

——とするとご主人は結局、ありもしない元妻の浮気を本当のことだと信じ切って、長女は自分の子ではないと思い続けて亡くなったんですね。なぜ何も確かめずにそこまで思い込んで亡くなっていったのかが、これまで話をうかがっていて、わからないままです。

実は別れる前から、精神科の先生に相談はしていたんです。するとはっきりとした病名はつけられなかったけど、こうしたこだわりは治らないと。「本来なら患者側の立場に立つべきだけど、奥さん、これは別れたほうがいいよ」と言われたんです。私も相当、ひどい目に遭ってきてこりごりでしたから、別れました。彼は病気だったというだけです。だから、恨みはまったくないです。結婚はすぐにできるけど、離婚は簡単にはできません。子どもが生まれたわけだし、子どもたちには何の責任もないわけです。本当だったら、離婚なんかすべきじゃなかったですね。

――今は、どんな生活をされているんですか?

看護師をしています。具体的に言うと、病院に勤務したり、デイサービスの仕事をしたり。年金ももらってますよ。主人は必死になってリハビリをしたりして、生きることに執着していましたが、私はそんなに長生きしたいとは思いません。そこは仏様の判断に任せたいです。

離婚をすると、多くの場合、母親に親権が行き、生活が不安定で貧しいながらも母子家庭で暮らしていく。その一方で、元夫は孤独感に耐えながら元妻に頭を下げ、子どもにはたまにしか会えない。そのような現在の一般的な離婚後の元夫婦の姿が、当時は今ほど鮮明になっていなかったようだ。

当時はまだDVという言葉はなく、面接交渉と呼ばれていた時代だった。親権についてはどちらに生活力があるかという、いわば現実的な判断に任されていたという。

今回お話いただいた方は、持ち前の粘りと力強さによって、子どもを育て上げた。その力強さと、仏教的な考えがバックグラウンドとなっての慈悲深い心があったからこそ、ひどい仕打ちを受けた元夫の面倒を見られたのだろう。しかし、これはなかなかできることではない。彼女やお子さんたち、そしてお孫さんたちの今後の健やかな生活を願っている。

「子どもの父親はキャバクラの客」出産を知らせず、未婚で育てるシングルマザー

渡辺しずかさん（24歳）

ここまでは主に30～40代の女性たちを中心に話を聞いてきた。しかし、風俗や水商売の仕事をしながら子どもを育てている母親の話は紹介していない。唯一聞けたのが本項である。そうした女性たちにパイプを持つ、ある男性に、誰か紹介してもらえないかとお願いしたところ男性は後日、「一人だけ話をしてもいいという子がいるよ」と連絡してくれた。その女性は、離婚歴があり、子どもが一人いるキャバクラ嬢。彼女が高校生のときに両親が離婚。以後、父親と暮らしていたという。家庭が荒れる中で、少しやんちゃなこともしたと話を聞いていた。

20代のその女性は、どのような経緯でシングルマザーになったのか？　現在に至る

までに、どんな紆余曲折があったのだろうか?

キャバクラ嬢をしながら子育てなんか難しい

その女性は、ある日の夕方に横浜市内某所の寂れた喫茶店を指定してきた。約束の時間を少し過ぎ、子ども乗せ用自転車に乗って一人で現れたのは、丸顔でおっとりとした雰囲気の、派手さのない、どちらかというと地味な女性だった。

「お待たせしました」

それが今回、お話をうかがう、渡辺しずかさんであった。

彼女と話していくうち、前出の男性に聞かされていた話と食い違っている点に徐々に気がつくことになる。最初に疑問を感じたのは、職業についてであった。

——キャバクラで働いていると聞きました。

キャバクラの仕事は、20歳の頃から出産直前までやってました。だけど今はもう辞めてますよ。だって、夜にキャバクラ嬢をしながら子育てなんか難しいですよ。

——キャバクラで働いていたとき、仕事はどんな感じだったんですか?

きれいなヒラヒラのドレスを着て、お客さんと一緒にお酒を飲んだり、お話をしたり、毎晩そんな感じです。お客さんがお酒を頼んでくれたら、その分、マージンがもらえました。割合的にそんなに多くはなくて、5割よりは少なかった。

――店の外でお客さんと会ったり、同伴で出勤したりとか、そんなことはありましたか？

確かに、お客さんからのお誘いはありましたね。店を通さずに会いたがるお客さんが多いんです。中には気持ちの悪い人もいて、店の外で待ち伏せされたこともあります。それで私、断り切れなくて、誘いに乗ってしまったことも何度かありました。

――ほかには、どんな女性が働いていたんですか？

シンママの子は何人かいて、その中に、DVを受けて子どもと一緒に逃げたっていう子もいましたね。その子に、どのぐらい話を聞いたか？　わざわざそれ以上は聞けないですよ。お店の寮に住んでる子もいましたね。私は住んだことないので、中がどうなってるとか、詳しいことは知らないですけど。

彼には出産したこと自体、伝えてません

――では、結婚して離婚した男性について、話を聞かせてください。その男性とは、いつ知り合って、いつ結婚されたんですか？

いえ……。そもそも結婚してません。

——えっ！　離婚歴のあるシングルマザーじゃないんですか……。お子さんの父親は？

店の外で会っていた、キャバクラのお客さん。たぶんサラリーマンなんだろうけど、はっきりとは知りません。家庭を持っていたかとか、子どもがいるかとか、そういったことは今となってはわからないです。関係を持った日以降、彼に連絡はしていません。

——大事な父親なのでは？　子どもに会わせてもらえず、悲しんでいるかもしれませんよ。

関わりたくないんです。あんな人に関わり続けるぐらいなら、養育費なんて要りません。彼には出産したこと自体、伝えてません。自分に子どもが生まれたことや、その子が育っていることを彼は知りません。

——でも、子どもにとっては、血を分けた親なのでは？

今後、彼に実の父親として会いにきてほしいとか、そんなことは別に望みませんから。

——……なるほど。では話を変えましょう。妊娠がわかったのはいつですか？

21歳の頃です。病院に行ったときには、もう妊娠9カ月だっていうじゃないですか。それまで、つわりらしいつわりはなかったし、おなかが膨らんでいることにも気がつきませんでした。びっくりしちゃって。実家の家族には、すぐに言いだせなかった。言ったら父親とか兄とかに反対されるって思ってましたから。だけど何日か後に、意を決しました。そして打ち明けたんです。そしたら意外なことに、全然反対されませんでした。キャバクラはすぐに辞めて、実家に戻って、出産に備えました。

――赤ちゃんが生まれたときの様子を教えてください。

　おなかが痛いなと思って、お風呂に入ってみたんです。ところが全然痛みがひかない。そこで父親に「おなかが痛い」って伝えたら、「子どもが外に出たがってるんだ。今から病院行ってこい！」って強い調子で言われて、すぐにタクシーに乗って病院に行って診てもらいました。すると、もう子宮口が開いている状態。まもなく分娩室に運ばれちゃって、気がついたらシュッと生まれてきた。それでも病院に着いてから生まれるまでは、4〜5時間かかりましたね。私もともと結婚願望と出産願望、両方あったんですけど、順番が逆になっちゃいましたね(笑)。

――生まれた直後は、どのように過ごしていましたか？

　1週間入院して、その後は、助産所みたいなところで1カ月ぐらい過ごしました。そこでは、助産師さんとかのスタッフが授乳の仕方とか、育て方をいろいろ教えてくれたり、赤ちゃんの世話をしてくれたりしました。だから、生まれた直後でも15分おきに母乳を飲ませるとか、眠れなくてつらいとか、そういうことはありませんでした。まあ、そうなっていても大丈夫だったかも。もともと私、我慢強い体質ですから。

――そこを出てからは、どうされたんですか？

　実家に戻りました。先ほど話した父親のほかに、兄が住んでいます。母はいません。

――不仲で離婚されたんですよね。

いえ、母は、私が高校を卒業した後、がんで亡くなってしまいました。

母親の病死後、専門学校を中退してキャバクラで働くように

――事前に聞いていた話と、ことごとく食い違いますね。それはともかく、生い立ちとか家族関係について話してもらえますか？ 出身は横浜ですか？

いえ、神戸です。私がまだ小さい頃、神戸で震災が起こって、それを機に一家で横浜に引っ越したそうです。震災の記憶は全然ないですね。なんで横浜だったのかも聞いてないです。横浜には別に親戚はいませんし、なんででしょうね。父親は昔も今もトラックの運転手なので、単に仕事があったからじゃないですかね。心機一転ってことで。

――出身地も違ったんですね。お父さんはどんな人ですか？

コンビニに食材を運ぶトラックの運転手。夜中に出て行って昼前に帰ってくる。頑固で言い方が強い人。怒鳴ったりはしないけど、怒らせると怖いかな。普段は手は出ないけど、1回、包丁を振り回されたことがあったな。あのときは振り回した挙げ句、投げつけられました。当たりはしなかったけど（笑）。

そんな父親だから、母は普段、いろいろと我慢していたんだと思います。パートをしてたん

ですが、私が中学生のとき、がんが発覚しました。それ以来、3年以上、入退院を繰り返しました。

――母親が弱っていくことで、しずかさんが荒れたりはしなかったんですか？

その間、生活が大変になったとか、気持ちが落ち込んだり、生活が荒れたりしたことはなかったですよ。女の私がやらなきゃと思って、母の代わりにちょくちょく家事をやっていました。

――偉いですね。それで、お母さんが亡くなったときの様子を教えてください。

保育の専門学校に通っていて、当時は一人暮らしをさせてもらってました。授業かバイトかで外出してて、実家からの連絡に気がつくのが遅れちゃって、母親の死に目には会えませんでした。亡くなったとき、母はまだ40代。母のことを思い出すと、今でも泣きそうになります。その後、学校を中退して、キャバクラで働くようになりました。その点においては、荒れたという言葉にちょっと相応しいのかな。

子どもがいても許してくれる人なら結婚したい

――ところで、今はどんな生活なんですか？

住まいは実家なので楽です。だけど、子育て自体は父も兄も手伝ってくれません。ほとんど私一人でやってるので、その分、大変かな。言い方が悪いですけど、男の人は子育てが全然できなくて、叱るだけですよね。

今、付き合ってる彼氏がいるんですが、彼も父や兄と同様、子どもの面倒が全然見られない。おむつを替えるのですらダメで、見ててもどかしいです。だから「もういい。私自分でやる」って言って私がやっちゃう。

——じゃ、息子さんを、ほぼ一人で育ててきたと。息子さんは2歳とのことですけど、今までかなり大変だったでしょう。

いや、そうでもないですよ。ずっと完全母乳ですし。保育園には1歳になる手前で預け始めました。こちらは東京とかに比べると、すぐ入れます。保活とかあり得ないです。それで、いま昼間はファストフード店で働いています。

息子の日々の成長を見るのが、何より楽しみです。息子が初めて立ったときは感動しましたよ。最近は、夜泣きはしなくなりましたし、こちらの言っていることを理解していてすごいなと思います。たとえば「ゴミをポイしてきて」って言うと、ちゃんと捨ててきてくれるし、「戸を閉めて」と言うと、カチッとなるまでちゃんと閉めてくれますし。

とにかく、かわいくてたまらない。顔がまん丸なのでみんなに「ポチャポチャだね」って言われます。私の小さい頃に瓜二つと言っていいぐらいに、よく似ています。

——（写真を見る）かわいいですね。こんな子がいたら、そりゃ楽しいでしょう。それで、今後はどのよ

うに考えていますか？

結婚は、機会があればしたいです。子どもがいても許してくれる人ならぜひ。でも、今の彼氏とはしないと思います。私がしたいと思わないので。

――今後もし、子どもが大きくなって、「お父さんは誰？」と聞かれたらどうしますか？

「亡くなった」とか「蒸発した」とか、そういうふうに言うと思います。「いる」とは言わないつもりです。

続いて、渡辺さんを紹介してくれた、横浜の風俗業界に顔が利く男性に、風俗へ勤めるシングルマザーの姿について聞いた。

虐待やネグレクトしてる親に限って、警戒感が強い

――今回、渡辺しずかさん以外のシングルマザーの方はみなさん取材NGだったんですよね。

そうですね。とにかく警戒されました。お店に顔を出すたびに取材の話をしたんですが、全滅ですね。ネグレクトとか虐待をしていそうな子に限って、すごく警戒心が強くて。普段、話をしてる子とかも、取材の話を切り出した時点で「いや、私無理なんで」って感じでした。

――キャバクラで働いてる女の子って、どんな子たちなんですか？

30代の子は少なくて、20代半ばよりは下の子が多いです。中には10代後半の子もいます。子持ちの子も、珍しくないですよ。結婚してなくて、シングルで育ててる子が多いかな。

――女の子たちはなぜシンママになるんですか?

従業員の女の子から直接聞いたり、女の子の派遣先の店で聞いたりした話ですが、お客さんと行きずりで行為に及んで、妊娠・出産するケースがあるんです。そうした場合、子どもへの愛着はあっても、実の父親が誰かわからなかったり、育てる自信が持てなかったりします。

――シンママになる女の子に傾向はあるんでしょうか?

年齢が下がれば下がるほど、ひどい親が増えるというのがありますね。家族計画とかもちろんない。言ってみれば若さの暴走。子どもを作ったこともそうだし、夫婦げんかの延長でDVを受けて、子どもと一緒に逃げたりとか、育てていても虐待したりとか。世間で言われてる通り、やはり再婚後の虐待が多いかな。2010年の大阪の育児放棄による餓死事件［※1］の犯人のような、どうしようもない親も中にはいますよ。

――紹介してくださった渡辺さんの話と大分違いますね。

比べるまでもないですが、渡辺さんはずいぶんしっかりしているほうです。

――事前に聞いていたプロフィールと異なり、渡辺さんは結婚していなかったし、母親は離婚じゃなくて病死でした。

そうだったの? あれ、話と違うなあ。

——話を戻します。虐待とかネグレクトしそうな母親って共通の特徴はありますか？

気が強くて、人に相談しない子が多い。そういう子は、全部自分で決めちゃうんですよ。離婚とかも、すぐにパンと決めてしまって。今後どうしていくとか、将来のための羅針盤など何も持たず、計画とかは何もないままで離婚して、シングルマザーという穴に簡単に飛び込んでしまうんです。すると不幸が連鎖するというか、負のスパイラルに入り込んじゃうんですよね。再婚せず、誰にも相談しない結果、子どもを家に置き去りにしたり、再婚したらしたで、子どもが継父から虐待されたりとか。

——ネグレクトはなぜ起こるんでしょう。典型的なパターンはあったりするんですか？

仕事が終わった後、女の子同士で飲みに行くことがあるんです。そのとき誘われて断れず、ついて行く。そうしたことが重なって、結果的にネグレクトの状態になるというケースは実際にありますね。それで僕が心配して「早く子どものところに帰ってあげたら」って言ったら、説教に聞こえるみたいで、嫌がられます。

——寮生活している人たちはどうでしょう？

両親が離婚してしまっている子が大半。親が自分で面倒を見きれないということで、キャバクラやホスト、風俗嬢の子らのためのマンションというか寮に入れちゃうんですよ。子どもに「すぐに入りなさい」とか言って入れちゃって、それを子離れと錯覚しちゃう。そんなケースが、ちょっと多い気がしました。

――とすると、まだ10代とかですよね。それは一種の養育の放棄ですね。

そうとも言えますね。

――もともと非行に走っていた人が多いということもありますか？

その通りです。家出したり、覚醒剤をやったりタトゥー入れたりしている子も多いです。結婚してる子は、ほとんどいないです。シングルマザー、水商売の方、不良外国人。そんな人たちが多いですね。

事件にならないレベルの虐待がまん延している

――寮の建物というのは、どんな感じなんですか？　店側が一棟全部借り上げたりしてるんですか？

そうです。いわゆる繁華街とかにありますね。そこはかなり評判がよろしくないところ。というか、そういう場所にあるマンションはキャバクラやホストの寮である可能性が高いかな。都会の繁華街であっても、平均的に家賃がすごく安いです。普通の人は住みたがらないので。少し治安が悪いのを我慢すれば、安いから学生さんには人気ですね。でも実際、ヤクザ同士の抗争とかもあります。

――そういうところに住んでいるってことは、夜の仕事に就くわけですよね。そうすると、子どもを預けたりできないのでは？

大きいお店には託児所があるんです。グループ会社としてキャバクラの経営とかもやっているところって、オーナーが暴力団とかそういうイメージがあると思うんですけど、普通の昼の企業の人たちが経営しているケースが多いんですよ。だから意外としっかりしている。だけど、そういうところの託児所は、保育料がべらぼうに高い。

――中には、高い保育料を払えない人もいるのではないですか？

そういう子とか、寮に入らず郊外に住んでる子とかは、自宅に子どもを置き去りにしてます。先ほども触れた2010年に子どもが二人餓死したケースがありましたけど、そりゃ事件が起こるよなあって。似たりよったりの母子家庭、そこかしこにあります。たまたま事件化してないだけで、片足踏み込んでます。

――虐待や餓死といったケースを実際、目の当たりにしたことはありますか？

さすがに餓死はありませんが、虐待やネグレクトについては証拠をつかんだことが何度かあります。それに話にはよく聞きます。たとえば、雇ってる女の子たちが仕事に出ている間、彼女たちの子どもを預かって面倒を見ることがあるんです。そのとき、子どもたちの状態を見て、傷を見つけることがありますね。あと送迎のために彼女たちの家へ立ち寄ったとき、荒れた状態の部屋を見たりすることもあります。また、彼女たちの親と話して、実態を教えられることもあります。

子どもが殺されちゃうような虐待よりも、事件にならないだろうなというレベルの虐待がまん延していますよ。それはネグレクトも含めてですけどね。多いのは、彼氏とか水商売仲間のいたずら。幼児にタバコを吸わせたり、お酒飲ませたり。そんなのばかり。そういうことを知るたびに頭痛がしますし、頭にきますよ。それ以外に、叩く、殴る、罵倒する、いたずらをするぐらいはいくらでもある。

――話をしていて「この女の子は虐待しそう」と感じたりするものですか?

仕事柄、かなりコミュニケーションは取るようにしています。一緒に酒を飲んで話したりするんですが、そのとき子どもの話を一切しなかったりします。それで、こちらから聞いてみても、警戒して話してくれませんね。そういう女の子はインスタに子どもの写真がまったくなかったり、そもそもインスタに鍵がかかってて見れなくなってたりします。そういった女の子は虐待を疑います。実際にそうした話は、この業界では耳にしますから。

――警戒しているのは虐待やネグレクトを疑われるからと言い切れるんですか?

ネグレクトをしていたり、虐待していたりする女の子は、親とか親戚、友人たちといった周りの人たちから、すでにいろいろ注意されているので、話題に出すこと自体、嫌がるし、場合によっては怒り出す女の子もいます。

――注意したり、やめるよう説き伏せたりするんですか?

そういう若いシンママたちにどうやって接するかっていう、その距離感は本当に難しい。少しでも注意したり叱ったりすると、逆ギレしてすぐに離れていっちゃうので。それまで、どれだけ僕を信用していたとしても。それで縁が切れてしまったら、子どもの安否など知りようがなくなりますから。個人的に気がかりなので、薄い線でつながりを持っていますけど。こちらの顔色を察してLINEをブロックされたりということは何度もあります。

――本当はそういう方たちに話をうかがいたかったんですけど、難しいですね。

出てこないですからね。わかってますよね、あの子たちも。

男性の言葉に、私は暗澹《あんたん》とした気持ちになった。事件予備軍である若い親たちと、どうやって接していくのか。その手がかりとなるアイディアを、私はまるで持ち合わせていなかったのだ。もちろんこうした悲惨なケースは一部の子たちなのだろう。大半は渡辺さんのように真面目に生きている。そのことは間違いない。

※1【育児放棄による餓死事件】2010年、大阪で、二人の幼児の遺体がマンションの一室で発見されるという痛ましい事件があった。風俗嬢の母親はシングルマザーで、子どもを置き去りにして男と遊び回っていたと報じられていた。

＊

敗戦までの民法・家族法において、親権は父親にしか存在しなかった。離婚した後、父母の協議によって母親を監護者にすることはできた。しかし親権については覆りようがなかった。子どもという存在は家の付属物でしかなかったのだ。

戦後、基本的人権や男女平等をうたう日本国憲法が施行された。それに伴い、民法も改正された。婚姻中は共同親権で、離婚後はどちらかの親が親権を得るという現在の形におさまったのだ。子育てには母親・母性が大事という考え方が広まり、離婚後に母親が親権を取るケースが増えていく。そして高度成長期だった1966年には母親が親権を得るケースの方が多くなった。

その後、母親が親権をとるケースが、父親がとるケースを圧倒していく。1980年には母親が7割／父親が3割、2000年を過ぎると母親が8割／父親が2割。さらに2010年には母親が9割／父親が1割となった。

離婚率については、戦争を挟んで乱高下している。戦後に関していえば、経済が豊かになっていく高度成長期に向かうにつれて離婚率は減少していて、戦後間もなくのころは1000人あたり1だったのが、1960年代には0・73にまで減っている。しかしその後、再び上昇に転じ、2002年には2・3となっている。

高度成長期の頃は結婚すれば、一生添い遂げるというパターンが多かったし、離婚家庭に育つ子どもの割合も少なかった。逆に言えば現在は離婚率が増えた分、親の離婚を経験する子どもがすごく増えたということになる。離婚後共同親権の考えが広がってきた背景には、離婚が当たり前になったという世の中の流れがある。

お話をうかがった佐々木久美子さんが別居し、離婚に至ったのは1976〜1979(昭和51〜54)年のことだ。離婚が成立した翌年の1980年には7割が母親に親権がいく時代だったのだから、彼女に親権が与えられたことは当時の統計からするとさほど珍しい判決ではなかったようだ。とっくに母親が親権を取るのがポピュラーになっていたのだ。

『マリッジ・ストーリー』よりも40年前のアメリカ映画『クレイマー、クレイマー』(1979年)では、双方の親が離婚後の親権(法的監護・身体的監護。日本でいう親権・監護権)を争う様が描かれている。しかしその後、欧米をはじめとした世界各国は共同親権へと舵を切っていき、今ではヨーロッパのほぼすべて、南北アメリカの大半、オーストラリア、中国や韓国、ロシア、南アフリカなどが離婚後共同親権制をとっている。裏返せば欧米ですら、つい40年ほど前までは単独親権制だったということだ。

日本はまだ単独親権制のまま。しかも女性が9割、親権を持つという点で他の国とは違って特異である。他国のように、なぜ共同親権制へと舵を切らないのだろうか。今後、日本でも世界に続いて共同親権制へと舵を切っていくのだろうか。

渡辺しずかさんのケースについても言及しておこう。

インタビューのとき、彼女は「今後、機会があれば結婚し、家庭を築きたい」と話していた。妊娠したときの相手と結婚しないという選択には、妊娠し出産はしたけれども、その相手は結婚にふさわしくなかったという判断だけでなく、チャンスがあるなら別の相手と結婚できる可能性を残すという意志が感じられる。

厚生労働省『平成28（2016）年度人口動態統計特殊報告』によると、離婚後5年間で再婚した割合は24歳までの女性が4割近くなのに対し、40歳以上は1割台に落ちている。年齢によってこれだけ再婚率に差があるのは、妊娠・出産の能力が加齢とともに低くなっていくという生物学的特性と関係しているのだろう。

第8章

夫婦の別れと父子の別れは別

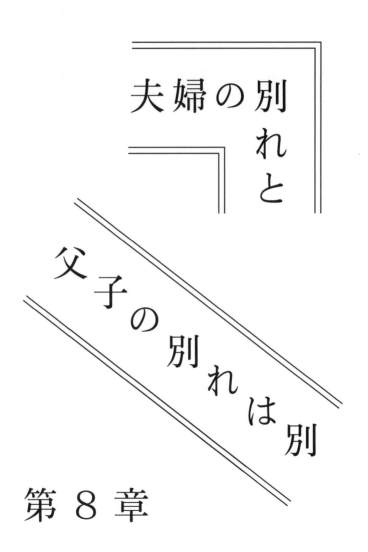

仕事と子育てで忙しくなることで、経済的に不利になったり、子育ての時間がとりづらくなったり。実家の手厚いサポートがない限り、生活のレベルが落ちることが予想できたのにもかかわらず別れたのだ。その覚悟は相当なものだったのだろう。

であれば、元夫に子どもを会わせなかったり、躊躇《ちゅうちょ》したりするのは当然すぎる行動なのかもしれない。ケースはさまざまだが、ここまでの章で書いてきた通り、離婚を機に、元夫と子どもの関係は遠くなっている。

第8章で紹介するのはそうした葛藤を乗り越えて会わせた方がいいと考えを変えて、面会交流を着々と実施しているケースである。なぜそう思うに至ったのか。またどのようなメリットがあるのだろうか。一筋縄ではいかない決断に至るまでにはどんなことがあったのだろうか。

離婚した後も、関係を保ち、子どもに会わせている。そうした方が楽だし、子どもたちが会うことを望んでいるからだ。そうした胸中に至るまでに、どんな道のりを歩んできたのだろうか。

大学の同級生とロースクール在学中に結婚した山崎庸子《ようこ》さん。司法試験を受けるため別居生活だったが、受験勉強中に妊娠出産。初の司法試験が不合格だったのを機に、庸子さんは東京に戻る。同居し子どもを保育園に通わせながら、司法試験の勉強を続けようとした。しかし夫に同居を拒否される。そんなとき、東日本大震災が発生する。

このとき庸子さんにはある思いがあった。震災を経験することで「悔いのない生き方をしなければ」と感じ、離婚を決意したのだ。その後、紛争もなく協議離婚。その後、2回、司法試験を受け、通算3回目でようやく合格。最初の仕事は自身の養育費の調停だった。その後、庸子さんは家族問題を中心とした親身な弁護活動をしつつ、子どもを元夫に会わせている。

星野由貴さんはもともと美術系の学校に通っていた。20代半ばのとき、戦場に通うAさんと結婚するも1年で離婚、20代後半には旅好きサラリーマンBさんと結婚、約10年の間に二人の娘を授かった後で離婚。

2度目の離婚後、その腕を見込まれた彼女は、4歳と1歳の娘を保育園に預けて、美術関係の仕事をするようになった。

子育てと仕事で忙しい毎日を続けていた彼女の前に同世代のCさんが現れた。Cさんは高学歴で語学が達者なインテリ。体を鍛えていて屈強な体軀《たいく》の持ち主。シンクタンクで働いていて、しっかり働けば高収入。なのに自由人だからか組織を転々としている。

由貴さんは自分の学歴のなさからCさんを尊敬し、気がつけば妊娠していた。そのころ彼は彼女の持つ一軒家に転がり込む。Cさんは女性との付き合い方を知らないややマザコンタイプの堅物の男性。それでいてやや男尊女卑の傾向がある。転がり込むもお金は入れず、プータロー状態。娘たちはCさんに懐いた。彼はバイク便を始めるがやはりお金は入れず、性格もあわない。そのため由貴さんは激高して叩いたり、お金を入れろと言ったりした。

息子が生まれると娘たちとの愛着にずいぶん差ができた。そのうちCさんを追い出した。もともと彼とは籍を入れていなかったので、離婚とはならなかった。途中から月に5万円、最大で月に16万、そして別れてからも5万円を由貴さんに入れている。BさんもCさんも子どもの面倒は見てくれている。由貴さんは意地を張らずに会わせるべきだと言う。そのほうが結局は楽だと。BさんとCさんは写真という共通の趣味も合って仲がいい。

尾崎豊美さんは20代後半で一目惚れした、バツイチの男性と結婚。長男を妊娠中、夫には700万円もの借金があることが発覚するも、彼女は徹底的に家計を切りつめ、サラ金4社の借金を数年で返済した。子育てに一切関わらない夫は、次第に暴力を振るい始め、三男が生まれて長男が学校で荒れだすと、「おまえの育て方が悪い」といって殴るので、離婚を考えだす。

あるとき夫が長男をテレビのリモコンで殴ったことから怯えるようになる。それを機に豊美さんは多摩の実家へ子どもたちを連れて1年ほど帰っていた。その間、在宅ワークで生計を立てた。夫は離婚を拒否。「離婚したいのならおまえが慰謝料を払え」と言われたことから、それまで月1、2回会わせていたのを滞らせる。すると子どもたちは何故パパに会えないのかと言ってくる。豊美さんはやりきれなくなり、飲めない酒を朝まで飲んだ。すると吹っ切れた。

「子どもにとって父も母も大事だ」と。

「子どもと好きなだけ会っていいから家から出て行って」と言って協議離婚が成立した。その後、しばらく面会を続けていたがあるとき元夫は会わなくなった。しかも「家を売りたい」と言ってきた。豊美さんは元夫に彼女ができたことを察した。

その後、家の譲渡が成立、着々と面会は続けている。

司法試験の勉強中に出産。別居婚の夫が育休2カ月半取ったが……

山崎庸子さん（36歳）

「大学卒業後に法科大学院（ロースクール）に行ったり、出産したりということがあって、司法試験を目指すと決めてから合格するまでにトータルで10年以上かかったでしょうか。新司法試験は2回の不合格の後の3回目で合格しました。もともと弁護士業と子育てを両立するつもりでした。先に子宝に恵まれたんです」

都内某所。とある法律事務所にて、山崎庸子弁護士に話を聞いていた。彼女のもとを訪れたのは、これまでに彼女が担当した離婚事件についての概略を聞きたかったわけではない。山崎さん自身のシングルマザー体験についてうかがいたかったからだ。

大学時代の同級生との別居結婚

——まずは出会いのきっかけから教えてください。

出会いは大学生のときでした。彼は大学1年生のときの同級生。お互い、地方から出てきて一人暮らし。そういうカップル、周りにはたくさんいました。最初は友達付き合いでしたけどね。夫婦別姓のことと か女性の社会進出とか教育問題といった社会問題のスタンスがしっくりくるということもあって、急接近していきました。

それぞれ大学を卒業し、私はロースクール、彼は大学院を卒業後に公務員とそれぞれの道へ進むころに結婚しました。

彼は東京で就職しました。一方、私は司法試験合格を目指し、北陸で受験勉強。初めての〝遠距離〟でした。彼の住む東京ではなく、北陸にしたのは、奨学金がもらいやすかったからです。もし出産したとしても、この地域は待機児童問題とは無縁のようでしたし。

——妊娠されたのはいつごろだったんですか。

結婚してすぐ妊娠しました。受験生活が進むのとおなかが大きくなっていくのが重なっていたんです。

でも受験勉強よりも、ママ友づくりに必死だったかもしれません。それがないと子育てのやり方もわからないと思ったんです。私の予定日は2月末。その時期は、ロースクールの期末試験に向けて勉強しているころ。期末試験を無事に終えられるかな、終えてから産めるかな、とそんな感じでした。

別居しながらも夫とは夢に向かって一丸となって頑張っていました。それは「庸子が司法試験に合格すれば生活の形が好転する。だからお互い頑張らなきゃ」というものです。私は日に日に大きくなるおなかを抱えながら受験勉強をする生活でした。一方、彼は彼で職場にかけあって、2カ月半という長期の育児休暇を許可されました。男性の育児休暇取得率は今でも10パーセントにも満たないですからね、まさに先駆けですよね。そんな意識の高い彼が私は頼もしかった。

山崎さんは司法試験という夢を諦めず出産もする。夫は育休をとって専ら子育てに励む。別居しながらも、二人は共通の夢に向かって挑戦を重ねていた。関係は良好だった。

夫の育児休暇と両家の仲たがい

――お話をうかがっていると、円満そうに感じますが、その別居生活が揺らぎ始めたのは、いったいなにが理由だったのでしょうか？

発端は九州に住む彼の両親による提案でした。子どもが生まれる2週間前に、夫の父親からいきなり電話がかかってきて、唐突に「1年間ぐらい育ててやろうか」って言われたんです。無事生まれるかどうかわからず、心配で頭がいっぱいなのに、「なんだ、その〝育ててやろうか〟っていう上から目線は！」って感じでムカムカしました。臨月を迎えている初産の妊婦で、とにかく感情が高ぶりやすい時期でもありましたから。

――ご両親の発言にも何か理由があったのですか。

はい。どうやら息子が育休を取ることで昇進に響くんじゃないか――と心配していたことが、後でわかっていきました。彼らにとっては育児休暇を取得したということに衝撃があったようです。しかし、そのとき真意がわからなければ後の祭りです。

とにかく、なんの説明もなしに「育ててやろうか」という電話があまりに強烈でした。それでも、私がやり過ごして、なんとか無事に子どもを産んだらチャンチャン、という感じで解決するのかと思っていました。

――出産はどうだったんですか？

試験を無事に終えた後、ロースクールの近くにある、妊婦検診を受けていた病院で、春休みの期間中に息子は生まれてきてくれました。2008年のことです。新学期に入ってからは、四国に住む私の母や東京の彼に、北陸までわざわざやってきてもらって、産褥期《さんじょくき》（産後まもなくの回復期）を乗り切りました。

息子の子育ては全然苦労しませんでした。ニコニコして、よく寝てくれる育てやすい子でしたから。勉強しなきゃいけないので、しょっちゅう母乳をあげられなかったし、あまり母乳が出ないという悩みはありました。なのでミルク頼りではありましたけど。

――新生児を育てながらの受験勉強。旦那さんのサポートがあったとはいえ、実際は相当に大変だったと思います。どのような状況だったのでしょうか？

さすがに勉強は進みませんでした。新学期が始まると、週４日連日で学校に行き、後は３連休。学校に行く日にしても、朝から晩まで存分に勉強するというのではなく、お昼くらいで授業を切り上げ、あとは子育てというふうにスケジュールを組んでいました。授業に行った後のおさらいもしません。ただ、試験に落ちない程度には頑張りましたけどね。そんな生活を送っていましたので、受験生活の中でもその頃、一番成績が悪かったですね。

出産後も育児をしながら受験勉強を続けることが何とかできていました。ただ、出産前にこじれていた義理家族との関係は、修復することはありませんでした。誕生した長男に会いに来るのか、お祝いをするのかしないのかで、またもめてしまったんです。それで、両家の親同士の関係もひどくなってしまいました。母親同士の電話で、怒号が飛び交ったそうです。後始末どころか、どんどん溝が深まっていきました。

――先方のご両親との関係がこじれてしまったわけですが、旦那さんの育休は継続されたのですか？

元の宣言通り、２カ月半、育休を取ってくれました。おむつを替えたり、寝付かせたり、ミルクを作って飲ませたりと子育てに励んでくれました。その間は夫と子ども二人きりの時間もあったのですが、ママがいなくて泣くこともあるので、それこそ私が一人で育児するより、苦労したと思うんです。母親である私は、抱っこしておっぱいをあげておけば泣かせずに済むところがありましたが、男性は、そうはいかないですからね。結局、この2カ月半が、夫が長男と同居した唯一の期間となってしまいました。期間限定だとわかっていたからこそ、円満に過ごせるよう、義両親とは距離を置き、家族3人が仲良く過ごすことを目指してお互い必死だったと思います。育休終了後は、別居生活でしたが、月イチのペースで私たちに会いに来ていました。

受験勉強と疎遠になる二人の関係

——旦那さんは奮闘されていたのですね。そのことで家族、親族の関係に何か変化がありましたか?

いいえ、好転はしませんでした。結局、夫の家族は生まれた孫には半年近くも会いに来ませんでした。もちろん、関係修復のために努力はしました。だけど、何をやってもダメで解決の目はまるでなく、育児をしながら受験勉強をしていくために、平穏な生活を守るには、彼の家と関わるのはもうやめようという落ち着き方しかないのだと考えました。

でも、義父母との関係だけでなく、夫は、私の親との関係まで損なってしまいました。ささいなことがきっかけだったとはいえ、誤解を招くことが重なって、双方歩み寄りができないところまで、追い詰められていったのです。

その一方で、彼は東京から北陸まで、月に1回は、私たち親子に会いに来てくれました。2カ月半の育休の成果なのか息子は彼に懐いていて、毎月1回くらいしか会わないのに、彼が来たら笑顔をこぼしていたので「パパと息子の絆を断ってはいけないし、保っていかねば」と会わせるごとに思っていました。

——二人や双方の両親との関係はどうなりました?

一人暮らしで寂しかったのか、彼はお酒に逃げるようになっていました。しかも、酔うと、次々と暴言を吐いてくるのでタチが悪い。困難について話そうとすると、だんまりを決め込む——そうした癖も相変わらずで、もう辟易という感じでしたね。すべてのトラブルに通じますが、だまりこんで解決を先延ばしにするので、ますます修復困難になっていくんです。

出産から半年後の時点で離婚が頭をよぎっていました。離婚の話をしたときの言葉は忘れられません。彼は、「息子のことを覚えて生きるのはつらい。だから息子のことを忘れるために養育費は払わないね」と言うのです。私は乳児を抱えた受験生、要は無職でしたからね。彼と離婚するには一筋縄じゃいかないなと直感しました。だから、離婚という二文字は封印し、円満な別居生活を過ごしていたと思います。

変な話ですが、北陸での暮らしは、実質的な母子家庭生活ですが、すっかり満喫していました。保育園の運動会等の行事にも参加していましたし、そのころには信頼し合えるママ友もできていました。

夫婦問題は一時的に凍結して受験勉強に励み、それとともにひと月に1回、彼が会いに来れば、表面的にはそこそこ仲良くして——といった感じで、ロースクールの卒業や受験に向けて頑張りました。

初受験は、受験会場最寄りのホテルに、母子三世代で泊まり込んでの子連れ受験までしたが、地力が足らず、不合格であった。浪人して再受験することを決め、北陸での生活が続いていた。

息子の3歳の誕生日を祝うことなく協議離婚

——そうした生活に転機が訪れたのはいつごろでしょうか。

北陸から引き上げて東京で夫と同居しようと話が進んでいました。2011年に入ってからです。幼稚園と延長保育を駆使すれば、東京でも子育てと勉強を両立できるだろうと。ところが、2月ごろ彼が「同居に実は不安があるんだ」と言い始めたんです。新居の賃貸契約や退去の手続き、退園の連絡が進んでいるのに、です。不安があるという感情だけ言って、じゃあ具体的に、どうするのかという話にはならない。だんまり。それが、北陸で一緒に過ごした最後の時間となりました。
本当は、3月初旬、息子の3歳の誕生日のころにも来る予定はあったんです。一緒にお祝いしようかと。でも、連絡が乏しい。結局、本当に来なくて、息子の誕生日を一緒に祝うこともしなかった。

息子の誕生日から1週間あまり。東北に津波が押し寄せた。東日本大震災である。

——震災が発生したときは大丈夫でしたか⁉

東北の被災地ほどではないにしても、少し揺れたし、ちょうど手伝いに来てくれる予定だった母が乗っている電車は一晩動かず、大変でした。連日被災地のニュースも見て、日本の異常事態だと感じながら、東京に転居するまでの準備をし、一日一日過ごしていました。
そんな折に、彼が珍しく、嬉々とした様子で電話をかけてきたんです。「被災地応援辞令を受けて、被災地に行ってくるね。だからあとはよろしく」って。これにはあっけにとられました。さも、同居できなくなることが心底うれしいといわんばかりの雰囲気があふれていました。
よくよく確認すると、いきなり、被災地に行ってしまうわけではなかったみたいで、彼は渋々と同居を受け入れることになったのですが、同居生活の準備の話は一切できないままでしたね。震災という局面に接して感じたのは、「後悔のない人生を生きなきゃ」という強い思いでした。つまり、離婚する決意を固めたんです。

——離婚が成立したのはいつごろですか？

3・11発生から約1カ月後の4月です。ただ届けを出しただけの協議離婚です。東北行きの正式な辞令がなかなか下りなかったため、最低限の協議はできました。養育費という名目では素直に払いたくなかったようで、幼稚園代（教育料、教材費、延長保育料など）の平均、毎月5万円弱を彼の口座から引き落とす形で、実質的に養育費5万円を負担してくれることになりました。

離婚はしたけども、初めての同居生活は、試験が終わる5月半ばまで続けていました。彼も、受験に配慮してくれたようです。解決先延ばし癖があっても、心底嫌なことには行動が早い。いつのまにか転居先を見つけていて、早々に同居を解消しました。そのあと、辞令通り、東北で滞在したこともあったようだけど、数週間で戻ってきたようです。

弁護士の初仕事は自分の調停事件

3・11と離婚という大きな節目を経て挑んだ、2度目の試験は、また不合格だった。実家のサポートを受けながら幼稚園児の息子を育て、離婚した元夫と息子の面会交流をさせつつ、自身は、司法試験予備校の教材作成のアルバイトで生計を立て、最後の試験に挑戦する。翌年合格、11月末からは司法修習生となった。

――司法修習生となったらそれはまた多忙な毎日になったのではないでしょうか。

司法修習に行く先輩たちを見ていたら、全国のどこに配置されるかわからないと知っていました。でも、私は息子がいたからか、第一希望の関東での修習がかないました。自宅から修習を受ける各施設までは1時間の距離。これなら子どもを幼稚園に通わせることが可能でした。修習の内容ですが、民事裁判、刑事裁判、検察、弁護士の実務修習と起案の指導を中心とした集合研修があり、その後、最後の国家試験に合格して、なんとか法曹資格を得ました。２０１３年には晴れて弁護士となることができました。

――弁護士になって最初に手がけた案件はどんな案件だったのですか？

自分の養育費請求調停が、弁護士になってからの事実上の初仕事だと思います。息子が小学校に入った途端、一切支払わなくなってしまったんです。正論を説いたところで、解決を先延ばしにする癖は、離婚前と同じだとわかっていたので、協議の場に元夫を引っ張り出さなければならないって思い、すぐに調停の申し立てをしました。申し立て手続きはすべて自分一人で用意し、途中の主張書面も力のこもった大作を提出したんです。

――旦那さんの様子はどのような感じでしたか？

彼はできる限り少額しか払いたくない様子で、調停では次のような主張をしてきました。すでに毎月5万円を3年間、トータルで180万円を幼稚園代として払ってきた実績を述べたり、平均年収は3000万円という弁護士の平均所得の高さについて強調したりしてきたんです。

――それに対して、どんな反論をされたんですか?

彼の言う180万円を逆手にとって次のように言いました。「これまで毎月5万円が実質的な養育費として、合意に基づいて支払われた実績がある。この合意を変更する事情はほかにはなく、合意どおり毎月5万円が支払われるべき」と。

弁護士の所得に関する指摘については無視です。調停委員も相手にしていなかったと思います。業界全体が、変動していて、年収3000万円を超える人も中にはいるかもしれないけど、弁護士一般の年収ではないのはもちろん、現に、そのとき弁護士になりたての私に関しては、そもそも所得が少ないことを、給与証明書を提出して示していましたから。

――面会交流はその間も続いていたのですか?

とにかく私としては、唐突に払わなくなったことに怒り心頭ではありました。それとは別に、たまたま学校が振替休日だったために同伴していた息子と、第1回調停終了後、父子が再会することになりました。調停委員の目の前で、お互いに笑顔がはじけて再会するのですから、その後の進行上、印象に残る場面になったと思います。

再会の場で彼は、養育費を払っていないのに平然とした調子で「面会交流は続けていこう」とか言って、私の気持ちなんて何もくみ取りません。それどころか「今月泊まりに来ないか」

とまで言い始めた。

――それはまた……。２回目の調停の場はどうだったのですか。

彼は、遅刻して出頭したので、待ち時間が長くなり、協議が進みません。私のイライラも募ります。「５万円払ってくれないと、もう面会交流させない」って強く断言してやりました。すると、子どもを夫と会わせようと奮闘してくださった調停委員が私を説得しようとしてきました。

「面会交流はお子さんのためのものですからね。わかっているでしょ、先生」って。私はすっかり悪母です。カッとして「養育費だって子どものためだろうがっ！」ってけんか腰の荒々しい口調で、悪態をつきました。裁判所を離れたあとも怒りは収まらず、その勢いのまま、自宅で息子に手紙を書かせました。「養育費を払ってください。５万円約束通り払ってください。嘘つかないでください」って（苦笑）。本当はこんなことしちゃいけないと仕事柄、重々知っているんですけどね。そのぐらい彼の態度にも裁判所の正論にも怒ってたんです。

養育費は22歳まで、ストレスのない面会交流

――その後、３回目の調停に至るわけですね。

はい。裁判官が出てきて、彼に直々に説得をしてくれました。調停の場合、最後の挨拶に来

るぐらいの役目なんですが。弁護士が代理人を立てずに本人調停、しかもその弁護士が暴れてるというのが珍しかったんでしょうし、子どもがしばらく父親に会えなくなるかもと危惧したんでしょう。修復不可能にならないようにってことで、裁判官が彼を説得してくれました。

その結果、養育費は5万円だけでなく、月イチの面会交流を妨げないという条項を盛り込むことで落ち着きました。養育費は20歳まではなく、22歳までもらえることになりました。大学時代、お互い親に面倒をみてもらっていたから、我が子が大学を卒業するまではちゃんと面倒を見ることについて、争いはなかったです。

でも元夫婦は今後、よほどじゃない限り連絡は取らないという約束もしました。彼の希望ですが、私も大歓迎です。だから面会交流の日程調整の協議も、息子の携帯で息子自身が連絡調整するから、私は楽なんです。もちろん、いつ会うかは把握していますし、息子も私に予定を教えてくれます。こんな感じでストレスのない形で、今後も面会が続いていくんだと思います。

――面会交流はどのように行われているのですか。

月イチで会う日は最寄り駅で朝9時に会って、16時半か17時半まで。聞くところによれば、月1回2時間という相場からすれば、十分充実しているかもしれません。どこに行ったか聞けば、近くにある漫画図書館でずっと過ごしたり、映画を観に行ったり、遊園地に行ったりと息子が教えてくれます。

一方、泊まりの面会については、もっと丁寧に交渉してくれたら、私は全然、宿泊旅行とかもOKなんです。だけど息子がNGです。元夫は再婚していて、その再婚相手を必要以上に毛嫌いしてて「会うのが嫌だから。泊まりは絶対嫌だ」って言ってるんです。

向こうが提案してくるのなら、彼側の祖父母の家に行くとかもやってもいいと思います。息子も小学校の高学年になるし、ずいぶん成長しましたからね、冒険させてもいいと思っているんです。これだけいい子に育ってますよというのを見せつけてやりたいです。

※インタビュー当時から数年後、実際、山崎さんのお子さんは、一人で父方の祖父母に会いに行き、数年ぶりの再会を果たし、親元を離れて連泊しながら、祖父母からの愛情をしっかりと受け取ることができたようである。お子さん本人がたくましく成長するとともに、祖父母に会いたいというお子さんの希望を叶えるために、父母の見解が一致することで、実現したというが、相変わらず、父母として直接連絡を取ることはないという。お子さんは、別居して10年以上が経つ今でも、父親を慕っているという。また、父親に会えるように母親が努力してくれているとも感じており、両親からの愛情を感じながら成長しているのが嬉しいと、山崎さんは後日談として語っていた。

会社を辞めて旅に出た夫と離婚。でも「娘から父親を奪う権利はない」と葛藤するが……

星野由貴さん（50歳）

「事実婚を含めて3人の男性と同居したんですが、3人が3人とも私のことをまともにかまってくれなかったし、家事も育児もやってくれなかった。男を見る目が、私にはなかったんですね（苦笑）。普通にサラリーマンで、家事も育児も手伝ってくれる旦那さんの話を聞くと、『そんな人が世の中にいるんだ……』って、うらやましく思ってます」

そう話すのは、3人の子を一人で育てている、星野由貴さんである。海外をあちこち歩くバックパッカーだったという彼女は、これまでにどんな半生を歩んできたのだろうか？

辺境を歩いて回る夫についていけず

――簡単でかまわないのでご経歴を教えてください。

高校の後、美術系の学校を出てからは、飲食店でバイトして、アジアとかヨーロッパ、中近東に出掛けるという生活を繰り返していました。同じ趣味を持っている同世代の旅仲間と集まって飲み食いしたりして、わいわいと、よくつるんでいたんです。結婚したのは、そのうちの一人でした。

――最初の夫のAさんですね。

Aは世界の辺境へしょっちゅう出向く、特殊な職業の人でした。結婚したのは、1990年代の前半のこと。そのころ私はまだ20代半ば、彼は30代前半でした。もっと一緒に人生を歩んでいくものと思ってたんですけど、彼があまりに奔放すぎて、ついていけなかった。彼は彼で、私を自由にさせておくのが愛情だって思ってたみたい。私の親族が経営する会社に就職したけど、名ばかり就職。辺境へ出向くのは相変わらずで、置き去り状態。しかも彼は子どもを欲しがらなかった。ぶっちゃけた話、方向性が違いすぎてました。結局彼についていけなくて、1年ほどで離婚しました。

――いまはどんな関係なんですか？

今も近所で暮らしてて、たまに街中で会ったら普通に世間話をする程度かな。自由すぎるぐらいに自由な人だったけど、その後、まさか音楽で身を立てるなんて思ってもみませんでした。元気にやってるみたい。

冷たくて無関心だった夫が仕事を辞めて一人で欧州に

――再婚されたのはいつごろですか？

その数年後ですね。年下のBと結婚しました。自由人ばかりの旅仲間の中で、Bは数少ないサラリーマン。一緒にいて楽だし、何より収入が安定しているというのが魅力でした。ぶっちゃけ嫌いなところはなかったんですが、すごい好きという感じでもなかった。

――Bさんとの結婚生活は、どのような感じでしたか？

結婚した96年のうちに妊娠、そして翌97年の香港返還の日あたりに長女を産みました。当時、Bはサラリーマンで私は主婦と、役割分担がしっかりあったので、Bに家事や育児を求めてなかった。それは当たり前だと思ってたし、むしろさせちゃダメだと思ってました。やってくれたこともあったけど、お手伝いレベルでしたよ。

――生活費はBさんがまかなわれていたのですか。

Bの収入のうち5万円を彼のお小遣いとして手元に置いて、残りは彼の口座に毎月貯蓄していました。私は不動産の収入が月に十数万あって、そちらを月々の生活費に回していたんです。だから生活費は私が全部出してました。不公平じゃないかって？　そうやってやりくりして、彼の収入の大半が資産としてたまっていったので、私的にはそれでＯＫでした。実際、そのお金は一戸建てを買う資金に回してくれましたし。

――家事や育児は星野さん。生活費も星野さん。そこまで許せているのに、その後離婚されたわけですね。いったいＢさんのどこが気に入らなかったのでしょうか？

一緒に暮らしてて、「なんだか冷たいな」って思うようになったんです。実際、遊び友達の方が優しいし、気を遣ってくれた。「なのにＢは、なぜこんなに私に冷たくて無関心なんだろう？」って。

その後、安定収入が突然なくなったことに、なにより腹が立ちました。Ｂはサラリーマンを辞めて、ヨーロッパへ一人で出かけちゃったんです。しかも彼、帰ってきた後、よりによって、Ａ同様に私の親族がやってる会社に転職したんです。彼からすれば、旅に出る前から当て込んでたんでしょうけど、決まったときは嫌だったなあ。

――失礼ですけど、離婚するほどではないんじゃないですか？

ほかにもありますよ。正月にＢが「中国に鉄道の写真を撮りに行く」というので、その間、関西にある彼の実家に孫を見せに行ったんです。すると、義母に面と向かって「あんた肥えてる」と言われたり、嫌がらせをされたりしました。娘の世話をするために席を外して戻ってきたら、食事を片づけられていたり、私にだけ鍋の肉が入ってなかったり。たしかに私、そのとき今よりぽっちゃりしてましたよ。だけど、あんまりじゃないですか。それで、そのことを帰国したBに伝えたら、「気のせいだよ」ってひとこと言われただけで、なんの同情もされなかった。私、それで心が折れました。基本、嫌いなところがない分、そういった何げない発言が、すごく心に響いちゃったんです。

勢いで別れたが、別れる必要はなかった

――関係が破綻してしまったのは何がきっかけだったのですか。

別れ話を切り出したのは、次女が生まれてからです。あるとき、「離婚しましょう」って、ケンカした勢いで言ってしまいました。彼は、私が言いだしたら聞かないタチだってことも知っていたので、反対はしませんでした。「子どもを引き取って実家へ戻る」とは言われましたけど、結局は夫だけが家から出て行きました。

――養育費や面会などの取り決めはされたのですか?

私の都合で別れてもらったという形なので、慰謝料はなし。養育費もなしということにしました。面会の回数とかは特に決めませんでしたが、会わせないという気持ちもなかった。というか、私が娘たちから父親を奪う権利なんかないじゃないですか。だから別れた直後も、かな

り頻繁に会わせてました。

――どのぐらいの頻度で会わせていたんですか?

少なくとも月に数回。Bが二人をあちこちに連れて行ってくれたり、私が映画を観たいときに預かってもらったり。あとは一緒にクリスマス会をやったり、お誕生日会をやったりしてました。正月とかお盆とか、娘二人を関西に連れて行ってくれたので、その間、私は息抜きができました。あれは助かった。

Bさんと別れてしばらくした後、星野さんは4歳と1歳の娘二人を保育園に預けて、仕事に出るようになった。一方、Bさんはその後どうしているのか?

――二人の関係は、どうなりましたか?

彼が毎月、貯蓄に回していた分は、離婚後、まるまる自分の小遣いとして使ってるみたいです。海外旅行に行ったり車を買ったりしてましたから。それを聞くにつけ、「なんだよ自分だけ」って、だんだんムカムカしてきちゃって。別れて2年後ぐらいにお願いして、それ以降、養育費として月5万円ずつもらうようになりました。彼の仕事?　私の親族が経営している会社に、今も真面目に通ってますよ。

星野さんから聞いた面会時の様子からして、彼女との仲は離婚後も比較的良好だということは察したが、まさか今も親族の会社で働いているとは……。
「勢いで別れちゃったけど、別れる必要はなかったなあ」
星野さんはBさんとの関係を後悔しながら、そう言った。

エリートを装っていた相手は
食費も家賃も払わないヒモ男だった

もともと美術系の学校に通っていた星野さん。2度目の離婚後、その腕を見込まれた彼女は、4歳と1歳の娘二人を保育園に預けて、美術関係の仕事をするようになった。そんなふうに、子育てと仕事で忙しい毎日を続けていた彼女の前に、2000年代の前半、同世代のCさんが現れた。

――Cさんとの出会いについて教えてください。

シンクタンクで働いたり、国際会議のコーディネーターをやったりしているCを、共通の知り合いから紹介されました。Cの学歴はすごいし、英語もぺらぺら。そんな彼であれば「一緒になったら、稼いできてくれるんじゃないか」って、下心を持っちゃったんです。私は三流高校で進級できるかどうかって感じの成績でしたから、高学歴というだけで尊敬しちゃって、惚れちゃった。それで、お付き合いするようになりました。

でもそれほど相性がいいわけじゃないって、後で気づきました。前の二人もそうですが、反応が冷淡。私が「こんな嫌なことがあった」って怒りながら言うと、「そんなの相手にするな」って怒り返してきて、まるで共感がない。それに、お礼を言うときは「どうも」、謝るときは「すいません」ですからね。全然、気持ちがこもってない感じなんです。だんだん「私に合わないな」「そろそろ会うのをやめよう」って思うようになったんです。

——それがなぜ結婚という方向に転換したのですか?

2000年代半ばのことでした。Cの子を身ごもっちゃったんです。彼にはもちろん伝えたんですが、Cは「どうしたいの?」って言うだけで、心配なんかしてくれませんでした。私、すっかり落ち込んで、「望まれない子なんだから堕胎しようか」って考えが頭をかすめたほどです。だけど、やっぱり産むことにしました。命あるものを無駄にできないじゃないですか。まして自分の子ですし。

当時30代後半だった星野さんと、小学校、保育園に通う娘二人の計3人が住んでいた一軒家に、出産の少し前から、Cさんが同居するようになる。

――Cさんは同居してくれたんですね。

いいえ、妊娠した私のケアのために同居したわけではないですよ。単にCの都合です。彼はそのころ、住む場所もなかったんです。お金がないから、家賃は払えない。かといって、実家には帰りたくなかったんです。同居にあたってCには生活費の負担を求めたんですが「ないものはない！」と言って、開き直られました。光熱費、食費、家賃を払わせたか？　まさか。一切払ってくれませんよ。なのに、ずるずる居座られちゃった。籍は「信用できる人じゃないな」って思ったんで、入れていません。幸か不幸か、娘たちはすぐ、Cに懐きました。それを見て、「同居されても、まあいいか」って諦めたんです。

――居候というか、まるでヒモですね。そのころCさんは、働いてなかったんですか？

シンクタンクで働いてたんですが、よりによって出産直前のタイミングに辞めちゃった。退職金が出たはずですが、一切くれません。だから検診、出産、入院と、出産にかかる費用は全部私持ちでした。ひどいでしょ？　早く見切って追い出せばよかったんだけど、子どもができたんだし、またちゃんとした仕事に就いて、そのうち生活費をたくさんくれるんじゃないかって期待しちゃった。その後、お金を入れてくれたかって？　いやいや。バイク便のバイトこそ始めたんですが、稼いだ分はやっぱり一切くれませんでしたよ。

穏やかだが冷淡で無関心な夫は家事にも育児にも関わらなかった

――Cさんとの子は男の子だったんですよね。息子さんが生まれてからの家の雰囲気は、どうでしたか？

まだ愛想があればよかったんですが、会話は相変わらず面白くない。世間話の一つもできないし、冷淡です。基本的には穏やかではありますけど、私がけっこうカッカする方なので、そうした態度を目の当たりにすると、彼は不機嫌になって舌打ちをするんです。息子が通っている保育園の運動会のときなんか、ひどかったですよ。朝早く起きてお弁当の準備をしてて、うっかり包丁で手をズバッと切ってしまって、シンクが真っ赤になってしまったんです。ちょうど彼が起きてきて、あくびをしながらひと言、「またか」ですよ。とにかく反応に温かみがなくて、ケンカが絶えなかった。

娘たちとの関係も同様です。息子が生まれた後、娘たちは息子と自分たちに対するCの接し方が違うってことに、気がつくようになったんです。それで、みるみるCと娘たちの心の距離が出てきてしまいました。

――彼は、家事などで挽回しようとかしなかったんですか？

Cは、勉強ができても、まるで応用力はない人。どうしようもない人なんですよ。たとえば「野菜をさっとゆでて」ってお願いしたら、「何リットルの水に対して何秒間か？　1秒なのか10秒なのか」とか言うんです。そんなマニュアル人間なので、家事とか育児とかは任せずに、たいていは私がやっちゃってました。たまには洗濯を任せたこともあったんですが、仕上がりがひどかった。しわくちゃだし、生乾きで、子どもたちのタオルが全部雑巾《ぞうきん》臭くなりましたね（笑）。

――Bさんみたいに、せめて貯蓄すればよかったですね。

家事や育児はできないし、お金はまったく入れないしで、私、Cのこと、普段から思いっきりバカにしてました。でも、そういった私の言動が、彼のプライドを思いっきり傷つけたんでしょうね。彼に「バカ、バカ」ってずっと言ったり、手を出したりしました。

そうやって厳しくしてたことが功を奏したのか、Cも途中から、5万円ぐらいは入れるようになりました。でもそれは、自分の居住費込みですからね。最後の方は、16万円入れてくれてました。

――月16万円もくれたら、許す気になったんじゃないですか？

それよりストレスの方が大きかった。Cを追い出して、そのたびに実家に戻り、また戻ってきて……というのを、最後の何年間かはずっと繰り返してました。同居している間、しょっちゅうケンカしてましたからね。それに娘たちが、とにかくイライラしてました。娘たちにとって、Cは〝気持ち悪いおじさん〟でした。そのころ二人とも思春期でしたからね。よけい反発が激しかったのかも。結局、Cとは7～8年一緒に住んだけれど、本当に後悔してますね。もっと早く追い出せばよかったって。その後、お金は、今も毎月5万円ずつ受け取ってます。息子の養育費ではありますけど、払ってくれなかった時代の分をもらってるという感じですね。

パパたち二人と子どもたち三人の関係

――それぞれの父親と子どもたちとの関係はどうなっていますか？

小学校の高学年になった息子は今、卓球にはまってて、卓球関係の世話はすべてCに丸投げしてます。だから、それで頻繁に会ってます。日曜日の夜とか、卓球が終わった後、一緒にご飯を食べたりして月3回ぐらいは会ってるかも。そんな感じなので、わざわざ面会をさせたりする必要はないですね。「私その日都合悪いんだけど、都合どう？」って感じで、息子を預けて、楽をさせてもらってます。一方、娘たちは、長女が大学生、次女は高校生と、もうすっかり成長しちゃったので、Bと会うのは年に数回とかです。必要があれば、今でも会いますよ。去年、長女が車の免許を取った直後は、Bが助手席に座って、いろいろ教えてましたからね。

――子どもに会わせるということについては、わだかまりはありませんか？

相手が嫌いだから会わせないでいると、自分自身がすごく損をする。全部自分で抱え込んじゃったら、自由がなくなって、もっとしんどくなるじゃないですか。実際、私、Cに対してむかついて何カ月間か会わせなかったときは、子育ては丸抱えで、ひとときも休めなくて大変でした。

私の経験則上、別れてもやっぱり、元の夫たちとは会わせるべきだと思います。肩肘を張って会わせずにいたら、その分、自分に跳ね返ってくるじゃないですか。預かってもらってたら自分も楽ができるし、養育費だってもらいやすくなるし。

――元夫たち同士の仲は、どうなっているのですか？

うちは普通とかなり違ってて、たとえばこないだ母の米寿のお祝いがあったんですけど、そういうときに夫たちも呼ばれたりするんですよ。息子の保育園の運動会にもBとC、二人ともが来て、一人がビデオで一人は写真を撮ってるんです。二人のおかげで私、息子と親子競技に出ることができました。二人とももう、アラフィフのおじさんです。BとCの仲？　二人とも写真が趣味なので、その話で気が合うみたいですよ。一方、Aは還暦も近いのに、相変わらず自由です。

――子どもたちは、どんなふうに育っていますか？

先ほども話した通り、長女は大学生。次女は高校生、そして長男は小学校の高学年です。これから年々、学費がかかっていくのが悩みの種です。Bが娘たちの学資保険に入ってくれていたのですが、それだけでは足らなくて、貯金を崩して、なんとかやってます。私自身そんなに勉強ができなかったし、子どもに高学歴は求めません。ちゃんと働いて自分で稼いで、自分の力で生きてほしいな。望むのはそれだけです。

――これまでの結婚生活を振り返って、星野さんは今、何を思われますか？

悪口ばかりですいません。でも、元夫たちは本当に残念な人だから（笑）。私は私でかまってちゃんですよね。B以外は、普通を求めて、普通から一番遠い選択をしてしまいました。やっぱり見る目がなかったんですね、私。

「妊婦なのにOL時代の服を着ていた」三男を抱えながら、節約して夫の借金700万円を返済

尾崎豊美さん（47歳）

「長男を妊娠してまもなく、夫に700万円の借金があることがわかりました。節約に節約を重ねて完済しても、ねぎらいの言葉はありません。それどころか、私を見下すようになりました」

学校事務員の尾崎豊美さんは育ち盛りの男の子3人を一人で育ててきた。元夫に養

育費や慰謝料は請求していない。なのに存分に会わせているという。どういうことなのか？

レストランで一目惚れした男性と知り合って半年で結婚

――旦那さんになる男性とは、どうやって知り合ったんですか？

東京で専門学校を卒業した後、OLとして働いていました。夫になる人は、友達と一緒に出かけたレストランの店員でした。福山雅治をきゃしゃにした感じの人かな。バツイチで、私よりも3歳上。事故で幼子を亡くしています。そのことで、前の奥さんと折り合いが悪くなって離婚したんだそうです。

――好きになったのは、どちらだったんですか？

話をして、あっ、と思ったというか。ビビッときたというか。それは、お互いがそうだったようです。彼のお父さんはそのときすでに亡くなっていましたし、お姉さんは体が不自由でした。そんなふうに肉親や子どもを失うつらさを知っている人だからこそ、「結婚や家庭というものをわかってるはず。だから大丈夫。彼となら幸せになれる」って思ったんです。

――アプローチは、どちらからですか？

夫が「豊美じゃないとだめだ。豊美がいなかったら俺は死ぬ」って、そんなことを言うんです。そこまで言ってくれる人だから、守ってくれるはず、って思っちゃった。知り合って半年で結婚しました。春に知り合って数カ月でお互いの実家に挨拶に行き、秋には同居を始めたんです。そのタイミングで婚姻届を提出して、年明けに式を挙げました。20年ぐらい前のことです。当時、私は20代後半という微妙な年齢でした。

――新婚生活は、どうでしたか？

それなりに甘い生活だったんだと思います。新居は、彼の勤務先であるレストランに程近い、都心の物件。同居してしばらくは、私も働いていました。給料の半分ずつをお互い出し合って、あと半分ずつは貯金しようっていう約束で、その通りにやっていました。

――出産願望はあったんですか？

もちろん。３人は欲しいと思っていたし、すぐにでも欲しかった。だけど、なかなかできなかったんです。妊娠がわかったのは、結婚して2年近くたってから。ちなみに仕事は、妊娠がわかって1カ月ほどで辞めました。つわりがひどくて、仕事が続けられなくなったんです。

――妊娠後、旦那さんは頑張って働いて、生活費を豊美さんより多く入れていたんですか？

つわりがひどくて働けない私の代わりに、彼がたくさんお金を入れてくれるのかと期待したら、入れる額がそのままだったんです。「これじゃ、生活していけないよ」って言って、問い詰めたら、多額の借金を抱えてるってことを打ち明けられたんです。その額は約７００万円。

額の大きさに、開いた口がふさがらなかった。

――なぜそんなに借金が膨らんだんですか？

彼は、以前働いていた某アパレル会社で営業をしていました。その会社で、業務成績を上げるために、自腹で靴を買っていたんです。それに金遣いが荒くて、派手好きな人だってこともわかってきました。だから、余計に借金が膨らんでしまった。ちなみにその借金、全部サラ金で、大手の4社から借りていました。

――借金を目の前にして、どんなことを考えましたか？

それでも、別れようとは思わなかったし、堕胎しようという気持ちも起こらなかった。入籍してから2年近くたってから、やっと授かった子だったので。だから、別れずに借金を返していくことを考えました。

――借金は、どうやって返済したんですか？

返済プランを考えて、それを実行しました。夫が借りているすべての業者に電話をかけ、利率や借りている額を聞いていきました。当時はまだ個人情報保護法が成立してなかったので、「家内です」と言えば、どこのサラ金業者でも教えてくれました。そして利率の一番低い会社で新たにお金を借りて、高い会社の借金を返済していきました。

二人の持ち物を売ったりもしました。クローゼットがすべて埋まるほどあった夫の靴や服。また、高価で必要のないもの、使ってないものは、すべて売りに出しました。当時は、すごく文句を言われましたけどね。

――ほかに具体的には、どういう節約をしたんですか?

肉や魚などの生鮮食品を、業務用食品店で、月に数回、まとめ買いしていました。そうやって、なるべく買い物に行かないようにしていたんです。あとは、まったく洋服を買わなくなりました。最終的に3人できた子どもたちの洋服は全部お友達からのお下がりで、何一つ買ってあげていません。買ったのは、妊娠してるときに着てた緩やかなワンピースぐらい。服がないので、妊婦なのにOL時代の服を着たりしてました。

仕事を優先する夫は子育てにまったく関わらなかった

――旦那さんは、子育てにどうやって関わったんですか? 子煩悩でしたか?

「俺は仕事を優先するから」って明言していて、離婚するまでの間、子育てにまったく関わらなかった。私にどれだけ熱があっても、彼は寝ていましたから。子どもが成長していくにつれ、鉄棒、キャッチボール、補助なしの自転車と、いろいろ付き合ってあげるじゃないですか。そういったことは、たいてい父親がやりますよね。だけど、うちは別。それらは3人とも全部、私が付き合いました。

――旦那さんはその分、仕事熱心だったんですか?

飲食の仕事で、勤めては辞め、勤めては辞めを繰り返していました。プライドが高いし、困難なことがあると逃げちゃう人なので、人間関係で衝突したりすると、すぐ辞めちゃってた。長男が生まれてからすぐ、彼の実家のある関東北部のG県で飲食店に就職したんですが、そこも1年弱で辞めました。そうやって退職を繰り返しても、飲食業界は求人が多いので、なんとかなってたんです。もちろん、辞めるごとに、給料は下のランクからになりますけどね。

――職を転々とするたびに、引っ越してたんですか？

G県のホテルを彼が1年弱で辞めてからは、多摩にある私の実家に引っ越しました。でも、実家にいたのも1年ほど。というのも、次男が生まれたからです。それからは、新婚時代に住んだあたりに、また引っ越しました。その後、父が2階建ての一軒家を買ってくれてからは、別居中のとき以外、ずっとここに住んでます。

――次男誕生後の生活は、どうだったんですか？

今は健康そのものなんですが、生まれた頃、次男は体が弱くて、何度も手術を繰り返していました。それで私、落ち込んじゃって、よく泣いてました。夫は慰めるどころか「そんなふうになるんだったら、子どもなんて産むな」って怒鳴るんです。腹が立って「そんなこと言ったって……」って言い返したら、「かわいくねえな」って怒鳴りながら、平手打ちされて、私は口の中を切ってしまって、そのとき「この人とは、ずっと一緒にはいないかも」って考えが、頭の中をよぎりました。

――借金は、いつ返し終わりましたか？

北京オリンピックが開催された年に三男を産んで、それからまもなく借金を返し終わりました。限界まで節約したことで、少しぐらいねぎらいの言葉があるかと思ったら、まったくない。それどころか、見下したような話し方と態度でした。たとえば食事時に、料理が気に入らなかったのか、いきなりキレて。「こんなもの、食えるか」って怒鳴りながら、茶碗やお皿を投げ捨てたことすらありました。

――以前のように、旦那さんから暴言を吐かれたり、叩かれたりしたのでしょうか？

もちろんされました。三男が生まれて、私がつきっきりになっていたとき、長男が若干荒れちゃったんです。通っていた小学校は、そんな長男の異変を把握していたようで、ある日、学校から連絡があって「発達検査を受けるように」と伝えられました。学校から言われたことを泣きながら夫に伝えると、「おまえの育て方が悪いからだ」って素っ気なく言われたんです。「全部が全部、私のせいにばかりしないでよ」と泣きじゃくりながら言い返したら、また「かわいくねえな」って怒鳴られて、叩かれたんです。そのとき私、「この人とは終わった」って直感的に思いました。

私を殴る夫に、長男はおびえるようになった

――豊美さんが叩かれたとき、子どもたちはどういう反応でしたか？

私が叩かれている姿を見て、「パパがママをいじめてる」と認識したようです。それ以来、長男は父親のことをすごく毛嫌いするようになった。それでも、会話までは拒否してませんでしたけどね。

――とすると、旦那さんと息子さんの関係は、そのまま大丈夫だったんですか？

いいえ。その後、長男は、夫におびえるようになりました。夫が珍しく「外行くか」って誘ったことがあったんです。そのとき長男は勉強中で「終わるまで待ってて」って答えたんです。すると、途端に夫が腹を立てて、「行くのか。行かねえのか」って怒鳴りながら、テレビのリモコンで長男を殴りつけたんです。殴られてからというもの、長男は夫が帰ってくるたびにビクビクするようになっちゃった。そんな長男の姿を見て私、「急いで決着をつけないと」って思いました。

――その後、家から旦那さんを追い出して、離婚したのですか？

いいえ。その前に1回、私が子どもたちを連れて、多摩にある私の実家に帰ってます。その間、彼は1年にわたり、この一軒家に一人で生活していました。

――お父さんが買ってくれた家なのに、豊美さんは自ら出て行ったんですね？

夫が長男をリモコンで殴った頃から、私は心身共にガタガタでした。顔面麻痺に加えて失語症にもなって、もはや限界。そんなとき、父が「家はそこだけじゃないぞ。戻ってこい」と救いの手を差し伸べてくれました。そうして親に甘える形で、私と子ども3人は、実家に住み始めたんです。その頃、私は在宅ワークで収入を得ていて、そこから家賃や食費を親に渡していました。

――決着をつけるべく、旦那さんと話し合いをされたのですか？

やりとりは、主にメールで行いました。私のほうから「もう限界、別れて」って離婚を切り出すと、夫は渋りました。「別居のままでいいから、離婚はしないでくれ」って。でも拒絶しました。「無理です」と短く返信したんです。

父親と母親、子どもには、どちらも大事

――別居中、旦那さんと子どもたちの関係は、どうだったのでしょうか？

月に1～2回のペースで会わせていました。でも、夫の発言を境に、会わせなかった時期もあります。というのも、別れ話の最中、夫は私にこんなことを言ったんです。『離婚したい』っていうのは俺の意思じゃない。本当に離婚するっていうなら、おまえが慰謝料を払うべ

きだし、子どもには会わせろ。だけど養育費は払わないからな」って。

離婚を切り出さざるを得ないぐらいに私たちを追い詰めておいて、「俺の意思じゃない」って、よく言えたものですよ。これには、震えるほどの強い怒りを覚えました。頭にきた私は、それから3カ月ほど連絡を絶ったのですが、すると子どもたち3人それぞれに、「なんで最近パパと会えないの？」「このままずっとパパに会えなくなるの？　やだよ、そんなの」などと言われたんです。

それを聞いて私、思いました。「なんだったんだろう？　この10年以上。借金を返してきて、一生懸命あんたたちのためにと思って頑張ってきたのに、なんで『パパ、パパ』なの？」ってやるせない気分になって、下戸なのに私、ワンワン泣きながら浴びるようにお酒を飲み続けて、泣いて泣いて泣きまくったら、明け方になってしまっていました。

夜が明けていく中、私、達観したんです。親は子どもから愛されている。父親と母親、子どもにはどちらも大事だと。床に就く前に、夫にメールしました。「養育費も慰謝料もいらないから、家から出て行って。その代わり、子どもたちとは好きに会っていい」って。するとすぐに、承諾する旨の返事がきました。そうして、あっさり協議離婚が成立したんです。


——別れた後の心理的な変化はありましたか？

「今後は、自分が頑張ればいいんだ」っていうことに気がついて、すごく気持ちが楽になったんです。だからなのか、子どもには「離婚して、ママもパパも優しくなった」と感謝されました。もし夫が調停や裁判を起こしてきたりして長引いたら、私もアウトだったかもしれないけど。

――面会は、どのような調子で行っていますか？

リモコンで殴られたことがある長男は当初、夫に会うことを怖がっていました。それでも次第に警戒心が解けていくと、長男が面会の段取りをリードするようになりました。連絡は、夫と主に長男が話をつけてるようです。面会させて帰ってきたときに子どもの様子がおかしいといったことはないですが、「なんでパパとママは一緒に住めないの？」と何回か言われたりはしました。そのときは、「地球がひっくり返っても、ママは無理。その分、いっぱい会っていいから」と言いました。

――面会をさせて、つらくなることはありませんか？

当初はつらかった。「なんでこんなに喜んで帰ってくるんだろう？」とか「また夫だけいいとこ取りか」とか、面会させるたびに、そんなふうに気持ちがザワザワしていました。なので面会ごとに、エステに行ったり、友達とおいしいものを食べに行ったりして、あえて気を紛らわせていました。

——その後も、ずっと会わせているんですか？

2年ほど前、夫が急に「子どもに会わなくていい」って言いだしたことがありました。たぶん彼女ができたんでしょうね。しかも、「一軒家を売りたい」って言って、それだけの理由で調停を起こされました。離婚したときは「家は私に譲る」という約束だったのに。

——そこで初めて調停なんですね。

私、悔しくて、裁判所の調停室でワンワン泣いてしまいました。すると見かねた調停委員が、夫を注意してくれたみたいです。「今、調停をするのは、『子どもに会わせてくれ』っていう人がほとんどですよ。なのに、あなたは好きに会わせてもらって、しかも養育費も払わずに済んでるのに『家を売りたい』って主張する。いったいどういうことですか！」って。

調停は「家は売らない」という結論で終了しました。それまで口約束だった取り決めを公正証書化し、そこには「家は私に譲渡する」という項目が含まれています。面会交流の項目も入れました。ただ、それは「最低でも夫は月に1回は子どもに会わなければ、罰金を科す」というものでした。結果的には、旦那が「家を売りたい」と言ってきたことで初めて、離婚後の約束を証書にまとめることができました。

――調停後の面会は、どのような感じですか？

日曜日が多いかな。ご飯を食べに行きますね。長男と次男はもう大きくなっているので、昼間はパパと出歩くのは気恥ずかしいみたい。三男はもちろん、喜んで昼間から会いに行きますよ。それで夕飯には、長男と次男が合流するんです。夏なんかは一緒に、夫と泊まりでG県に行ってきたりしますよ。元義母からは、今でも電話は来ます。

――旦那さんとのやりとりはあるんですか？

ほとんどないですが、連絡するとき、別にためらいはないです。子どもたちの父親ではあるけど、私にとっては過去の人だから。ここまで気持ちを整理するのに4年かかりました。定期的に淡々と会わせていくことで、私の中のわだかまりを消化していったんだと思う。

――今の生活はどうですか？

育ち盛りの子どもが3人いると、何かしら出費が増えてしまって大変。だけど、結婚してたときみたいに耐えてないので楽です。家計が大変な分、子どもたちにはかわいそうな思いをさせてて、申し訳ないです。それでも学費だけは出してあげようって決めています。

――今後は何をしたいですか？

子どもを元夫に会わせるのは、別れた後、幸せになるため。つまりは自分のためだということを伝えていきたいです。「会わせたくない」という気持ちはすごくわかる。だけど、そのまま一人で抱え込むのは負担が大きすぎますから。「会わせ続けることが自分の新しい一歩になるし、自分の人生を生きることにつながるよ」って。

※その後、彼女は、3人の息子を集めて事情を洗いざらい話した。すると納得したようで、「だから俺たち小さい頃、服とか買ってもらえなかったんだ」と話した。現在、夫が子どもたち3人に会うのは年に1回だけ。「だんだんと会えなくなってきてるけども、それでも会わせてきて本当に良かった。子どもたちが夫の傲慢《ごうまん》さを理解できたし、美化もしなかったし」と話す。夫と子どもたち3人はそれぞれLINEでつながっていて連絡は好きにとっているという。

＊

夫には会いたくないし子どもに会わせたくないと思ったケースを第2章で記した。第8章では対照的に、別れた後も（途中もめたりしたにせよ）、面会を続けているお三方にお話をうかがった。

弁護士である山崎庸子さん。二人の関係が終焉《しゅうえん》したあと、養育費が止まったことでもめてしまう。しかし面会と養育費の取り決めが合意に至り、合意通り、元夫との面会は実施され、養育費の支払いも続いている。このケースでは山崎庸子さんの思いの強さがうかがえた。それは面会交流の実施と同じだけ、養育費の支払いを重要視しているということだ。

星野さんのケースは3回出会いと別れがあり、あとの2回で子どもを授かっている。彼女は子どもの父親同士が交流していて、面会自体、自由ということ。つまり彼女を中心にしたステップファミリーになっているのだ。それぞれの夫に助けを求めず、子ども3人を一人で抱え込んでしまっては確かに大変だ。「別れた後も会わせて、任せた方が楽」と言い切る彼女の考えは合理的で、一理あると思った。

尾崎さんのケースは別れて葛藤し、一時期の間、元夫に子どもを会わせないようにするも、改心して会わせるようになったというもの。改心するきっかけになったのは、子どもたちの言葉だった。夫との面会を先延ばしにしていたところ、子どもから「なぜパパと会えないの」と言われたのだ。彼女は、逡巡するも、結局は「会わせるべきだ」と考えを変えたわけだが、そこに至るまでの感情の動きに私は、深く感じいったのだった。


戦前はたくさんの大人が関わって子育てをするのが当たり前だったが、戦後の高度成長のころ、都市へ人口が集中するとともに核家族化が進んだ。そして、高度成長期の後には離婚が急増した。

元の伴侶に頼らず子育てすると、孤独の中での子育てに陥ってしまいやすい。たとえ養育費をもらえたとしても、シングルマザーまたはシングルファザーたちの重荷は相当ある。貧困になりやすいのも当然だ。今後、社会が再び大家族化していく芽はおそらくない。であれば、別れた後も相手とともに子育てをしていくのが当たり前になることが、いいのではないだろうか。それこそ彼女たちのように、割り切って面会させ、出来れば子育てもある程度任せちゃった方が楽だということだ。

無論、こんな風になかなかうまくいかないものだ。であれば大本のシステムから変えていくしかないのではないか。それは、欧米のような離婚後の共同親権の法制化である。その他に離婚前の親教育プログラムの受講義務化、別れるときの養育プランの提出。それらが終わった後に、裁判所で離婚の手続きをして、ようやく離婚――とした方が貧困の中で子育てするという状態には置かれにくいのではないか。

子どもを育てるために、一人の親の人生を犠牲にしていいとは思えない。別れた者同士、そして子どもたち。それぞれがハッピーになるように、関わり合えるような社会になることを、私は強く望んでいる。

現代の家族を
どう考えるか
――専門家に
うかがう

男女はなぜもめるのか？

しばはし聡子さん

（一般社団法人りむすび代表）

しばはし聡子　1996年慶應義塾大学法学部卒、エネルギー業界に20年勤務。2016年にりむすび設立。これまでにのべ2000件以上の相談・面会交流支援を実施したり、別居や離婚を経験した男女を集めたコミュニティを運営したりもしている。

男女はなぜもめるのか？

――わざわざ脱サラしてまで、りむすびの活動を始めたのはなぜですか？

離婚した後に経験したことがきっかけでした。元夫に子どもを会わせるのが嫌で、後ろ向きだった間に子どもの気持ちがだいぶ壊れてしまったんです。その後悔をきっかけにきちんと会わせないといけないと思うようになりました。元夫とやり取りをするようになったところ、私は関わりたくなかった元夫を乗り越えることができて楽になり、子どもも笑顔になったんです。みんながハッピーになった――その経験を伝えたいと思い、活動を始めました。

――20人ほどのひとり親に話を聞いて気がついたのは、「あれ、みんな会わせようと思ってる！」ということ。『わが子に会えない』の取材で別居父たちに会っていたので、会う前は戦々恐々だっただけに意外でした。そこで質問です。ズバリ男女はなぜもめるんですか？

男性は正論で未来を決めたがり、女性は過去に感情が滞っています。話し合いたい時間軸がずれているんです。

妻は今までの出来事の全部積み重ねを蓄積していて「あのとき、このとき、ああやった、ああ言ったよね」と10年前のことを恨んでいる。年毎に二乗されていくから何十倍にもなって恨んでいるわけですよ。夫は逆にどんどん割り算されていくという感じですかね。たとえば10年前の出来事は１００分の１になっている。その温度差について、妻は言っているんだけど、夫が軽視するから悪化するということですね。

――離婚の経緯あるあるですね。

そうなんです。夫は直近の出来事にフォーカスする。具体的に言うと離婚直前の出来事を夫は見ていて、自分が悪いことをしたとはまったく思っていないから謝らない。一方で、謝ったとしても、妻は謝り方が納得いかないと怒ったりする。妻は過去の分も蓄積してすでに飽和状態だからです。最後のたった1パーセントのポイントが加算されて溢れ出ちゃうわけです。

離婚後の取り決めもそう。夫はこの先どうするんだという未来を見て、未来の取り決めをするために約束をしたがる。妻は逆に過去を見ている。過去のことを謝ってもらいたい。だけど、夫は妻の過去の気持ちを考えることはありません。「で、この先どうする？」とそんな提案をするばっかりで、妻の気持ちに寄り添うことはないんです。

――『妻のトリセツ』には、「過去の体験記憶を臨場感たっぷりに想起し、何十年分もの類似体験記憶を一気に引き出す力は、女性脳が子育てのために備えている標準装備だ」と書いてあります。男性はそういう機能がありませんからね。ところで、時間軸の把握以外にもめる理由はありますか？

結論を先に言っちゃうのもそうですね。たとえば妊娠や出産のときのことを折につけ、「あのとき手伝ってくれなかった」と妻が思い出して不満をぶつけたりするわけです。それに対し、夫は産後クライシスという言葉で片付けちゃうんですよ。

――心当たりあります。離婚する4～5ヶ月前に、『産後クライシス』という本が話題になっていて。一緒に読もうと思ってさっそく購入して、妻に見せたんです。「産後、辛そうにしてたのってこれが原因じゃない？」と言って。すると、妻がすごくモヤモヤした表情になったんです。今考えれば、産後クライシスという言葉で片づけようとしたことに対して、「寄り添ってくれない」と思ったんでしょうね。当時、気づかなかった。

そうなんです。「その状態」という結論を言われることを期待しているんじゃなくて、「大変だね」と言って共感してもらいたいだけでアドバイスもいらないんですよね。「お皿を洗うのが大変」と言われて、食洗機を買ってくる夫と、手伝ってほしいし共感してほしい妻という関係と同じです。男性はすぐに解決策を見つけてそれを提案する一方、妻は解決に向けて一緒に考えてもらいたい、自分が大変だということを理解してもらいたい。

――ゴールを最短距離で目指す男性、経過を大事にし共感を求める女性という対比ですね。

別居をしている男性に、「妻がなぜ家を出たのか」と聞くと、「わからない」って答える方が多いんですよ。離婚調停中の場合は、初期の頃の書面に書いてあることが多いのですが、感情の話は関係ないと、夫の方はスルーする傾向があるんですよね。妻の感情のことよりも月に何回子どもと会うかというゴールに向かって必死だから。

あとは、男の人の方が相手を理屈で変えたがりますよね。正論を持って説得すればわかってもらえると思っている。だけど妻が大事だと思っているのは感情なので、そんな正論とか知識を投入されて説得されたら、余計に嫌になってしまう。それよりは「そんな辛い思いをさせてしまったんだ、ごめんね」と一言さえあれば良くて。

――理屈が立つとか頭が良すぎちゃう人の方がこじらせているかも。

たしかに、そういう人の方がいろいろ調べて何十枚もの書面もつくれて、それを妻に提案しまくっちゃうんです。それよりは弁護士つけるお金がないぐらいの方がむしろいいですよ。論破せずに「ごめん、なんだかわかんないけど、ごめん」って。妻の方は「ごめんなさい」があって初めて許すきっかけをつくれますからね。

――共感って大事ですよね。振り返ると私もそうでした。離婚する半年前とか、「こういう風に謝っ

てほしい」とか助け舟を出されたのを覚えてます。なのに私は「今、葛藤状態にあるんだからクールダウンしてから話そう」ってそんなふうに言って、聞く耳を持ちませんでした。気持ちに寄り添わなかった私が本当に駄目だった。

男性は感情を軽視しがちで面倒くさがりますよね。行間を読んだりするのも苦手なゆえ、感情は正対する価値がないと無視しがちです。苦手なものはむしろ駄目だと。それで妻の気持ちがどうにも動かないとなると、世の中が悪いと社会運動に走ってしまいがちですよね。まずは、同居生活中を振り返り、ご自身が至らなかったことはなかったかを考えてみる方が、結果として関係改善には近道だったりします。

逆に妻は感情と行動を切り離す訓練も大事。被害者意識が強くなり一時的な感情で物事を決めがちですが、少し先を見据えて建設的に物事を考えていくことも大事ですよね。

いわゆる連れ去りは犯罪?

――子どもを連れて家を出ちゃう行為、いわゆる連れ去りはどうでしょうか。逃げようがなくて、子どもと心中するぐらいだったら、まだ逃げた方がいいんじゃないかと思っています。

妻側からすれば、きっとそれまでに「別居したい」とか「話し合いたい」というサインを出していたはず。だけど夫はそれに気づかず、ないしは話し合いができる相手ではない、という風に妻が思ったからこそ、家を出るという行動をとる。相手を騙そうとか、悲しませようとか、そういうのではなくて、「話し合いができないから、もうこの日に出よう」と。その日がバレたりすれば、またいろいろ言われるからこっそりと準備して家を出るんです。子どもを置いて出るということこそ虐待だと思っているから、置いていくわけにはいかないので、連れて出て行かざるを得ないという感じなんです。その後も会わせない引き離しはよくないですが、「連れ去りは誘拐だ」とすべてを一括りにするものでもないように感じます。

――夫がサインに気がついて、反省したり、態度を改善したりしていれば、妻だって連れ去るようなことはしなかったんでしょうね。

むしろ浮気とか、借金とか、明らかに夫がクロというものって、夫が平謝りしてくるから気が済むんですよ。汚らわしい人ではあるけど、子どもに会わせることに関して時間さえかければ大丈夫なんです。だけどモラハラというのは謝ってもらえない。なぜなら夫はそんな悪いという自覚がないから。やっぱり初期に歩み寄るかどうかが、会えるか会えないかの肝になっているように感じます。

――ここでいうモラハラとは?

精神的な暴力のこと。ここで難しいのがモラハラは相対評価ということです。夫婦によってモラハラの尺度は違う。「お前」と言っても大丈夫な妻もいれば、「もうダメ」という人もいる。

そこの尺度、モラハラ認定を行政や世の中は、妻側の意見ありきで判定してしまう。たとえば、法テラスにモラハラの相談に行くと、あまり深刻ではない女性が警察と連携し、「子どもを連れて逃げなさい」とシェルターに誘導されてしまう――というようにベルトコンベア的に処理されてしまいがち。

実際、シェルターに入っている女性が相談に来たこともあります。「家に帰りたい。だけど夫が怒ってるんじゃないかと思って」と言うので「1回、りむすびの住所を使っていいから連絡してみたらどうですか？　待ってますよ、きっと」って。

――本人同士だけだとまだよいのですが、実家が絡むとさらにもっと複雑になりますよね。

夫側の相談でよく聞くのは妻と義母との共依存が激しいっていうことですね。もちろんそれはあると思います。だけど、娘を守ることって親なら当たり前じゃないですか。娘が文句を言っていたら、より守ろうとする。それは仕方がないことです。それよりも、「家を出て行った妻の気持ちにフォーカスした方がいい」と思います。

――別居後の住所秘匿はなぜやるんでしょうか。男の私からすると、秘匿されている人が気の毒だし、秘匿する側はひどいなあと思ってしまいます。

居場所を知られると追いかけてきたり想定外のことをされるのではないかという恐怖があったりするからですよね。離れてもまだモラハラで支配をしようとしてる。少しでも隙を見せたら乗り込んでくる。そう思うと住所秘匿《ひとく》にしてしまうのではないでしょうか。逆に、攻めてこないとわかれば、妻も住所秘匿などしないいし、会わせるようにもなる。

これって鶏と卵なんですよね。夫が怖いから妻は逃げる。夫は不安だから怒る。怒りは不安の裏返しですものね。だからこそ、お互いが一歩前に歩み寄ることが大事なんですよね。どっちが悪いと責めるものでもないいんだと思います。そして、その間置き去りになっているのが子どもの気持ち。だからこそ夫婦の葛藤を早めに鎮静化させることが大事ですよね。

――私はどちらかというとノープランでした。調停・裁判はなし。こちらから不満をメールしたりして、こじらせたら沈黙。その後、連絡をとって再会。そんな感じです。約束が決まるまでは、最寄りの駅にすら行かない。要は何もしなかったんです。それで今、子どもに会えています。

別れても会わせるべきなのはなぜ？

――別れに至るまでのストーリーや不仲になった要因についての認識がそれぞれ違っていたことから、お互いの葛藤が高まり、同居親が会わせたくなくなっていく――というわけですね。「関わりたくない」というのが、同居親の自然な気持ちだと思うのですが、それでもその後やっぱり会わせた方がいいとおっしゃるのはなぜでしょうか？　それは同居親にとって心理的にかなり負担がかかる

のではないでしょうか？

もちろん、子どもが両親から愛情を受け続けるために必要なことです。ただ、「子どものため」と言われて潰れてしまうママも多い。「子どものためとわかっていてもできない」ことに苦しみ、自分の感情が優先して会わせたくないになってしまうんですよね。ただ、会わせないままでいると夫から責められ続けて辛いじゃないですか。せっかく離婚したのに、夫の呪縛から逃れられないストレスが続いてしまいます。であれば、ストレスの元凶である夫と一度向き合って会わせるという行為を早めにした方が、自分の人生が楽になると思うんです。

そんなの無理だという女性も多いですし、夫側も穏やかな対応をする努力が必要ですが、逃げ続けていても、子どもにとっても妻にとっても明るい未来はありません。だとしたら早めに向き合って自分が楽になる方がいい。会わせていくうちに夫から「ありがとう」と感謝してきたりする。そういうのでちょっと優越感と言ったら変ですけど「やってよかった」とか思えるようになるわけです。

——自己肯定感もすごく高まりますよね。

高まります！　高まります！　「いいことしちゃった」みたいな感じになっていくと、いかに相手にありがとうと言わせるか考えるようになるんですよね。私自身、かなりもめての離婚、会わせたくない方の気持ちだった。でも、乗り越えて精神的にも物理的にも楽になりました。会わせている間、自由な時間を手に入れられるのですから。最初からそこを目指していくとできないから、まず相手を乗り越えて気持ちが楽になるというところから。その次には自由な時間ですよね。今は子どもが何泊でも父親の方に泊まりに行くのは大歓迎です。フリーな時間は仕事でも趣味でもいいし、それこそ次のパートナー探しに使ったっていいわけじゃないですか。そういう意味でも、自由な時間に味をしめたら乗り越えるのはとても早いですね。

――経済的にも楽になる。継続的に会わせていると、養育費ももらいやすくなりますよね。

そうですね。養育費はもちろんですが、旅行とかに連れて行ってくれれば費用が浮くし子どもには新しい経験をさせてあげられるのでメリットだらけですよね。さらには、「自転車乗れるように指導してもらえるかなあ」と頼んだとき、関係が良ければ相手が自転車を買っておいてくれる、ということもあり得るかもしれません。ちょっと高いものを気持ちよく払ってもらえたりすると、子どもに父親のことを褒《ほ》めまくっちゃったりしますね。

仕事を減らしてでも子どもの面倒をみる覚悟はありますか

古賀礼子さん
（弁護士）

古賀礼子　離婚後子育て応援弁護士。父親の養育権保障を要望し、子どもの未来を考えた解決を目指す。3児を育てる母。2012年司法試験合格。66期司法修習生。2013年弁護士登録。育休後アドバイザー／「こどもパートナー」認証。

シングルマザーが貧困に陥る理由

――シングルマザーが貧困に陥りやすいのはなぜでしょうか。

夫の配偶者控除の範囲内で働いていれば夫婦にとってちょうどいい――そうした事情から妻は結婚後、配偶者控除内でしか働きたがらないのです。雇用する側もそうした配偶者控除内で働く女性たちの職場として、単価の低いパートタイムの仕事を提供しようとしますしね。家庭の分業は本人たちの合意の中で自由であるとしても、なぜかその〝分業制〟が職場まで持ち込まれて、職場もそれで成り立っている面があります。

――なるほど。だからスーパーのレジなど、時給制の安い仕事を主婦の方たちがやっていたりする

んですね。日本の税制が高度成長期の、男は仕事、女は家事・育児という男女の分業制を前提としたものだということがよくわかりました。

当たり前のことですが、配偶者控除の対象となるような収入だけだと、独立して生計を支えるのには足りない。なのに、ご本人の働く意識も〝扶養の範囲内〟のときの働き方とあまり変わらなかったりする。ご本人が働き方を変えたいと願っても、〝分業制〟の下に低賃金で成り立つ社会の枠組みの中では、自立した収入を得る側に移行するのはなかなか容易ではない。生活が大変になるのです。でも再婚さえしてしまえば、働くにしても配偶者控除内のパートだけで大丈夫になる。再婚相手が養子縁組してくれれば、もう養育費はもらわなくていいかな――ってなる人もいます。

――離婚後も分業制に引きずられるんですね。無理に急いで再婚しなくても別居父が養育費を払っていれば問題なさそう。だけど支払率は3割程度。なぜこんなに低いんですか？

会社の命令での長時間労働や転勤は当然、父子の時間なんてもちろんない。妻の分も働いて、家族を支える――という働き方をしていると、子育てに関われず、その結果、子どもへの愛着を十分に持てないままだったりするわけです。というよりも、〝分業〟の中で愛着を持つことに自信をもたせてもらえないというところでしょうか。

そうした父親が離婚した場合、子どもを引き取るなんてことは言えないし、考えにも及ばない。だから養育費を払わなかったり、子どもに会わなかったり、というのも悪気がなかったりするんです。「子どもが元気に生きてくれれば。お金の援助ぐらいはして自分は会社人間で自分の人生をまっとうするから」とか「いない方がいいでしょ。幸せにしてあげられなくてごめんね。潔く消えます」って感じですね。

そうした父親は子どものことを思う気持ちを全部封印して仕事に打ち込んだり、次の家族を持ったりします。現在、そういった父親は減りつつあるでしょうけど、私が子どもだった昭和後期はそうした父親が今よりもずっと多かったようです。ある一時代の父親像というところです。そして、そういった父親が教育を受けた私たちの世代になって減ったのは事実ですが、一方で社会や我々法律家の意識も未だに古い、それもある一時代のイメージに囚われている面があります。

——養育費ですが、家庭によって、その額はピンキリですよね。

そうなんです。経済力のある元夫だったら、養育費だけで月10万円を超えたりします。すると、そこそこのパート収入と児童扶養手当とで月20万円ぐらいの手取りになるし、就学援助費とかで給食費とかも行政からもらえますから、ある程度余裕をもってやって行けるわけです。

一方で、経済力のない元夫だと養育費は月に数万円。それどころかもらえないケースが大半。後者の場合、教育費に困ることがままあります。

今申し上げたことはある面で当たり前のことなんです。養育費とは親と同程度の生活をするための扶養制度ですから、父母が父母とその子どもたち全員分の収入を十分に得ていないと生活費や教育費が足りないのは当然です。この問題から目を背けて養育費の支払いだけの問題としてしまうのは、捉え方が矮小《わいしょう》であると言えます。

――稼ぎのある元夫でも、関係が悪かったり、夫が愛着を持っていなかったりしたら、養育費を期待できない。それに配偶者控除内での仕事が多い。社会構造がシングルマザー家庭の貧困率の高さの一因なんですね。

単純にパート労働で忙しいってなると時間的な余裕がないし、目の前の子どもとの生活も大変。そこに面会交流の連絡調整まで求められるとしんどい。それにたいていは気持ちに余裕がなくなっている。なので相手に対して逆恨みのような感情が高まって、「元夫に子どもを会わせるもんか」と。そういう悪循環に陥りがち。

「土曜日まるまる1日預かってくれる?」「うん、わかった」と言えるぐらいの元夫がいれば安心。そうすれば妻も、「金曜日は学校が終わってから泊まって来てもらえれば、残業できるわ」と、心置きなく、働くことが出来るんですけどね。面会交流は、監護の分担であるという意識が日本では低すぎるために、同居親も本気で「忙しいから」と追い詰められてしまうのです。

女性の働き方は変わったか？

――少し話を戻します。女性が働きやすい社会ってどのぐらい整備されているんですか。

昭和時代後半は寿退社が一般的だったイメージがありますよね。その後、時代とともに変化してきて、現在は女性が育児休暇を取れるようになりました。つまり、会社を辞めずに、身分をキープできるようになったんです。

だけどまだ道半ばだと聞いています。復職後、残業せず「お先に失礼します」という働き方を続けていると、補助的なポストしか与えられないということもあるようです。女性の社会的地位が低いという現象がまだ本当にあるのであれば、これは大きな問題です。これを女性の問題と捉えるのでは解決は遠いと思います。男女どちらでも身分をキープしながら育児ができて、それでいて様々な事業形態の企業が持続していくことができる社会。その実現のために挑戦をしていく意識が大事なのだと私は思います。

――一方、共同で子育てという機運って高まっているものなのでしょうか。

入園式とか小学校の参観の様子をみると、父母共に参加する割合は10年ぐらい前に比べると確実に増えていると思います。平日の行事なんて以前はママだけの世界でしたけど、今はそうではない。参観するパパの割合は上昇しています。それだけパパの子育てが当たり前になってきている。あと、パパが保育園に毎日、送迎するというパターンも見られるようになってきています。とはいっても男性の育児休暇取得率は10パーセントに届いていないようですけどね。

――私も保育園の子どもの送り迎え、朝か夕方どちらかは毎日必ず行ってました。今考えると元妻に教育された感じです。生まれた直後から娘の沐浴をやったり、おむつ替えしたり、病院へ連れて行ったり。戸惑いながらもやるようになり、その結果、愛着を持つようになった。私を鍛えてくれた元妻にはすごく感謝しています。

様々な困難を抱えるシングルマザーたち

――年収400万円以上ある方が10パーセント弱ぐらい。そういうひとり親にも話を伺いました。彼女たちは経済的に余裕があるためか、会わせることにさほど躊躇がない印象。だいだいフリーの人たちでした。

フリーだけではなく、正社員で500~600万円年収層もいますよ。そういう高収入のひとり親のどこが大変かというと時間のやりくり。稼ぐには職種のほかに残業も辞さないという態度も求められるんです。残業しないにしても一定の収入を得るには心理的にもそれなりの責任をもつ必要があります。しかもワンオペ育児状態ですからね……。

夜8時まで預かってくれる保育園はたしかになくはない。ほとんどのお母さんが、自分の子どもだけがポツンと待っているところに、必死で迎えに行って、子どもと一緒に帰った後そこから夕飯——みたいな生活リズムになりがちです。その他、24時間ホテル的な保育を利用したり、祖父母に育ててもらったりしている、という話も聞きますね。

——生活保護を受けているシングルマザーにも何人か話を聞きました。彼女たちはどうでしょう。

「毎月、一定の金額を送金されてていいじゃん」とかいう、軽蔑や羨望の気持ちをもたれがちですが、子どもがすごく手がかかる病気といった、そうした原因を抱えていなければ簡単には生活保護は出ないですよ。それに生活保護がもらえるということは、養育費を含めても一定の経済水準以下ということです。

——ステップファミリーで元夫たち同士がうまくやっている方にも話を聞きました。一方、私が育った家族もステップファミリーでした。父親と母親一人ずつ連れ子がいて間にいる子どもが私だけ。母親は血のつながらない兄を分け隔てなく育て、愛情を注いでいました。うちがステップファミリーだということは私が中3になるまで明かされず、言われたとき、「もっと早く言ってよ」と思い、不満でした。

身近なところにもステップファミリーはいます。親戚の話ですが、再婚で生まれている末っ子のはずなのに戸籍上は一人っ子の長男。上にお兄さんが何人もいるのに、誰もストレートには関係を明かさない。その孫の立場の方が、子どもながらに勘が強かったからか、大人がいろいろ話してるのを聞いてピッと気がついたという話があります。

他にも、仏壇の中の過去帳を引っ張り出したら実はじいちゃんは満州から帰ってくる前に家族を持っていたけど、その家族全員を戦争で亡くしたから再婚したみたいという話があったりしました。昔から家族は多種多様なことが当たり前にあったんだと思います。さっきも申し上げましたが、家族に関して我々が伝統や文化と思っていることって、単なる一時代の流行りみたいなところがあります。

──再婚が普通だった分、平成に入る前のほうがステップファミリーの数は多いかもしれませんね。その場合、うちや古賀先生の身近にあったご家族のように関係は伏せられてそう。でもそれって辛いですし、本当の関係を知りたくなりますよね。

そうなんです。私自身、離婚を経験したステップファミリー。元夫と子どもとの面会交流は続けています。再婚した夫や彼氏が自分の連れ子のお父さんに成り代わらないということを、ステップファミリーの工夫として、みなさんに知っていただきたいです。それで十分楽しいし、家族として完結していますから。

──未婚の母はどうでしょう？　一連のインタビューの中で未婚の母（20代半ば）という人がいました。キャバクラ嬢をやってたとき、客とできちゃったとのこと。相手にはまったく言っていないらしくて実家で育てていると言っていました。

未婚って何が一番問題なのかというと戸籍上の父親の欄が空欄であるということです。

空欄を埋めるには、認知の手続きが必要です。父親が認知届を提出すること自体は簡単ですが、それを拒まれたら、相手を裁判所に呼び出してＤＮＡ鑑定をして、そういうハードルを越えて父子関係を法的に創るという流れ。養育費請求をする前段階から、ハードルが絶望的に高い。

養育費の請求まではしたとしても、未婚母はそもそも面会交流という発想がないので、頼れる先がないし、貧困に陥りやすい。社会から取り残され、見えなくなってしまいがち。何か困っているんだろうけど何に困ってるのかわからない。それでいて若い子が多いので、すぐに次の彼氏ができたり、再婚・養子縁組したりというケースが多い。そうやって継父になって、子どもが懐かなくて虐待したとしても、母親自身もＤＶを受けていたり、経済的に面倒を見てもらっている負い目からか反抗できなかったりして、ますます虐待がエスカレートしていくというケースが少なくない。もちろんうまくいってるケースも多いんでしょうけど。

――ＤＶとモラハラはどうでしょうか。本当にＤＶやモラハラがあった場合と、妻側が勝手にそう申告してるだけの協議というのとではどういう差があるのでしょうか。

事案によるので分かりませんが、私は依頼を受ける弁護士として、本当のＤＶのケースとそうでないケースははっきり違いがあると感じています。これも統計をとったわけでもないのですが、別居してしまった後は、本当のＤＶなど一方の問題がはっきりしているケースの方が将来に向けての解決が早いと感じるときもあります。

──モラハラ以外で大変なケースはありますか？

よくあるのは病気や生い立ちの問題。過去を振り返って解決しようとしたけれど、どうしようもなかったということもある。誰かがストレスを与えていたのかもしれないけど立証できなかった──という場合、病名を受け止めて、相手を責めすぎず、自分も責めすぎず。後悔もしすぎない、というスタンスでやるしかなかったりします。

共同養育・親権はどのぐらい求められているのか

──男女はなぜ離婚するんでしょう？

昭和や平成と時代を通じて家族の形が変わる中で、正しい家族の形を学ぶ機会もないいま、むやみに傷ついているのかなと思うんです。そこをどうにかすれば、心地よい家族関係をみんなが選べて、心地よい人生、自分らしい人生を実現できるのではないでしょうか。

──当事者自身ができることはありますか？

別れた父親と母親、それぞれが収入をコントロールすることです。離婚後、子どもと別れて暮らす父親は今後も残業も転勤もやりますというのではなく、別れた家族との交流のために働き方を変えてみるべき。本当に子どもに会いたいんだったら、面会交流日に仕事を優先するべきじゃない。チャンスを逃さず会いに行くべきですよ。そうなると、収入や社会的な地位を手放すことになるかもしれない。だけど、それができるのなら、今後、行政が養育費の未払い分の取り立てに乗り出しても、収入自体が減っているから、怖くないはずです。

一方、子どもと同居している母親は、結婚していたときの扶養配偶者の感覚のまま、パートだけで終わらず、安定した仕事をはじめるべきです。職場にとって都合のよい立場で居続けることはない。

今は、収入や働き方を例に申し上げましたが、要するに、親は二人いて自分もその一人なんだという自覚をもつことです。子と別居していても同居していても、自分も子の親であるし、子の親はもう一人いるんだというごく当たり前のことに対して、自信と理解をもつことです。

——離婚後の家族はどうあるべきだと思いますか？

民法を改正し共同親権とすることで、別れても共に育てるという価値観を前提にして整えていくべきだと思います。共に育てるというと、ものすごく誤解の多いところなんですが、父も母もそれぞれちゃんと親子であり続けるということです。親子であるから、扶養も監護もそれぞれするのです。それが、〝共同〟です。ちなみに、私は、離婚してから子の父である元夫とほとんど口を利いたこともありませんし、それでよいと思っています。

共に「親子」であればよいのですから。

――今後の目標は?

将来、共同親権が実現したら、家族法を専門とする共同親権弁護士として、活躍したいです。これまで〝離婚事件〟という意識が法律家には強かったのではないでしょうか。でも、離婚だけを特別に扱った結果、離婚しました、結果、貧困のようです、という現象も起こっていたのではないかと思います。そもそも、実は〝離婚〟は取り扱いのカテゴリーとして変です。婚姻関係、親子関係のように、広くそして根本的な法律関係の尊重が必要です。末永くライフステージに合わせてアドバイスできるホームロイヤーとなるのが私の目標です。

昭和の頃から行われていた共同養育

円より子さん

（政治家・作家）

円より子　津田塾大学英文科卒業、ジャパンタイムズ編集局勤務を経てフリーのジャーナリストとして活躍後、1979年より「ニコニコ離婚講座」、「ハンド・イン・ハンドの会」、「離婚110番」等のボランティア活動を主宰。女性・家族問題の評論を続け、講演やテレビのコメンテーターとしても活躍。1993年に参議院議員初当選。以後3期務める。民主党元副代表。

――これまでにどのぐらいの人から話を聞いたのですか？

1979年3月にニコニコ離婚講座を始めてから基本は講座の中で話を聞いてきました。その件数は3万件以上です。直接の面接相談もしていて、そのカルテは約4000人分あります。

訓練を受けた相談員が電話で相談内容を聞くという電話相談もしていました。「こういう風に答えたらいいかも」とアドバイスしていく……というもの。こちらの方は直接は関わっていなくて、その件数は多すぎて把握できていません。

――たくさんの女性から相談を寄せられたのですね。離婚した女性たちのネットワーク「ハンド・イン・ハンドの会」も主宰され、一人の子育ての悩みも多く聞かれたと思いますが。一人の子育てって大変ですよね。

はい。ハンド・イン・ハンドの会は全国に5000人くらいの会員がいて、春夏に、母と子の合宿をしたり、毎月1度開く会合等で、子育ての不安、経済的不安などたくさんの相談を受けたりしました。一人で子育てしていると、父親の役割もしなきゃいけない。その上、経済的にも厳しいとなると、ただただ優しいお母さんじゃいられなくて、キツいお母さんになりがちなんです。

そんなとき養育費があり、父親が会っていてくれると子どもの母親もとってもホッとする。それは父親じゃなくても、おばあちゃんがいたり、別の誰かがいたりね。「子どもの逃げ場所、子どもの安らぐ港がたくさんある」というのはものすごく子どもにとっていいことなんですね。

――別れた父親に会わせるのって覚悟が要りますよね。でも会わせたからこそ、つかの間、子どもから離れて楽になったりするんじゃないですか?

子どもにとってはいい。だけどお母さんにとって、ときには会わせたがゆえに辛くなってしまう。一生懸命育てていて家事や教育、しつけもやっていて、本当に優しいお母さんでいたいのにって思ってるのに「お父さんは優しいのにお母さんはキツい」って思われたりする。するとヤキモチが出ちゃってもう会わせたくないっ! って思ったりするわけ。

でも考えてみてほしいんです。酷いことがあって離婚したにせよ、子どもという宝物をくれた人じゃないですか。養育費とか慰謝料とかがもらえなかったとかいろいろあるにせよ。子どもを介して、お互い信じ合える関係を作るべきですよね。そんな簡単なことじゃないかもしれないけど。

――子どもと別れて暮らす父親から、「話を聞いて欲しい」という相談が寄せられます。

会えない親用の相談窓口がない。だったら西牟田さんが相談にのってあげればいいのでは？

――は、はい。今後、頑張ります。

戦後日本の離婚史をひも解く

――戦前、子どもは家に属していて、親権は父親にしかなかった。それが戦後、母親も親権を持てるようになったわけですよね。

そうなんです。戦後になって憲法や民法が変わって、離婚後、父母のどちらが親権をとってもいいようになった。それでも戦後20年近く経たないと、親権を持つ母親が過半数にはならなかった。背景にあったのは女性の経済力。家庭内の内職ぐらいしか仕事がなかったのが、東京オリンピックが始まるというので、方々で女性の労働力がすごく必要とされたんです。給料がもらえるようになったことから、ぎりぎりとはいえ、離婚して子どもを引き取る女性が増えた。これこそが男女の親権取得率が逆転した理由なんですね。

――円先生が離婚講座を開かれたのが1979年だから今から約40年前です。一方、東京オリンピックからたった15年しか経っていませんね。

山本直純の「大きいことはいいことだ」とか、小川ローザの「オー、モーレツ」とか、そんなテレビCMが流行ってからまもなくの時期。「稼げる男がえらい」みたいな社会風潮が当時あって、男の人は長時間労働が当たり前。満員電車に乗って通勤することを皆さん、それぞれに大変だと思いながらこなしていた。一方、女性は経済成長によって少しずつ力を蓄えてきたけれど、それでも経済的な独立がまだまだ難しかった。

さらに、当時、離婚は罪悪視されていた。「離婚する人は人格欠損者」「欠陥人間」と思われたり、「家族も統治できない男に仕事ができるわけがない」と男性が見なされたり。そういったスティグマ（多数者が、異なる特徴をもつ個人や集団に押しつける否定的な評価）があったんです。そんな社会風潮に私は「長時間労働で家族を顧みず、個人の生活も時間もなくて何が面白いの？」と反発し、それを変えたかった。で、知人弁護士とともに始めたのが、先にお話ししたニコニコ離婚講座でした。

――男性は猛烈に働いて、家庭を疎かにしていた。それっていつごろからの話なんでしょう。円先生自身、ご両親からどのように育てられたんですか？

私は昭和22（1947）年生まれの団塊の世代。父は今でいうフェミニストかな。小さい頃、とても大事にしてもらいました。終戦前、海軍の飛行機乗りだった父は、戦後、働いて忙しくする中、子育てにも積極的に関わりました。料理もうまいし、手作りでおもちゃは作る、勉強も運動も何でも父が教えてくれた。出産もそう。妹が家で生まれたとき、私と父で生まれるのを待っていて、お湯を沸かして、たらいで産湯を使わせるとかほとんど全部父がやりました。

そのころ父親の役割はかなり家庭内でも大きかったんですよ。

——男は仕事、女は家事・育児と役割分担されていた高度成長期と家庭風景が違いますね。

高度経済成長期の昭和30年代後半ともなると、男の人は家にほとんどいなくなりました。最優先するのは仕事。親の死に目に会えなくて当然、というのが男の価値観の最上位だった。当時のお父さんたちは長時間働きづめ。いわゆる父親不在の時代だったんです。家で家族たちと一緒にいるときでも、子どもの面倒も見ていなかった。出産は病院出産になり、立ち会うなんてことは、ずっとなかった。

保育園は貧困家庭の子どもを救うための救貧施設だとみなされていて。通わせているだけで「男の甲斐性がないからだ」という時代だったんです。だから、保育園の送り迎えをしている男の人って、ほとんどいなかった。

社会がそんな風潮なので、離婚したお父さんたちが「子どもに会いたい」という気持ちを持っていたとしても、言い出すのが難しかった。元妻にわざわざお願いするなんて格好悪いし、女々しいってことで、思ってても言えなかった。そもそも、婚姻中も子どもとの関わりが少なかった父親は、離婚後わざわざ子どもと会おうとしなかったんですね。それで元妻に言われるがまま、養育費だけ出す人も多かった。面接交渉（現・面会交流）という言葉自体、社会にほとんど知られていなかったから、離婚時に面接交渉を求めるケースは少なかったですね。

――イクメンという言葉が出てきた2000年代とずいぶんギャップがありますね。いつごろ、変わったんでしょうか。

はっきり覚えているのは、リカちゃん人形にピエールというお父さんのキャラクターが登場したとき（1989年）です。出張先のフランスから帰ってきたという設定で。なぜピエールが登場したのかというと、企業はちゃんと家庭環境と社会情勢を見ているんです。ちょうどそのころ、家事育児に励む父親が出てきた。休日にはエプロンつけて料理を作ったり、毎朝子どもを保育園へ送ったり――というのが始まった時代。子どもの遊びに、それまで登場しなかった〝パパ役〟が現れた。つまり、それまでは〝父親〟って何をしている人か子どもに見えていなかった。

――ずいぶん時代が変わってきたんですね。

そうです。それ以降、保育園の送り迎えをするお父さん、ずいぶん増えました。私が朝、ジョギングしていると、子どもさんをバギーに乗せたり、抱っこしたりして、お父さんが保育園へ連れて行く姿、いまや毎日、あちこちで見かけるようになりましたよ。

――90年代前半まで、家庭科は女子、技術は男子と分かれていました。しかしその後、技術も家庭科も男女共に学ぶというふうになりましたよね。その効果が、家事・育児に励む男性の増加につながったのではないでしょうか。

そうなんです。家庭科を男女共修にするために、私も含め、多くの女性たちの運動がありました。今では、「男の子も料理ぐらいできないと結婚できないわよ」っていう母親も、多くなっています。変わらない岩盤はあいかわらずだけど、確実に変わってきています。

離婚をタブー視することがなくなってきたのも、そうね。離婚はタブーじゃないという話を40年前からテレビとかでずっと話してきた成果なのか。自分の娘が離婚したとか、そういった話、昔はまったく聞かなかったけど、割と平気になってきているでしょう?

――男性も家事・育児に参加するようになって来ているんですね。

男性が家事・育児をするようになったといっても、まだまだだよ。時間にすると女性の6分の1ぐらいしかやってないんだから。男は男らしく、女は女らしくという旧来の価値観。これが日本ではいまだに強固。それどころか、相変わらずの長時間労働で、男性も女性も安心して子育てをしながら働ける環境は悪化しているぐらいです。

――そうした性別役割分業の価値観、日本ではまだまだ根強いのかもしれません。

男らしく、女らしくという価値観もそうだけど、元々の婚姻制度とか女性と男性の働き方の違いも問題。女性はいつも景気の調整弁として使われているでしょう? オリンピックの前とか、労働力が必要なときだけ使われて、必要でなくなったらいつでも切れるようにしている。最近は男性もそうなりつつあるといっても、今だって非正規雇用の7割は女性。そうやって常に便利に使われている。

それであとは子どもを産み育てる。授乳はできなくても育てることは一緒にできるはずなのに、子育ても家事も未だに女性が大きな負担を背負わされてきている。


――40年たって、相談内容は変化しましたか?


離婚観はたしかにかなり変わったけど、相談内容自体は以前も今もそれほど変わっていないと思う。

「養育費も払ってくれない夫に、子どもを会わせたくない。どうしたらいいか」というケースも多かった。「最善のベビーシッターだと思って、子どもを預けている間にリフレッシュしたら?」って私は会うことをすすめていました。あの頃は面会交流ではなく面接交渉と呼んでいたんですけど。

経済力がある女性ほど面接交渉をしていたのは、精神的に余裕があるからでしょうね。夫の浮気で別れてその再婚家庭に子どもがいても、自分の子どもを会わせるとかね。そういう人がけっこう多かった。逆にお金に困っていると、態度が硬化しがち。お金がなくて別れられない妻は、同居しているうちから、相手に対する憎悪がどんどん募ってくるんでしょうね。そうやって憎悪が募っていく間に、相手の方も本当は暴力なんて振るう人じゃなかったのに、ついカッとなっちゃって……というのがあったりして。

――DVですが、今との違いはありますか。

今よりも女性が経済力を持ちにくくて、DVを受けていても避難しにくかった。まだDVという言葉も法律もなかったので、暴力を受けていても言い出しにくかった。2001年にDV防止法が出来てからは、避難しやすくなったし、DV被害を言い出しやすくなった。その一方で「本当はそうじゃないのにDVを理由にして調停とか裁判する人が増えている」と、一緒に離婚講座をやってきた弁護士が嘆いています。頑張っておられる裁判官や弁護士の方たちには申し訳ないけど、離婚講座では「弁護士をつけたり、裁判したりする前によく考えなさい。自分の人生なんだから」と忠告していました。任せっきりにしてしまう人がいて、もめちゃってあまり良い結果にならないのを見てきましたから。

まずは自分が変わること。そうすればきっと相手も変わってくるから。

――欧米のように、日本も今後、共同養育・共同親権の時代になっていくのでしょうか？

共同親権は私はあっていいと思います。ただ法律を作ったからといってすぐにそういうことができるとは限らない。共同親権も面会交流も嫌だって人もいる。それにDVのトラウマがあるので無理とか。それに子どもたちの思いも、会いたいと思っていたり、会いたくないと思っていたりいろいろある。

だからこそ、普通に会わせられるような状況を作ってあげるのがいいと思っていたのよ。

基本は共同親権としておけば、結婚生活中からもっと子育てに関わるとか、家事を一緒にやるのが当然となっていくかもしれませんね。そういう素地があれば離婚後の共同養育もやりやすいでしょうし、面会した方が子どもの精神のためにもいい。でも会わせるのを強制したりしてあんまり無理をするとね、母親も子どもも追い詰められちゃうわね。

──今後、この離婚問題がこう変わっていったらいいなとか、あったりしますかね。

30〜40年前から言っていたんですが、子どもたちとただ遊園地に行くとか、ただ何か買ってあげるとかっていう面会交流ではなくて、父親にご飯を作ってもらって一緒に食べてもらったり、後片付けやお掃除をしてもらったりって、そういう面会交流をすればって。「養育費をもらっていない夫に会わせるのは嫌だと言うけど、あなたベビーシッター代を払わないで済むからいいじゃない、そういうふうに考えられないの?」ってね。だけどそういう風にできない人が多かった。恋人がいるから家に来てもらいたくないとかいろいろあるかもしれないけど、そこは工夫して普通に会えるようにすればいいと思う。私の友達は別れた夫が子どもに会いに来るとき、小学校1年生ぐらいの子どもが「お母さん早く早く○ちゃん(母親の恋人)の背広を隠して。お父さん傷つくから」って言ったんですって。

別の人は、「お父さんに入学のお祝いのお金もらってらっしゃい」と中3の娘を面会交流に送り出したら、帰ってきたとき「お父さんの家に赤ちゃんが生まれて大変そうだった。

だから言えなかった」と言われたと。いい子に育ってるでしょう？（笑）。
離婚をしたあともそうやってちゃんと子育てをして、別れて暮らす親と交流していた人たちが実際に大勢いましたね。できればみんな離婚後もそういう自然な形で交流してほしい。
都会と地方では面会交流のあり方も違う。そう思ったのは、沖縄。比較的、地域の力があるというのか、母子家庭といっても周りに親戚がいる。父方の親戚とも母方の親戚とも離婚したとか関係なくみんな近所に住んで行き来しているというケースがあったりしますよ。親族の会合には別れたお父さんも来るとか。

――実の親だけではなく地域ぐるみなんですね。それなら孤独な子育てになりにくい。

今は、離婚や死別でなくてもワンオペ育児っていって、一人で子育てしている人がけっこういる。でも本来だったら、離婚しても、たくさんの親戚たちとも普通に会って、お年玉がもらえる人がたくさんいるとかっていう、そんな関係性がいいです。血のつながりに限らなくても、支援する地域とか他人とか、子どもたちにとっての波止場がたくさんあればあるほど子育てが楽になる。教育費の高騰とか住居費の問題とか働き方とかいろんな大きな問題がありますけど、自分の子じゃなくても、離婚したことがあっても、みんなで子どもを慈《いつく》しんで行く。そういう社会を作っていくべきですよ。

あとがき

シングルマザーのみなさんへの取材を始める前、私は子どもを連れて行かれた男性たちに集中的に話を聞いていた。彼らの話は気の毒すぎた。浮気されたり、暴力を振るわれたり。そうした極端な事例でなくても、ある日突然、前触れもなく、子どもを「連れ去られた」というのだ。そうした話を聞けば聞くほど、彼らの元妻や妻たち、いやシングルマザー全般に対し勝手に嫌悪感を抱き、自らが被害者であるとの意識を強くするようになっていった（詳細については冒頭に記したとおりだ）。

転機となったのは、第2章に記した松田亜美さんとの再会だった。

松田さんとはお互いが独身時代からの知り合い。気がついたときには、私は別居親、彼女はシングルマザーになっていた。彼女の話を聞く限り、まったく非がないように思えたし、むしろ境遇を思いやる気持ちに自然となっていた。それ以降、「会わせない母親がひどい」という考えは一面的に過ぎないんじゃないか、と思うようになった。だったら、シングルマザー側の話も聞かないと、誤った理解と姿勢のまま過ごすことになるのではないか、そう思い、実際に取材を始めることにしたのだった。

子どもを連れて行かれた父親たち。彼らとは逆の立場の、「子どもを連れて、逃げ」た母親に話を聞こうと思っていた。しかし、別居親でもある私に対し、警戒しているのか、話してくれる人がなかなか見つからない。そこでもうすこし対象を広げた。

その結果、お話を聞かせてくれた方の体験が多岐にわたることとなった。告げてから出て行ったケース、男性に家を追い出されたケース、さらには男性自ら家を出て行ったケースすらあり、彼女たちの壮絶な体験に胸を打たれたし、心中察するにあまりあるものだった。

それは当初から聞こうとしていた「子どもを連れて、逃げ」たケースにしても同様だった。当初抱いていた嫌悪感どころではない。もし私が彼女たち同様、様々な形の暴力に支配されていたら、きっと同じように夫に内緒で子どもを連れて逃げていたに違いないとすら思えた。

離別後の生活についてもそうだ。息詰まる環境から逃げた後、苦しい生活の中、抑圧者であった相手とは当然関わりたくはないはずなのだ。というのも、私自身、威圧的な父親に支配される家庭で育っていたからだ。彼女たちの話から、心の奥にしまいこんでいた苦い子ども時代の体験が思い出された。

結局、子どもと暮らす母親の中に、私が思っていたようなひどい女性は一人もいなかった。むしろお腹を痛めて生んだ子どものためならすべてを捧げてもいいと強く思っている愛情深い人たちばかり。会えなくなった夫たちが言うような「憎むべき存在」としての容貌を持つ人物は一人も浮かび上がってこなかった。

単に、そうした母親が私の前に現れなかっただけということなのだろうか。もし、現れていた場合でも、彼女たちの体験に胸を打たれ、共感した経験が覆るとは思えなかった。同じ元カップルを双方の立場から聞いたわけではないから断言できないが、おそらくそうだ。

インタビューの際、必ず聞いていた項目がある。それは別れた相手を子どもに**「会わせているか、会わせるべきか」**――ということ。離別しても会いたいという、私を含む別居親の気持ちを同居親である彼女たちにわかってもらいたかったのだ。

事前の予想では「ぜったい会わせたくない」、「関わりたくない」、「離婚したんだから子どもと縁が切れるのが当然なのになぜ今ごろ?」といった答えが大半になると思っていた。

しかし結果は違っていた。

「関わりたくないけど、会わせなくちゃいけないと決まっている」

「実の父親だから関係は保たなきゃいけない。だけど」

と、多くの方が、相手とは関わりたくないが、面会の必要性や、会わせることが義務だと認識していた。

それどころか、実際、積極的に会わせている人もいた。彼女たちに話を聞くと「相手も親だから」というもののほかに、自分の自由な時間が持てるから、という理由を語っていて、思っていた以上に面会に肯定的な人が多いことに驚いた。2012年の民法改正で面会交流が民法766条に明文化されて以降、面会交流という行為が良くも悪くもしっかりと世の中に認識されてきていることに気づかされた。


思えば、私がまだ子どもだった1970年代、別れた実の親と子どもが定期的に会っているという話なんて、聞いたことがなかった。当時、男は仕事、女は家事・育児という家庭内の分業が普通で、女性は専業主婦が当然とされた。戦前の家父長制の名残が色濃かったためか、離婚した場合、すぐに再婚、子どもは産みの親と会うのではなく新しい親を受け入れることが当然だった。

それが今では、共働きが当然となり、父親が子どもを保育園に送るのが当たり前の光景になった。離婚後の面会交流はもはや珍しくはなくなった。こうして今や、仕事も家事も育児も男女共に行うという家庭スタイルが一般的になってきた。

かく言う私自身、そうした社会通念の変化に大きく影響を受け、家族観を変えてきた。子どもの頃、父は仕事ばかりで愛着を育む機会がなかった。父の連れ子だった兄は私が生まれたときから私の兄だったし、母の連れ子だった姉も気がついたときには、家族になっていた。二人からは別れてしまった実の親の話を聞いたことすらなかった。

そうした家庭で生まれ育ったためだろう。父が稼ぎ、母が家を守る。子との間に愛着を作るのは母。離婚して再婚したら親は入れ替わるし、別れたら会わなくなるのが当然——といった価値観を、結婚するまでの間、なんとなく抱いていたのだ。

しかし、私が結婚した2007（平成19）年には、すでに社会は一変していた。妻との共同生活を実践していく中で、私の家族観は外側から塗り替えられていった。フルタイムで働く元妻には家事と、そして出産後は育児の分担を求められたのだ。戸惑いながらも出産時には立ち会い、新生児期のころからも育児の一端を担った。そのおかげか、接するごとに娘はどんどん可愛くなってきて、彼女を一生絶対守らなきゃと思うようになった。

別れの際、面会の実施頻度や親権は妻が持つことなどが事細かに記された公正証書を見せられ提案された。そのときまで私は離婚後の親権は片方しか持てないことや、別れた後も面会交流という制度があることすらよく知らなかった。もしそのとき彼女が、離婚後は会わないのが当然と言ったまま押し切って離婚していたら、離婚後の親子はそういうものだと諦めて、私は娘のことを思いながらも、その気持ちにフタをして生きていただろう。

私がいまも娘と縁をつなぐことができているのは、そうした元妻の手引きがあったからこそだ、と今なら思える。仕事の面では優れていたが、家庭をかえりみることがなく、子育てにも関与せず、それどころか威圧的な態度で家族に接していた〝父〟に対する私の愛情の乏しさと、娘への思いを比べてみるに、そこには幼少期からの愛着の形成が大きな影響を及ぼしていると思えるのだ（娘が私に対してどういう感情を抱いているかはひとまず置いておいたとして）。

シングルマザーの皆さんにお話を聞いていく過程で、私は自分自身の家庭観の変化を考え、その心境が時とともにどう変わっていったのかを把握することができた。元妻への感謝の気持ちが生まれたし、辛かった別れを昇華し、自分の糧とすることができた。

本書の執筆そのものが、私にとってなによりの救済となったのだ。

話を戻そう。女性の社会進出が進み、男女が共に働き共に育てるという家族像が一般的になってきた。また、女性の権利が認められやすくなってきた分、離婚件数も増えてきた。ところが離婚後、同居し女手ひとつで育てる母親たちは苦境に立たされることとなった。特に都市に出てきて家庭を持ち、離婚した場合に顕著だが、母親たちに頼れる人たちが近くにいないことが上げられる。

高度成長期を境に、仕事を求めたり進学したりするために、地方から都市へ移住する者が激増した。それまでは三世代同居は当前、親戚も近くに住んでいるというのが普通だったが、都会に人びとが移り住むことで家族は両親と子どもだけという、核家族が一般的な家族のかたちとなっていたのだ。

もうひとつ大きな問題としてあげられるのは**シングルマザー家庭の貧困**である。1980年代以降、相対的貧困率は親が二人いる場合、10パーセント台なのに対し、親が一人の場合は50パーセントを越えている（『平成27年度　子ども・若者白書』内閣府より）。

一つは**養育費**。夫の収入にかなり左右されるが、中にはもらっていても月に1〜2万円というケースもあって、「とてもじゃないが足らない」と何人かから聞いた。もうひとつは男は仕事、女は家事・育児という分業制に適した**税制**である。妻は夫の収入をアテにして暮らすことが当たり前。だから、女性は扶養家族として認められる範囲でしか働かない傾向が今も強い。というより、女性向けの仕事にしても、扶養の範囲で働くことを前提にした求人が多い。

だから外資系以外であれば男性並みもしくはそれ以上にバリバリ働くということは難しいし、一度出産してしまうと社会復帰の道もなかなか難しい。それに世の中自体が、男性が働いて女性が家事育児を担うということを前提としている面が大きい。育児休暇の男性の取得率はまだ10パーセントにも満たないのだ。つまり女性が働きやすい制度にはなっていない。

それにそうした社会的な構造の問題と並行するように、ある面では女性自身にも、性別による分業の考えが根強いことも上げられる。別れた後も子育て中心となり、扶養されていたとき同様の働き方をしてしまいがちなのだ。これも貧困に陥りやすい原因のひとつだといえる。そのことは古賀礼子弁護士の話から確信したことだ。

以前に比べると女性が生きやすくなり、選択の余地が増えた。それでもなお、シングルマザーは生きにくい。核家族化が進み、子育てを頼れる人が周りにいなかったり、女性が働きやすい制度にするための改善が進んでいなかったりしているからだ。

また、親権争いといった問題も、戦後、女性たちが親権をとれるようになってから、生じるようになった。

こうした問題を解決するためには、さらに推し進めて旧弊を打破する必要があると私は信じている。参考になるのは、諸外国の改革の経緯である。

同じようにかつては単独親権制だった欧米では、日本に先んじて離婚後の共同親権が認められ、現代日本で問題になっていることにうまく対処している。以下、簡単に経緯を紹介したい。

第二次大戦後、各国が復興し、経済発展、交通や通信が発展し、社会が激変していく中、各国の家族のあり方が大きく変容した。その契機となったのは1960年代に始まった破綻主義離婚法の流れであったという。これにより離婚が増加、子の監護の権利・義務の共有、共同養育、面会交流といったことについての法律が整備されていったのだ。

各国とも何十年もの時間をかけ徐々に変容していった。共同親権制についても、一朝一夕で成し遂げられたわけではない。ターニングポイントと言えるのは1990年、子どもの権利条約の効力が発生したあたりではないか。9条には、次のように記されている。

その1に「締約国は、児童がその父母の意思に反してその父母から分離されないことを確保する（以下略）」と。またその3に「締約国は、（中略）父母の一方又は双方から分離されている児童が定期的に父母のいずれとも人的な関係及び直接の接触を維持する権利を尊重する」

子どもが大人たちに愛されながら成長していくためには、共同親権・共同養育が必要だということの本質をここでは簡潔に記している。世界がグローバル化していく中で、別れても一緒に育てるという、解決の指針が世界に示されたのではないか。

それでは、共同親権になることで、どのような変化が起きたのだろうか。それは、双方が親権を争うことがなくなった、ということである。1979年の映画『クレイマー、クレイマー』（米）では親権争いが主題となっているが、2019年の同『マリッジ・ストーリー』（米・英）では、親権はもはや争わない。共同養育をどうやって行うかが主題となっているのだ。

個々の国によって制度に差があり、事前の取り決めの煩雑さなど、所々の問題はあるものの、本書でお話をうかがった何人かのように、親権の取り合いによって葛藤が高まるということはないのだ。それでいて、別れてからどう育てるかが事前にしっかり話し合われるので、一方の親が子どもを無断で連れて行くことはかなり少ない。無断で〝連れ去り〟を行った場合、子どもの養育の権利において不利になるように制度設計が為されているフランスのような国もあるほどだ（離婚後も近所に住み、週替わりで面倒を見るのが当たり前だという）。

実は日本も、子どもの権利条約には1994年に参加している。それにも関わらず日本では離婚後単独親権制をとったままだ。『平成29年　人口動態統計』（厚生労働省政策統括官室）によると1990年代後半以降、**親が離婚し、親権者がひとりになる子どもは年間20万人以上増えている。** その中には、両親が親権争いを繰り広げたり、家庭が貧困状態になったりするケースが先に記したように珍しくない。

では、なぜ日本は諸外国のように共同親権・共同養育が当たり前とならないのか。

個人ではなくイエをひとつの単位とする戸籍制度が存在しているし、離婚後、単独親権とする民法第819条というものがある。そもそも**明治憲法のころから家族法は、ほとんど変わっていない**のだ。さらに、結婚前の私のようにイエ制度に基づいた家族観がいまも根強く支持されていることがあげられる。だからこそ、子どもは家族のもので、離婚したらその親と別れるし、同居親が再婚したら親は取り換えられるのが当然だとされるのだ。

単独親権制が取られ続けることで、別れる段になって子どもを連れて行かないと、親権も監護権（育てる権利）ももう片方の親のものになってしまうのだ。諸外国では罪とされる〝連れ去り〟も日本では制度上仕方ない面が大きいといえるのではないか。

現在、男女で仕事と家事育児をそれぞれ分担するのではなく、ともに働き、ともに家事育児をする、というふうに時代の流れは変化してきた。今後さらにこの流れが押し進められ、離婚後も「子どもが引き離されない」ようになることを願っている。そのためにも離婚後の共同養育がより進むべきだし、さらには離婚後の共同親権の導入へと進んで行くべきだ（とはいえ、暴力を受け、元夫とは二度と関わりたくないというケース自体は、もちろん別の方法で守られるべきだと思うし、無理にそういう人たちにも共同養育を強制するということは断じてあってはならない)。

というのも法制度や税制の仕組みがかわることで、それが貧困問題の解消や親権争いによる葛藤の防止に繋がると確信しているからだ。今後、日本は少子高齢社会の傾向がさらに強まる。そのような中でこの国を持続可能な最適な形としていくためにも、有能な人材が適材適所で登用されるべきだ。そのためには男は仕事、女性は家事・育児という分担制はきっぱり廃止して、有能な女性が社会で活躍できるよう、仕組みを一変させることが不可欠であろう。

そんな実現性のない理想ばかり語ってどうするんだ、という声が聞こえてきそうだ。しかしだ。果たしてそう言い切れるのだろうか。男性が保育園に送るのが珍しくなくなり、共に育てるのが一般化してきているのだ。今すぐには無理でも、高度成長期に子育てをした世代がすでに定年を迎え、平成生まれの世代が社会の中心へと年々、代替わりが進行しているのだ。私が話したことが案外、早く実現するのではないか。

法律を変えなくとも、実施できるぐらいに関係が良好な元夫婦から面会交流を深め、さらには、円より子先生が30年前から実施していた共同養育を実践するべきだ。円先生は、離婚後、講演で地方に出かけるときなどは、自宅に来てもらって子どもの面倒を見てもらったという。さらに最近だと娘の結婚式に元夫婦が共に出席、孫の七五三の記念撮影に一緒に写ったという。素晴らしいではないか。その末の共同親権という法整備をすればいいのではないかと私は思う。

ひとりで背負い込んでいる親にも、無理のない範囲で、別居親と子どもの交流を薦めたい。共同養育を薦めるしばはしさん、第8章の最後に記した尾崎さん（仮名）のように、最初は関わりたくないと、交流を避けていたが、意を決して、実施した結果、自分自身の生き方が楽になり、子どもたちもパパたちとの絆を強くしたというケースもある。しばはしさんも尾崎さんも元夫と会わずに、相手とやりとりして、子どもを会わせている。また、面会交流の代行をおこなうサービスもあったりする。こちらは少々お金がかかるが責任者が見ているので安心である。

DVの可能性があったりして、どうしても無理というならもちろんする必要はない。円より子先生が言うように血のつながりに限らず、支援する地域や他人など、子どもたちにとっての波止場がたくさんあればあるほど、子育ては楽になるのだ。

ひとりで子どもを育てる親も、子供と離されて寂しい思いをしている親も、幸せな親子関係が築けることを私は願っている。

＊

子育てに仕事にと大変な中にも関わらず取材に答えてくださった女性たちにまずは感謝したい。離婚してもなお関係をずっとつなぎ続けてくれている元妻、いまも私を父親として受け入れ、すくすくと育ってくれている娘に感謝したい。僕を育ててくれた両親や共に育った兄と姉、近所の人たち……。私が育つまでに関わってきたすべての人たちに感謝したい。

この問題についての様々なヒントをくださったしばはし聡子さん、古賀礼子弁護士、円より子先生をはじめとする専門家の方々、本書の元となった連載執筆時、ずっと取材に同行してくれた女性編集者、岩城東風子さん。そして書籍出版を決めてくれた晶文社の江坂祐輔さん。皆さんありがとうございました。

※本書は「cyzo woman」(https://www.cyzowoman.com/column/20055/page2)の連載、ルポ「別れた夫にわが子を会わせる?」(2017年5月～2018年12月)を基に、大幅に加筆修正を行ったものである。

参考文献

◆『離婚毒――片親疎外という児童虐待』R・A・ウォーシャック（著）、青木聡（訳）、誠信書房、2012

◆『進化心理学から考えるホモサピエンス――一万年変化しない価値観』（フェニックスシリーズ）アラン・S・ミラー（著）、伊藤和子（訳）パンローリング株式会社、2019

◆『女性脳の特性と行動――深層心理のメカニズム』（フェニックスシリーズ）ローアン・ブリゼンティーン（著）、小泉和子（訳）、パンローリング株式会社、2017

◆『女の機嫌の直し方』（インターナショナル新書）黒川伊保子、Kindle版、集英社インターナショナル、2017

◆『妻のトリセツ』（講談社＋α新書）黒川伊保子、Kindle版、講談社、2018

◆『夫のトリセツ』（講談社＋α新書）黒川伊保子、Kindle版、講談社、2019

◆『ママの離婚――子どものためのプログラム』（ちくま文庫）円より子、筑摩書房、1995

◆『どういう子に育てたいですか――今日から笑顔親と子の向きあい方』円より子、主婦と生活社、1998

◆『再婚時代』（ちくま文庫）円より子、主婦と生活社、1998

◆『女と通貨と政治文化――失われた二十年をこえて』円より子、第一法規株式会社、2010

◆『共感する女脳、システム化する男脳』サイモン・バロン＝コーエン（著）、三宅真砂子（訳）、NHK出版、2005

◆『オキシトシンがつくる絆社会――安らぎと結びつきのホルモン』シャスティン・ウヴネース・モベリ（著）、大田康江、井上裕美（訳）、晶文社、2018

◆『ルポ 母子家庭』（ちくま新書）小林美希、筑摩書房、2015

◆『最貧困シングルマザー』（朝日文庫）鈴木大介、Kindle版、朝日新聞出版、2015

◆『DVはなおる――DVを終わらせるための提案と挑戦』味沢道明、川島康史他、ギャラクシーブックス、2016
◆『DVシェルターの女たち』（彩図社文庫）春日野晴子、彩図社、2016
◆『親権概念の歴史』上村昌代、現代社会研究科論集：京都女子大学大学院現代社会研究科紀要、2008
◆『ネグレクト――真奈ちゃんはなぜ死んだか』（小学館文庫）杉山春、小学館、2007
◆『シングルマザーの貧困』（光文社新書）水無田気流、光文社、2014
◆『ひとり親家庭』（岩波新書）赤石千衣子、岩波書店、2014
◆『離婚後の共同子育て――子どものしあわせのために』エリザベス・セイアー、ジェフリー・ツィンマーマン（著）、青木聡（訳）、コスモスライブラリー、2010
◆『離婚しても子どもを幸せにする方法』イリサ・P・ベイネイデック、キャサリン・F・ブラウン（著）、高田裕子（訳）、日本評論社、1999
◆『Q&A 親の離婚と子どもの気持ち――よりよい家族関係を築くヒント』新川明日菜、光本歩、新川てるえ（著）、NPO法人Wink（編集）、明石書店、2011
◆『ママまた離婚するの!? 離婚家庭で育った子どもの気持ち』新川明日菜、東京シューレ出版、2013
◆『離婚の新常識！ 別れてもふたりで子育て』（知っておきたい共同養育のコツ）しばはし聡子、マガジンランド、2020
◆『離婚家庭の子育て――あなたが悪意ある元夫・元妻に悩んだら』エイミー・J・L・ベイカー、ポール・A・ファイン（著）、青木聡（訳）、春秋社、2017
◆「参議院議員・嘉田由紀子 国会報告（その1）」嘉田由紀子、嘉田由紀子事務所、2020
◆『子どもの権利条約ハンドブック――子どもの力を伸ばす』木附千晶、福田雅章（著）、DCI日本＝子どもの権利のための国連NGO（監修）、自由国民社、2016
◆「父母の離婚後の子の養育に関する海外法制について」法務省民事局、2020
◆「各国の離婚後の親権制度に関する調査研究業務報告書」一般財団法人比較法研究センター、2014

西牟田靖
にしむた・やすし
ノンフィクション作家・フリーライター
1970年大阪府生まれ。神戸学院大学法学部卒。
離婚を経験し、わが子と離れて暮らす当事者となって以来、
子どもに会えない親、DVや虚偽DVなど、
家族をテーマにした記事を雑誌やウェブメディアに執筆。
著書に『僕の見た「大日本帝国」』、
『誰も国境を知らない』『本で床は抜けるのか』など多数。
18人の父親に話を聞いた『わが子に会えない
離婚後に漂流する父親たち』(PHP研究所)を2017年に出版。

子《こ》どもを連《つ》れて、逃《に》げました。

2020年11月30日　初版

著者／西牟田靖
発行者／株式会社晶文社
東京都千代田区神田神保町1-11 〒101-0051
電話　03-3518-4940(代表)・4942(編集)
URL　http://www.shobunsha.co.jp
印刷・製本／中央精版印刷株式会社

ISBN978-4-7949-7243-9　Printed in Japan